WARRIORS

貓戰士

三力量

三部曲之 I

預視力量

The Sight

艾琳・杭特 (Erin Hunter) 著
高子梅 譯

晨星出版

特別感謝基立・鮑德卓。

樺落：淺棕色公虎斑貓。

見習生　（六個月大以上的貓，正在接受戰士訓練）

莓掌：乳白色公貓。導師：棘爪。

榛掌：灰白相間的嬌小母貓。導師：塵皮。

鼠掌：灰白相間的公貓。導師：蛛足。

煤掌：灰色母虎斑貓。導師：雲尾。

蜜掌：淺棕色母虎斑貓。導師：沙暴。

罌掌：雜黃褐色的母貓。導師：刺爪。

貓后　（正在懷孕或照顧幼貓的母貓）

蕨雲：綠色眼睛、身上有深色斑點的淺灰色母貓，她和塵皮生下小冰和小狐。

黛西：來自馬場的乳白色長毛母貓。

松鼠飛：綠色眼睛、暗薑黃色的母貓，她和棘爪生下小獅、小冬青和小松鴉。

長老　（退休的戰士和退位的貓后）

長尾：有暗黑色條紋的淺色公虎斑貓，因失明而提前退休。

鼠毛：嬌小的黑棕色母貓。

本集各族成員

雷族 *Thunderclan*

族長　火星：有火焰般毛色的薑黃色公貓。

副手　棘爪：琥珀色眼睛、暗棕色的公虎斑貓。見習生：莓掌。

巫醫　葉池：琥珀色眼睛、白色腳掌、嬌小的棕色母虎斑貓。

戰士　（公貓，以及沒有年幼子女的母貓）

塵皮：黑棕色的公虎斑貓。見習生：榛掌。

沙暴：淡薑黃色的母貓。見習生：蜜掌。

雲尾：白色的長毛公貓。見習生：煤掌。

蕨毛：金棕色的公虎斑貓。

刺爪：金棕色的公虎斑貓。見習生：罌掌。

亮心：白色帶薑黃色斑點的母貓。

灰毛：深藍色眼睛、淺灰色帶深色斑點的公貓。

栗尾：琥珀色眼睛、雜黃褐色的母貓。

蛛足：琥珀色眼睛、四肢修長、下腹部棕色的黑色公貓。見習生：鼠掌。

白翅：綠色眼睛的白色母貓。

溪兒：灰色眼睛、棕色的母虎斑貓，以前是急水部落的貓。

暴毛：琥珀色眼睛、暗灰色的公貓，以前是河族貓。

風族 *Windclan*

族長　**一星**：棕色的公虎斑貓。

副手　**灰足**：灰色母貓。

巫醫　**吠臉**：短尾的棕色公貓。見習生：隼掌。

戰士　**裂耳**：公虎斑貓。見習生：兔掌。

鴉羽：暗灰色公貓。見習生：石楠掌。

鴞鬚：亮棕色的公虎斑貓。

白尾：嬌小的白色母貓。見習生：風掌。

夜雲：黑色母貓。

鼬毛：有白掌的薑黃色公貓。

見習生　**石楠掌**：棕色母虎斑貓，石楠似的藍眼睛。導師：鴉羽。

風掌：琥珀色眼睛的黑色公貓。導師：白尾。

影族 *Shadowclan*

族長　黑星：白色大公貓，腳掌巨大黑亮。

副手　枯毛：暗薑黃色的母貓。

巫醫　小雲：非常嬌小的公虎斑貓。

戰士　橡毛：嬌小的棕色公貓。

煙足：黑色公貓。見習生：鴞掌。

見習生　藤掌：瘦小的棕色母貓。導師：花楸爪。

鴞掌：淺棕色公虎斑貓。導師：煙足。

族外的貓

灰紋：灰色的長毛公貓。

蜜妮：嬌小的銀灰色虎斑寵物貓。

河族 *Riverclan*

族長　**豹星**：帶有少見斑點的金色母虎斑貓。

副手　**霧足**：藍眼睛的暗灰色母貓。

巫醫　**蛾翅**：琥珀色眼睛、漂亮的金色母虎斑貓。見習生：柳掌。

見習生　**柳掌**：灰色母貓。導師：蛾翅。

鯉掌：琥珀色眼睛、灰白相間的母貓。導師：鼠牙。

撲掌：薑黃色與白色相間的虎斑公貓。導師：蘆葦鬚。

卵石掌：灰色公貓。導師：苔皮。

被遺棄的兩腳獸窩
月池
雷族小徑
雷族營地
天空橡樹
風族營地
斷半橋
兩腳獸地盤
馬兒地盤
轟雷路
雷族
河族
影族
風族
星族

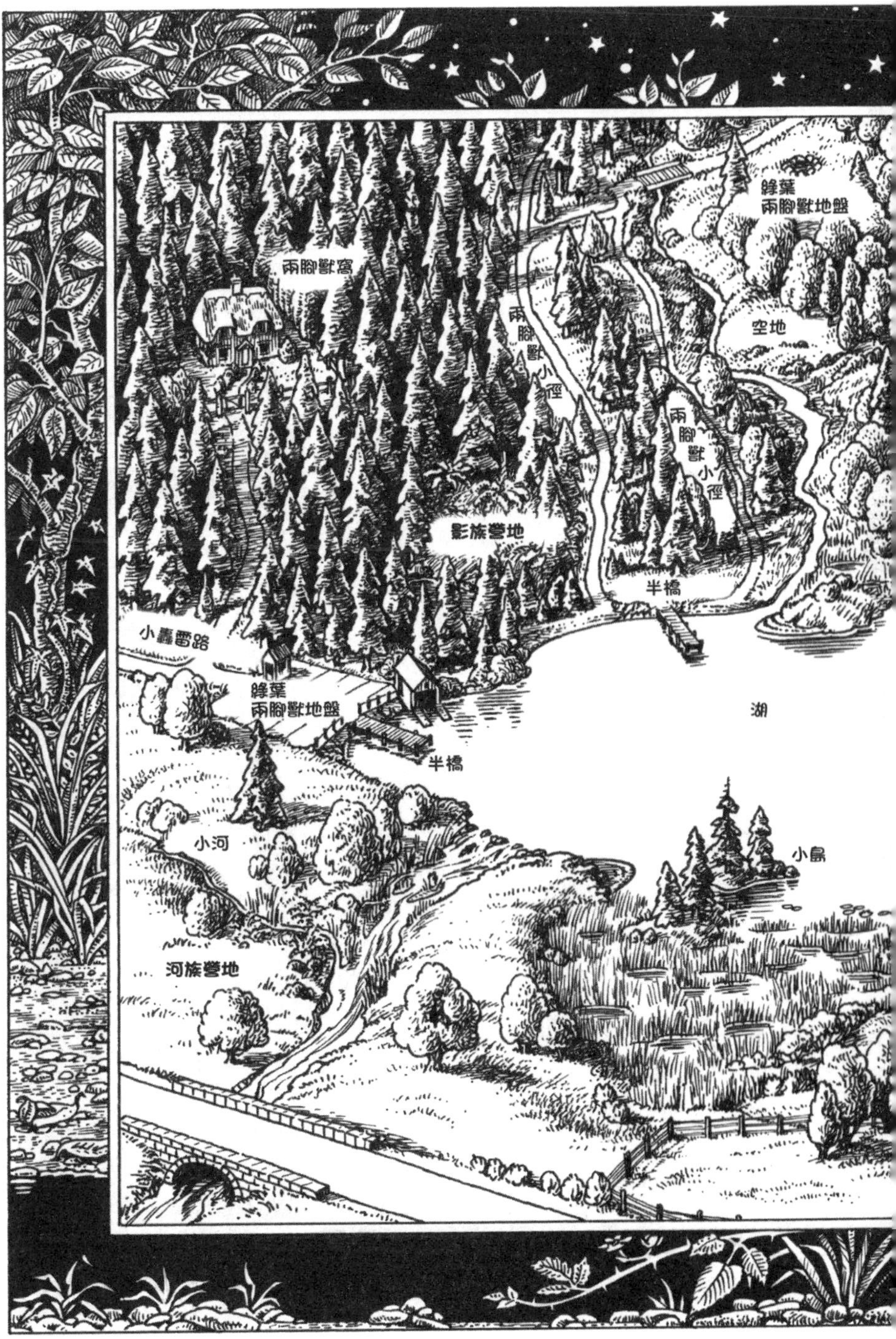
綠葉
兩腳獸地盤
兩腳獸窩
空地
兩腳獸小徑
兩腳獸小徑
影族營地
半橋
小轟雷路
綠葉
兩腳獸地盤
湖
半橋
小島
小河
河族營地

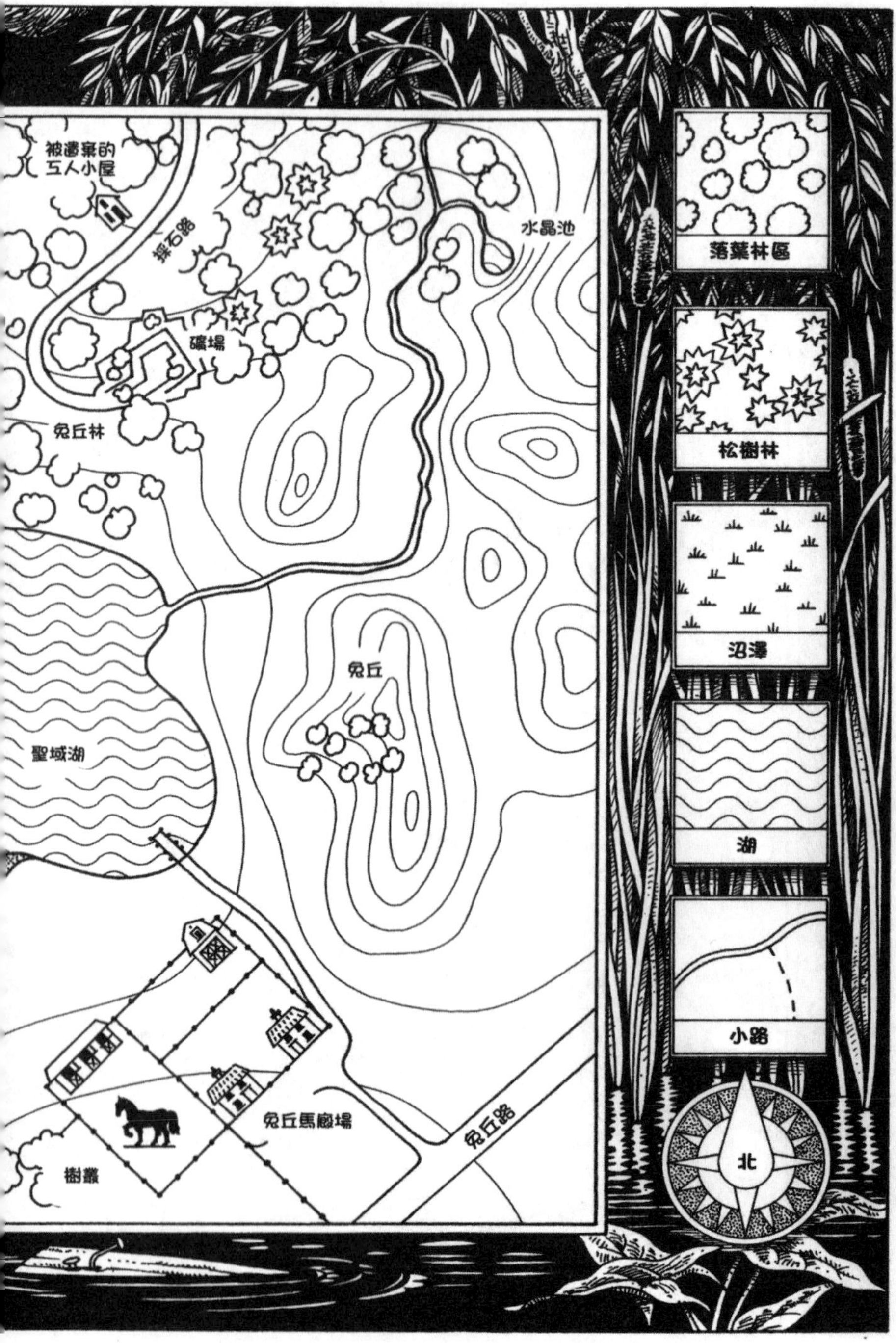
被遺棄的
工人小屋
採石路
水晶池
礦場
兔丘林
兔丘
聖域湖
兔丘馬廄場
兔丘路
樹叢
落葉林區
松樹林
沼澤
湖
小路
北

觀兔露營區
聖域農場
塞德勒森林區
小松路
小松乘船中心
小松島
艾柏河
魏特喬奇路

〈作者序〉

關於第三部：你最想知道的問題——艾琳・杭特解答篇

問：松鼠飛為何選擇棘爪？棘爪的父親再怎麼說還是虎星啊。

答：但棘爪的母親是金花，她可是一隻和藹、聰慧又備受尊敬的貓后啊！何況，我們不會拿父母當標準來選朋友。棘爪有許多正面的特質——就跟虎星一樣，如果你留心去看的話。他勇敢、忠誠、聰明、英俊，最重要的是，他尊重松鼠飛，肯讓她犯錯。灰毛很愛松鼠飛，但他的過度保護使她厭煩，因為松鼠飛很清楚，經過了尋找午夜的那段旅程，她可以應付最困難的情況。松鼠飛必須非常努力，才能把棘爪父親的事拋在腦後，但她決定以棘爪的行為而非他的祖先來評斷他。她是公正且忠誠的貓，即使心存懷疑也堅守自己的決定。

問：雷族裡的誰幫鷹霜設法殺掉火星呢？

答：繼續看第三部〈三力量〉吧——你到時候就知道了！

問：你為什麼決定要讓灰紋回來？

答：我向來有意讓灰紋回來，因為我想知道如果有隻貓被認定死亡後又活生生地出現會怎麼樣，尤其另外有隻貓取代了他副族長的地位！我也好奇地想看看跟兩腳獸一起生活對族貓有何影響。有時候聽讀者說我們對兩腳獸很壞，因為一大堆貓都從他們那邊逃開，跑進樹林去住。所以我想呈現出寵物貓的生活也可以是有趣又幸福的。如果你看過漫畫版關於灰紋的故事，你就會知道灰紋的主人是什麼樣子……

問：下面三隻小貓裡，你們最喜歡哪一隻：冬青掌、松鴉掌、獅掌？

答：我一說就會洩漏以後的故事情節耶！但我知道凱特和基立喜歡寫松鴉掌的角色，因為松鴉掌不怕說出自己的想法，而他的想法經常挑戰其他貓兒的信仰。給有抱負的作家一個小建議：角色愈寫會愈有意思！如果你發現自己偏愛某個角色，或對描寫角色感到厭煩，回頭去替他們添一句氣沖沖的台詞，或加一段轟動的動作戲吧。你會發現他們立刻又開始綻放光彩喔。

問：莓掌為什麼還不是戰士？松鼠飛和棘爪的關係一定至少花了一個月才有進展，然後松鼠飛會發現她懷孕了，她的孩子要數月後才會出生，到那時莓掌應該已經當了一陣子的見習生了，然後獅掌、冬青掌、松鴉掌需要六個月，這樣他應該有足夠時間當戰士啊！

答：別忘了莓掌發生過掉進狐狸陷阱的意外，那次意外讓他斷了尾巴尖端，這使他的訓練延遲了一個月。見習生也不見得都在滿十二個月後就成為戰士：戰士命名儀式必須等到他們把戰士守則和戰鬥技巧的每個層面都學會，而這個過程可能因為一些小事如惡劣天氣、導師生病或忙碌，甚至他們受到處罰而拖延。你也知道莓掌淘氣起來有多誇張——他一定要花上一段時間去打掃長老床鋪的啦！

問：鷹霜死的時候，有沒有跟虎星一起進入黑暗森林呢？那裡除了虎星、暗紋和碎星之外還有沒有其他貓？還有如果棘爪是在夢裡被虎星攻擊，那為什麼會流血？

答：對，鷹霜死時，加入虎星進了黑暗森林，所有死後不配進入星族的貓兒都會去那裡。那地方沒有光，是一片孤土，而且跟星族的轄區有某種程度上的關聯，但絕不是隨便走走就能從一邊到另一邊的。那裡有其他的貓——碎星就是一例——但因為每隻貓都應該獨自在這個陰暗又沒獵物的地方走動，所以我們看不到他們。虎星和鷹霜能夠並肩而走，一來因為他們是父子，二來也因為虎星總是違反規則！棘爪會流血的原因有點小神祕，旨在讓你好奇這種夢境有多真實，以及虎星是否仍能傷害真實生活裡的貓。

〈各方推薦〉

大人因貓戰士開啟童年的想像，小孩因貓戰士功課更進步

你對貓的認知還停留在流浪貓或寵物貓的圈圈裡嗎？你知道貓也會有組織、有戰士、有醫生嗎？貓戰士可不是一般的奇幻小說，看了這套書你會覺得超值得！

貓咪不是只能依賴兩腳獸的我們而生，貓族也是生活在這個世界上的一個族群。

在第一部裡，主角火星，原本是一隻依賴兩腳獸的寵物貓，偶遇在森林生活的部族貓，對於靠自己找食物、捍衛家園領地的野生生活而深受吸引，也為了不想讓快刀手（獸醫）拿掉自己的兩顆蛋蛋，火星決定離開從小生活的家，拋棄寵物貓的身分進入森林，進入了貓族之一的雷族，一開始受族貓排斥到後來靠著努力的表現，火星從最底層的見習生，到戰士，再到副族長，最終成為雷族的族長。

這整套書裡的劇情有著讓你緊張的場面、讓你感動掉淚的場面，也有會心一笑的場面，這是一套會讓你就算是看著文字，腦袋裡也能描繪出屬於你的貓戰士世界。

作者也在故事裡表達出對部族的忠誠勇氣、朋友的友愛、親人的親情及愛情，也有黑心貓為了自己的權利而做出傷害貓族的事情，也有暗諷兩腳獸對環境的迫害、貓族的傷害。

不脫離現實，但又讓你覺得不可思議，不論愛不愛貓，這都是一本很棒的小說，都會讓你對貓有另一層不同的看法。愛貓的你，更不得不看貓戰士。

——25歲上班族・薛小姐

我和貓戰士們的相遇，是由妹妹所牽起的。猶記得那時，看見小妹手上的《荒野新生》，被書上豐富多彩的圖畫吸引，一時心血來潮，將書借來細細品嘗，不看不打緊，一看便使我一頭栽進貓兒的冒險王國。

從《荒野新生》起，我隨著家貓羅斯提毅然拋棄舒適溫暖的居所，踏入危機重重的森林，成為雷族見習生——火掌。看火掌憑著無與倫比的勇氣救回雷族小貓，贏得戰士封號；陪伴灰紋一起在忠誠、愛戀、友誼和親情的夾縫間苦苦掙扎；和藍星一同感受失去愛子與受到背叛的錐心之痛；見證「火心」變為「火星」的里程……

二部曲開始，我陪伴六隻貓一同踏上尋找「午夜」的旅途。其間，曾一度迷惑、彷徨，茫然找不到方向；回程中，眼睜睜看見羽尾以鮮血奏出偉大的樂章，何等悲壯？我看著四大貓族再次相互扶持、同舟共濟，在彼此的幫助下覓得理想新家。看棘爪在部族及手足間作出痛苦抉擇，親手毀去血濃於水的親生弟弟。其中的煎熬又豈是言語所能表達？

《貓戰士》情節起伏跌宕、精采萬分，讓人不由自主深陷其中，看著貓兒們的喜怒哀樂、悲歡離合，心也隨之提起、落下，一呼一吸間均是說不出來的緊張。同人類社會一般，貓群裡也有奸險的小人，也有高貴的母親；也有卑鄙的叛徒，也有忠心的戰士。有陰謀，有溫情，儼然是生活中的縮影。我很欣賞戰士們的相處模式，四大貓族平常相互競爭，但一旦別族有無法解決的麻煩，就會給予適當的援助；而當貓兒遇上共同的危難，便能團結一心，一起度過難關。他們在逆境所展現出的勇氣、信心及毅力亦是值得我們學習的，面對各種挑戰，臨危不亂，運用智慧尋求解決的方法。

我認為本書最令人激賞的部分是貓與貓之間的「愛」，灰紋和銀流間的愛；藍星對石毛、霧足的愛，葉池及松鼠飛間的愛，棘爪為挽救部族所做出的大愛。各種艱困的環境非但沒有磨滅他們之間的情分，反而更鞏固了那道堅不可摧的連繫，那正是我所嚮往的。《貓戰士》是我童年的最後一個夢，八月過完，我就正式成為國中生了。在這裡，謹將此書獻給天下所有的大小讀者，這是一套老少咸宜的好書，希望它也能夠送給你們一段快樂的美好時光。

——台北建成國中・林德蘭

當初會開始看「貓戰士」系列，純粹是偶然，就因為剛好出門忘了帶傘，下雨跑到書店躲雨，湊巧看到《荒野新生》的試閱本，引起我強烈的好奇心，於是，買了第一集回家，看完之後，真的恨不得能趕快看下一集。

我也曾看過許多以動物為主角的小說，但似乎沒有一本能夠像貓戰士一樣，將許多元素結合在一起，也跳脫一般奇幻小說的邏輯，主角是貓而不是人，更顯得這部小說的特別之處。

首部曲以火星為主角，描寫火星如何從一隻寵物貓脫胎換骨成為一位令人尊敬的雷族族長；二部曲以火星的女兒——松鼠飛和葉池為主軸，描寫六隻貓如何傾聽午夜的預言，帶著他們的族貓迎向新家園，以及如何面對新家園所隱藏的危機；三部曲則是敘述火星的三個孫子將要面對未知的挑戰，一個神祕的預言暗示禍事將至，只有他們三隻貓合而為一的力量才能解除危機。

儘管每一部曲的主角都不同，卻不會讓讀者看得眼花撩亂，反而會有一種意猶未盡的感覺，一次比一次更加懸疑的星族預言，一次比一次更加危險的未知挑戰，都帶領著讀者進入貓戰士世界，用貓的角度來看發生的事件，或許這能讓我們了解原來在貓眼中的我們是這種樣子，在體驗刺激的冒險同時，也別忘了反省我們人類的所作所為。

——國立新竹教育大學・李芷瑄

在貓的眼中，文明，是破壞自然野生的隱形殺手；人類，是影響他們生活的罪魁禍首。秉持著對星族的信仰和崇拜，他們過著最原始的生活，努力的為自己開創一片天。

像是人類坐著時光機回到原始部落，《貓戰士》中的貓，有著井然有序的部族和忠心勇敢的族貓。野外求生並不是那麼容易的事——落葉季食物難求、疾病傳播嚴重、接連不斷的部族爭鬥以及貓兒們本身的野心與欲望……這些事常讓族貓們應接不暇，更讓族長們傷透了腦筋。幸好有大家的團結與效忠，從見習生到戰士，從戰士到巫醫，他們從不滯留、從不放棄，為了自己的生存而打拚；為了部族的安全而努力。

書中故事情節緊湊，在衝突格鬥方面及舉手投足之間絕不馬虎，對於貓的角色塑造及內在心靈世界的探討更是清晰明瞭——在安逸舒適與豪放自由中掙扎的羅斯提、為權力所矇蔽良心的虎爪、心靈受傷而不信任星族的藍星、力求表現的棘爪、莽撞任性又固執的鼠掌……。這般細膩的描繪，讓讀者彷彿身歷其境，親身體驗著與貓兒們生活的種種。

「換個角度看世界」，這是一句眾所皆知的話。但從貓的角度看人類，好像是第一次有人提起。就讓我們一起來嘗試這新的體驗、新的感覺，走進貓兒們未知的世界，穿梭在銀毛星群下神祕的森林。

隨著課業的壓力愈來愈重，很少有一本書，能讓我如此的沉醉其中，回味無窮。然而邂逅了貓戰士之後，我的生活裡出現了奇妙的改變。我開始學會了冒險，跟隨著寵物貓——羅斯提，開啟了前所未有的旅程，朝著另一個嶄新的世界探險。

從首部曲開始，心情就隨著主角奔騰的思緒跟著上下起伏！在充滿野性的森林國度，主角羅斯提從一開始就必須面對許多的困難與挑戰：適應有別於寵物貓的戰士生活、以行動來證明自己的毅力及忠誠，取得其他族貓的信任。「唯有火能拯救雷族」這個預言貫穿了整個首部曲，羅斯提也成功的締造了一個貓族的奇蹟！

——板橋重慶國中・孫語苓

貓戰士這本書中只有戰鬥嗎？這個答案絕對是否定的！貓戰士中的戰士們每天都有新的冒險，而且每隻貓都有自己的性格、特色，像火星智勇雙全、沙暴溫柔且替貓設想、虎爪陰險奸詐……等，這就是我為什麼愛上貓戰士！

第一次讀貓戰士時，我一天之內就看完，我很訝異我閱讀的速度未免太快了吧！但是晚上睡覺時，我夢到我成了書中的主角，跟著火星一起冒險、跟著葉池一起享受跟星族之間的溝通、跟著松鼠飛一起為棘爪信任自己的弟弟鷹霜，而不信任的態度感到困惑及生氣。貓戰士完全顛覆我對貓的看法，貓不只是只會窩在兩腳獸的腳邊撒嬌，也會對抗敵人，也會自己狩獵呢！這是不是很神奇？

如果要我對尚未讀貓戰士的人說一句話，我會說：「快點醒醒吧！兩腳獸！你錯過最好的書了，你喪失了一次刺激的冒險；如果你回心轉意的話，快去書店買好你的書，一起徹夜未眠讀貓戰士吧！」

——台北中正國中．吳欣芳

於書店發現首部曲試閱本時，即被它的封面吸引了我的目光——綠色的底、一隻帶著祈求眼神的貓，彷彿對著我說：「來閱讀我吧！」再加上貓咪的毛色同我之前養的「貓王」，所以二話不說帶著試閱本回家。之後，經過一番掙扎終於下定決心買回《荒野新生》。如同書評所說，剛開始看序章實在吸引不了人，但這就是作者厲害的地方。看得愈深入愈欲罷不能。隨著故事的情節，自己的心情也跟著起起伏伏。

《貓戰士》劇情緊湊不拖泥帶水，我覺得這是此書令人值得一看的原因之一。作者對貓族們生動的描述，讓讀者能更進一步瞭解貓這種神祕的動物。面對事情勇敢、冷靜、觀察，是我從貓族們身上學習到的。火星這隻貓就是具有這些特質的貓，一隻令我尊敬的族長。灰紋和火星的友情是我最喜歡的部分。灰紋不歧視火星寵物貓的出身，而火星對於灰紋的失蹤始終選擇相信。如此真誠的友情，是世上最珍貴的寶物。

看到因兩腳獸的破壞導致貓族們被迫離開家園，對於自己身為兩腳獸而感到羞愧。人類實在該對自己破壞大自然面貌的可惡行徑來檢討，尤其經過八八水災慘痛的代價後更該進行全面的反省。大自然、貓族們，我代替兩腳獸們向你們鞠躬道歉，對不起！

我將《貓戰士》推薦給媽媽閱讀，結果媽媽比我更熱衷，已經開始複習了。所以我也要推薦《貓戰士》給未看過的讀者，這是一套充滿愛與忠誠且勇敢的書，值得各種年齡層閱讀。不要再猶豫，趕快移動你的腳步前往書店買回來當傳家之寶吧！

——朝陽科技大學・陳意儒

貓戰士是一套值得大家看的書。有一些愛情、有一些知識、情同手足的友誼跟堅強的勇氣，如果你是喜歡閱讀冒險又刺激的朋友，那你絕對絕對不能錯過喔！

我接觸的第一本貓戰士是首部曲的第一集，那是阿姨送我的禮物，其實在那之前我就在誠品看過了封面和封底，因為都封起來了，所以沒看到內容，好可惜喔。

從序開始我就瘋狂地愛上了貓戰士，後來我寫了一篇閱讀心得，並推薦給全班，我的好朋友也都慢慢地迷上了貓戰士，只要預購時間一到，大家都瘋狂地大採購。就連我那不愛閱讀的弟弟也漸漸地對貓戰士有了興趣。

從小我就對貓或跟貓有關的東西情有獨鍾，不過都是一些寵物貓，所以我很佩服火星曾經是一隻寵物貓，卻能勇敢地面對貓族的冷嘲熱諷，那寬大的心胸讓他成為了偉大的族長，這可不是虛有其表喔！

貓戰士超好看的，如果還沒看過的人一定要加緊腳步喔！我誠心誠意地向大家推薦每一集的貓戰士，相信我，它會使你手不釋卷地看下去。

——高雄上平國小・周恢慈

課外書對現代的小孩是非常陌生的，有一天我看到這本書的封面就讓我眼睛為之一亮，接下來的每一頁讓我目不轉睛、愛不釋手，沒想到這本書卻是我看過的課外書中最讓我中意的。

以前回到家總是先打開電視看卡通，現在卻是看貓戰士，爸爸原本以為我是看漫畫入迷又要嘮叨，沒想到最後爸爸竟然也跟著看，還問我內容的發展，讓我好吃驚，因為又多了一位書迷可以討論了。

目前我有貓戰士首部曲、二部曲，每一本都是我努力讀書用好成績換來的。所以看貓戰士功課不會退步，反而有動力要讀好書。

作者艾琳・杭特，讓我非常佩服她對貓的了解，及她本身的想像力讓整本書活了起來。我的生活有了貓戰士，讓我充實了許多，牠已經悄悄伸出貓掌，走入我的世界，這本書深深打動著我。

我一定要推薦貓戰士給每一個愛書的人，它真的是值得收藏的好書。

——彰化精誠中學・楊尚龍

每天回到家裡，總會看見書架上的二部曲貓戰士小說整齊的排列著，午夜追蹤、新月危機、重現家園……不知不覺中，貓戰士系列小說竟然把其他書架上的書一本接著一本擠到旁邊，甚至得要淘汰幾本書，才能繼續收藏我的貓戰士套書呢！原來，我已經閱讀貓戰士，成為貓戰士的書迷這麼久啦！

《貓戰士》，是我第一個閱讀的系列小說，也是我第一次跟著出版進度一本接著一本預購的書籍。我從《荒野新生》跟著火掌進入貓戰士的世界中。從兩腳獸的家中溜走，到神祕的荒野找尋新的生活；從吃寵物飼料到自己捕捉獵物；從無憂無慮的生活到荒野的變幻莫測……精采的內容，使我很難把自己拉回現實世界中，停也停不下來。

有時，我會跟一些和我同樣是貓戰士忠實書迷的同學聊聊貓戰士，說說彼此對內容、角色的想法和心得，或是把貓戰士介紹給我的親朋好友，和他們一起分享閱讀貓戰士的喜悅，一起分享和貓戰士們一起探險的刺激和趣味。《貓戰士》不但讓我享受閱讀的樂趣，也讓大家有了共同的話題，甚至讓我交到許多新朋友。

《貓戰士》真的是很棒的讀物，在二部曲第一、二集，貓戰士四族因為兩腳獸的大肆破壞而不得不遷移，也反映了人類大肆在山林裡濫墾濫伐，會嚴重破壞山林的生態環境。這說明了生態保育的重要性，也讓《貓戰士》這套書不單單只是小說，更有不一樣的教育意義。下次如果到書店逛逛，別忘了買本貓戰士回家，和大家一起進入貓戰士的世界中，體驗一場不凡的冒險，享受一下閱讀貓戰士的樂趣！

——板橋中山國中．陳雨彤

有許多故事以魔法、動物……等題材作為故事主軸，這部《貓戰士》，由其名可知「貓咪」為這部小說的主角，養過貓的人閱讀完貓戰士，一定會對家中的貓產生新的敬佩。

經過首部曲和二部曲緊張刺激的故事後，相信很多人都會對即將要出版的三部曲感到期待。首部曲是以一隻經常做夢並幻想野外生活，天真的寵物貓「羅斯提」為主角，敘述他拋棄被豢養的生活，踏入森林，到成為一族之領導者的故事。二部曲則以貓族的下一代作為主角，貓兒們生存的森林遭到人類的濫墾、破壞，迫使貓兒們遷移，遷居新家的旅程和定居後的發展。

全文採用「貓」的觀點來看世界，而不是以「人類」的觀點，增加了閱讀的趣味，例如「轟雷路」就是指柏油路、「怪獸」指的是汽車或機械……等。在字裡行間，我們可以體會貓兒們的對話，卻不了解人類使用的語言，澈底顛倒了兩者間的關係。

這並不是一部充滿感性的小說，但也不是瀰漫著廝殺血腥的小說，而是由奇幻、緊張，毫無冷場的劇情所交織出來的，「野味」十足的小說。在其中，部族是由族長、戰士、長老、巫醫、貓后和見習生所組成的一個共同生活的團體，而書中背景存在著四大部族，各個職務都有各自的任務，顯出團隊生活的精神。另外，星族代表戰士祖靈所聚集的部族，也就是大部分貓兒死後所通往的世界，祂們會透過星宿來觀看貓族，並將預言透過托夢的方式告訴貓族，可說是四大部族的守護神。

《貓戰士》會給你前所未見的「衝勁」，閱讀時會感覺自己也奔馳於大地，書中的各個場景浮現腦中，猶如踏入森林般，作者透過生動的文字和細膩的筆法，闡述出部族貓的生活。這套書其實不是拿來「閱讀」，而是拿來「享受」，期盼你會一頁接著一頁地看，在看書時也會浮現和我一樣的想法！

——台中華盛頓高級中學・陳顥文

序章

樹根泥濘盤結，形成一方小小缺口。幽暗深處，有個鋪滿樹鬚的洞穴，這是經年累月風吹雨刷的結果。

一隻貓兒爬上陡峭的小路，朝洞口走來，瞇起眼睛，慢慢靠近，火焰色的毛皮在月光下閃閃發亮。他在洞口坐下，尾巴捲在腳邊，豎直雙耳，毛髮倒豎，洩露出他的惶惶不安。

「你要我來做什麼？」

黑暗中，有一雙眼睛正眨呀眨地盯著他看——顏色就像水面映照的夏日天空一樣湛藍。一隻曾在歲月和戰鬥洗禮下留下累累傷痕的灰色公貓盤踞洞口。

「火星。」這位戰士走上前來，用已然灰白的鼻口輕觸這位雷族族長的面頰。「我要謝謝你。」他的喵嗚聲老而嘶啞。「你把失落的貓族重建起來，成就無所匹敵。」

「不必謝我，」火星低頭謙虛地道。「我只是盡本分而已。」

老戰士點點頭，若有所思地瞇起眼睛。「你認為你是雷族的好族長嗎？」

火星有點緊張，「我不知道。」他喵聲說道。「這工作不輕鬆，但我都盡量為部族著想。」

「沒有貓兒會懷疑你的忠誠。」老貓粗嘎說道。「問題在於你可以效忠到什麼程度？」

火星眼神閃爍，想給他一個答案。

「未來還有更多的苦日子，」但戰士沒等火星回答，便逕行說下去。「你的忠誠將會受到最嚴厲的考驗。有時候一隻貓兒的命運並不代表全族的命運。」

老貓突然僵硬地站起身來，目光越過火星，不再落在雷族族長身上，而是遙遠的彼方，也是火星看不到的地方。

當老貓再次說話時，蒼老的聲音竟變得柔和起來，彷彿是另一隻貓兒借他的口在說話。

「將有三隻貓兒，你至親的至親，星權在握。」

「我不懂這意思，」火星喵聲說道。「我至親的至親？你為什麼要告訴我這個訊息？」

老戰士眨眨眼睛，目光再次落回火星身上。

「你必須再多告訴我一點！」火星要求道。「如果你不解釋清楚，我不知道該怎麼做？」

老貓深吸一口氣，只是當他再度開口說話時，卻只說：「再會了，火星，在未來歲月裡，千萬記得我。」

火星猛然驚醒，胃部因恐懼而抽搐。他發現四周是熟悉的岩壁，顯然自己是在湖邊山谷的自家洞穴裡，不禁眨眨眼睛，鬆了口氣。早晨陽光透過岩縫流洩而入，照在身上暖烘烘的，多少鎮定了自己的情緒。

他站起來，伸個懶腰，甩甩頭，試圖揮卻這個夢境。但他知道這不是個普通的夢，因為這夢境是那麼清晰，彷彿是一個月前才發生的事，而非好幾季之前。當時那隻老貓第一次說出這個奇怪的預言時，他的女兒還沒出生，四大部族也都還住在森林裡。如今這預言跟著他歷經大遷移翻山越嶺，來到湖邊這處新家，從此每逢月圓時分，這記憶便重新回到他的夢裡。連睡在他身邊的沙暴都不知道他曾和這隻高齡老貓有過對話。

他從窩裡往外探看下方正在甦醒的營地，他的副族長棘爪正在空地中央伸懶腰，爪子緊抓地面，屈起有力的肩膀。松鼠飛往她伴侶貓走去，喵嗚地道早安。

祈求上蒼，但願是我錯了，火星想道，但心裡還是很不踏實，他擔心預言就要成真。

那三隻貓已經降臨……

第一章

樹葉像雪花飛舞，輕輕拂過小松鴉，腳下積滿結霜的落葉，每踩一步都劈啪作響，非常吃力。寒風刺骨，穿透他那一身還沒長全的毛髮，害他不禁全身發抖。

「等等我！」他哭喊道，耳裡聽見前方母親的聲音，那溫暖的身子總是離他好遠。

「才不讓你搶到呢！」

尖銳的喵嗚聲突地劃破夢境，驚醒了小松鴉。他豎起耳朵，聽見育兒室裡的熟悉聲響。他的哥哥和姊姊正在玩耍；蕨雲正舔著她那幾隻愛打瞌睡的小貓。現在沒有下雪，原來他正待在溫暖安全的營地裡。他聞到他母親的臥鋪味道，雖然現在空在那裡，仍留有她的氣味。

「噢！」他發出一聲驚叫，原來是小冬青碰地一聲摔在他身上。「小心點！」

「你終於醒了！」她在他身上翻滾，後爪伸進他脅腹，接著縱身一躍，扭身離開，伸爪去抓那個她抓不到的東西。

老鼠！小松鴉聞得出來。他哥哥和姊姊一定是在玩剛被帶回營裡的獵物。他跳了起來，快速地伸伸懶腰，抖一抖小小的身軀。

「抓住牠，小松鴉！」小冬青喵嗚說道。老鼠從他耳邊呼嘯飛過。

「你這個懶蟲！」她揶揄他動作太慢，竟然沒接到。

「我接到了！」小獅大叫一聲，撲在獵物身上，爪子碰地一聲打在育兒室的地面。

小松鴉可沒打算讓哥哥輕易偷走他的獵物。他也許個子最小，但他動作很快。他往小獅身上一撲，撞開他，伸出前掌就要去搆那隻老鼠。

無奈落地時，笨拙地滑了一下，打個滾，突然驚覺底下壓的不是苔蘚，而是蕨雲那兩隻不斷蠕動的小貓。蕨雲後掌猛地使力，將他推開。

小松鴉倒抽一口氣。「我有傷到他們嗎？」

「當然沒有，」蕨雲怒聲說道。「你個子這麼小，連隻跳蚤都壓不扁！」她趕緊將小狐和小冰往懷裡塞，兩隻小貓喵喵作響。「只是你們三個在育兒室裡實在玩得太過火了。」

「對不起，蕨雲。」小冬青喵聲說道。

「對不起。」小松鴉也跟著認錯，不過蕨雲對他個子的評語已經多少傷到他的自尊。所幸這位貓后沒有繼續生氣，她很容易就原諒這些被她一手帶大的小貓——幾個月前，蕨雲還沒生下小狐和小冰，松鼠飛又剛好沒奶，所以都是由她負責哺乳小松鴉、小冬青和小獅。

「該是火星升你們當見習生的時候了，這樣你們就可以搬到見習生的窩裡去。」蕨雲喵聲說道。

「但願。」小獅嘆口氣。

「快了，」小冬青說道，「我們已經快六個月大了。」

小松鴉開始想像自己當上見習生的模樣，也得意起來，他好想趕快接受訓練。不過就算他看不見蕨雲臉上的表情，也感覺得到她心裡一閃即逝的質疑念頭，他知道她正用憐憫的眼神看著他。他突然好沮喪，毛髮倒豎了起來——他也想像小冬青和小獅一樣，快點成為見習生。

蕨雲正在回答小冬青的問題，完全沒察覺小松鴉早就感應到她剛才的瞬間念頭。「你們還沒滿六個月，等時間到了，就可以到外面去了，到時愛怎麼玩都可以。」她說道。

「遵命，蕨雲。」小獅服從答道。

外頭的空氣聞起來很清新，感覺結了霜。火星和沙暴正在擎天架下方聊天。塵皮坐在他們旁邊。

「我們應該考慮擴建戰士窩，」暗色虎斑貓向族長建議。「現在太擠了，黛西和栗尾的小孩不可能一輩子都當見習生。」

我們也不會！小松鴉心裡想道。

亮心和雲尾正在廣場的另一頭曬太陽，互梳毛髮。小松鴉聽見他們的舌頭規律互舔的聲音，就像被雨浸溼的樹葉正在滴水的聲音。而他們也像雷族其他所有貓兒一樣，每逢禿葉季，毛髮就長得特別濃密，身子卻變得精瘦，這是因為缺少獵物和狩獵不易的關係。

禿葉季帶來的不光是飢餓而已。栗尾就有一隻叫颾掌的小貓因感冒而病死，連葉池的藥草也救不了他。還有雨鬚也是在一場暴風雨中被坍倒的樹枝砸死了。

亮心停下梳洗動作。「小松鴉，你今天好嗎？」

小松鴉將老鼠擱在腳底下，不讓小冬青拿到。「我當然很好啊。」他喵聲說道。為什麼亮心特別關心他？他一直都待在育兒室裡睡覺，又沒偷襲影族的領地。但她那隻唯一沒壞掉的眼睛，卻好像老愛注意他的一舉一動。為了證明他也像哥哥姊姊一樣身強體壯，小松鴉故意將老鼠往高處一扔，越過小冬青的頭頂。

小獅猛地衝過他身邊，要去搶老鼠，結果和小冬青扭打起來。松鼠飛的聲音從育兒室的另一頭傳來。「你們幾個應該學習尊重自己的獵物！」他們的母親正忙著拿樹葉填塞貓后窩四周的刺藤縫隙。

黛西在幫她的忙。「小貓就是小貓。」這隻白色的母貓快樂地說道。

小松鴉聞到黛西身上的怪味道，不自覺地張大鼻孔。她的氣味跟部族裡出生的貓兒不太一樣。有些戰士到現在都還認定她是寵物貓，因為她曾住在馬場裡，而且吃過兩腳獸的食物。黛西不是戰士，因為她從沒想過離開育兒室，但她的小貓鼠掌、榛掌和莓掌都已經是見習生了，他們在小松鴉的眼裡就跟其他族貓一樣都是部族貓。

「再過不久，他們就不是小貓了。」松鼠飛告訴黛西，同時用她的長尾巴將更多樹葉掃到跟邊，窸窣清脆的聲響令小松鴉想起剛剛的夢境。

「所以才更應該讓他們開心地玩啊！」黛西答道。

小松鴉就是喜歡這隻乳白色的母貓。雖然松鼠飛是他母親，但每次她出任務時，都是由黛西陪著蕨雲一起照顧他。松鼠飛才剛生完小貓，就回去重披戰袍。雖然她在育兒室裡也有個臥鋪，但很少睡在上頭，反而常回戰士窩裡過夜，因為她擔心一早出門巡邏，會吵到小貓和貓后們。

「蕨雲，窩裡還會有風滲進去嗎？」松鼠飛隔著育兒室的樹籬這樣喊道。

「不會了。」蕨雲的聲音從樹枝叢裡傳出。「現在很溫暖了。」

「那就好，」松鼠飛喵聲說道。「黛西，妳可以清理一下這裡嗎？我答應棘爪幫他勘查一下山谷附近鬆動的石塊。」

「鬆動的石塊？」黛西倒抽一口氣。

「雖然這堡壘很堅固，」松鼠飛抬頭看看營地四周陡峭的崖壁，聲音在崖間不斷迴盪。「但可能會因結霜的關係，造成石塊鬆動，我們可不希望它們掉進營地裡。」

小松鴉有點分了神，因為他聞到長老窩那兒傳來惡臭的老鼠膽汁氣味。葉池應該正在幫長尾或鼠毛除蝨子。但這時又有另一股香噴噴的氣味傳來，原來是黛西的小貓鼠掌和榛掌狩獵回來了，他們各自帶著獵物，興奮地快步走了進來，鼠掌嘴裡叼著兩隻老鼠，榛掌拖著一隻歌鶇鳥，雙雙丟進獵物堆裡。

塵皮無聲地走過來歡迎他們。「榛掌，看來妳的成績不錯！」他讚美自己的徒弟。「你們兩個都很棒！」兩個見習生開心地發出喵嗚聲，小松鴉注意到他們的聲音好像他們的母親，只是有點被厚軟的毛髮給蒙住了。

突然不知誰一陣風似地將小松鴉撞倒在地。

「你到底要不要跟我們玩啊？」小冬青追問道。

小松鴉跳了起來，甩甩身子。「當然要啊！」

「那好，小獅搶到老鼠，不肯給我！」小冬青抱怨道。

「那我們去搶回來！」小松鴉跑過空地，往他哥哥衝過去。他往小獅身上一撲，將他壓倒在結霜的地面上，小冬青趁機從小獅嘴裡搶走那隻老鼠。

「不公平！」小獅大聲抗議。

「我們才不管公不公平呢，」小冬青得意洋洋地尖聲說道。「我們又還沒升天成為星族的族貓！」

「如果你們再繼續這樣褻瀆食物，恐怕永遠都不能成為星族的子民了！」正往戰士窩走去的暴毛駐足說道，他的言詞雖嚴峻，語調卻溫柔。「這是禿葉季，我們應該對星族所賜予的每一口食物都心懷感恩。」

小獅扭動身子，從小松鴉身下爬了出來。「我們只是在練習狩獵技巧。」

「我們必須加緊練習，」小松鴉也不甘示弱，坐了起來。「因為我們就快成為見習生了。」

暴毛默不作聲了好一會兒，然後才走上前去，快速舔舔小松鴉的額頭。「當然囉，」他低聲說道。「我差點忘了。」

小松鴉突然覺得好沮喪，他已經快六個月大了，為什麼整個部族都還把他當成剛出生的小貓？他氣憤地甩甩腦袋。暴毛根本不是雷族的貓！雖然他父親灰紋曾是雷族的副族長，可是他是跟著他母親的族貓在河族長大。至於他的伴侶貓溪兒則來自遙遠的山區。他有什麼資格一副高高在上的模樣？

小冬青的肚子咕嚕咕嚕叫，「我們別再玩這隻老鼠了，我們把牠吃掉好不好？」

「這隻老鼠給你們兩個吃，」小獅提議道。「我去獵物堆那裡找別的來吃。」

小松鴉轉身面對那堆獵物，那是今天早上戰士們剛帶回來的戰利品，但他卻聞到一種臭味，他深吸一口氣，張開下顎將那些味道吸入嘴裡。他聞得到榛掌捕殺的歌鶇鳥，還有鼠掌帶回來的那兩隻老鼠，牠們的血仍很溫熱，但在牠們下方，隱約傳來一股酸腐味，害他舌頭不自覺地縮了回去。他慢慢走過去，越過他哥哥，尾巴豎得筆直。

「你要幹什麼？」小獅問他。

小松鴉沒答腔，鼻子在那一小堆獵物裡嗅呀聞的，突然鎖定一隻鷦鷯鳥，使盡力氣將牠拖了出來。「你們看！」他喵聲說道，伸出腳掌，將那隻鳥翻過來。原來牠的腹部已經長蛆。

「好噁哦！」小冬青尖聲說道。

葉池正從長老窩出來，嘴裡叼著一小球苔蘚。即便鷦鷯鳥的屍體已發出惡臭，但小松鴉還是聞得到那球苔蘚的膽汁味。葉池停在三隻小貓身邊。「嗅覺不錯哦！」她讚美他們，將浸滿膽汁的苔蘚擱在腳下。「我知道這時節很缺獵物，但與其吃下可能害我們生病的食物，倒不如不吃還比較保險。」

「是小松鴉發現的。」小冬青告訴她。

「真的啊，這麼說，是他幫我省掉一個病患囉。」葉池喵聲說道。「我已經忙得不可開交了。蕨毛和樺落都得了白咳症。」

「妳需要我幫忙收集藥草嗎？」小松鴉提議道。他從來沒離開過營地，他好想去探索那片林子。他想去聞聞邊界的氣味記號。截至目前為止，他只在雷族的巡邏戰士身上，隱約聞到從邊界那兒帶回來的影族和風族氣味。他想吹一吹湖邊清涼的野風，沒有森林味道的那種風。他想知道各邊界的氣味記號在哪裡，他才好幫忙捍衛部族的每吋領土。

「有我們幫妳忙，妳就可以收集到更多藥草了。」小獅也插嘴說道。

「你們又不是不知道，還沒當見習生之前，是不准離開營地的。」葉池提醒他們。

「可是如果有貓兒生病，妳就會需要幫手啊……」小松鴉堅持道。

葉池用尾尖搗住他的嘴，要他別說了。「對不起，小松鴉，」她喵嗚說道。「我相信再過不久，火星就會升你們當見習生，只是在那之前，你們都得像其他小貓一樣乖乖待在營裡。」

小松鴉懂她的意思。他們的父親是副族長，母親是火星的女兒，葉池只是想再次提醒他們，即便如此，也不表示他們就能享有特權。小松鴉的尾巴不高興地抽動著，有時候他真覺得族貓好像特別愛管他們三個，就是故意不給他們任何甜頭，真是不公平！

「我很抱歉，」葉池喵聲說道。「但這是規定。」她拾起惡臭的苔蘚，踱步回巫醫窩。

「真有你的！」小獅在小松鴉耳邊低語道。「看來我們還是得繼續待在營裡了。」

「難道就因為葉池曾從高地草原那兒帶了一些羊毛回來墊我們的臥鋪，還送一些碎掉的蜂巢讓我們舔，就認為我們都該聽她的話嗎？」小松鴉不滿地說道。「為什麼她不能給我們真正想要的東西——譬如出外探險的機會？」

小冬青的尾巴在結冰的地面掃來掃去。小松鴉知道她也和自己及小獅一樣，很想去營地外頭探險。「可是她說得沒錯，」她心不甘情不願地說道。「我們必須遵守戰士守則。」

他們三個一起分食原先那隻老鼠和另一隻田鼠。吃完後，小松鴉洗洗臉，還把爪子伸到耳後，澈底洗個乾淨。他注意到溪兒從戰士窩出來，走到雲尾和亮心那兒和他們一起曬太陽。她的氣味和其他戰士不一樣，有高山和溪水的味道。這味道讓她成了雷族最怪的貓。只是因為她的味道嗎？小松鴉有點納悶，還是因為這隻母山貓所帶給他的異樣感覺——她好像總是特別小心翼翼？他不太能判斷，但他確定溪兒一定覺得自己很格格不入。

營地入口的荊棘叢一陣窸窣作響，應該是莓掌回來了，他是黛西的第三隻小貓，只見他大步走向獵物堆，丟下自己的戰利品——一隻很肥的斑鳩。

「棘爪在哪裡？」莓掌朝這幾隻小貓大聲問道。棘爪是莓掌的導師，小松鴉不禁嫉妒他可以有這麼多時間接受棘爪的訓練，他也好想和他父親一起到林子裡狩獵。

「他和松鼠飛在一起，」小松鴉答道。「他們在檢查石塊鬆動的情形。」他豎起耳朵，仔細搜尋他父母親的聲響，但聽不見，不過卻從巫醫窩後方峭壁吹來的風，聞到他們的氣味。

「在那裡。」他告訴莓掌，鼻子朝那個方向抬了抬。

「小松鴉，你今天的鼻子很靈哦！」莓掌喵聲說道。「我要把我的斑鳩拿去給他看，順便問他下午要不要上戰鬥訓練。」

妒意狠狠啃食著小松鴉的心。**為什麼我不能現在就當見習生呢？**

「你一定很會狩獵。」小獅嘆口氣，顯然也在想同樣的事情。

「要多練習才行，」莓掌說。「你們看！」他蹲著，「一開始要採取這個姿勢。」

小獅學莓掌的樣子，也把腹部貼近地面。

「尾巴放低！」莓掌指揮道。「別抬得那麼高，那樣好像風信子哦。」

小獅的尾巴啪地一聲貼在結冰的地面上。

「現在慢慢前進，像蛇一樣。」莓掌指揮道。

「你看起來好像肚子在脹氣哦。」小冬青嘲笑他。

小獅故作好玩地嘶聲一叫，往她身上撲上去，在地上打滾。她隨即反擊，開心地喵嗚喊叫，小獅則用後掌搥她肚子。

他們正打得起勁兒，根本沒注意到營地外頭突然傳來吵雜聲響。但小松鴉聽到了。是貓兒們腳爪重踏地面的聲音，那聲音正朝營地入口而來。小松鴉聞出蛛足和刺爪的味道，巡邏隊回來了，但不太對勁，這些戰士的腳步顯得有些慌亂，身上散發恐懼的氣味。

蛛足和刺爪從入口處衝進來，小松鴉的毛髮豎得筆直。

火星和沙暴立刻站起來。

「發生什麼事？」火星喵聲問道。

蛛足先深吸一口氣，才大聲說道：「有一隻狐狸死在我們的領地上。」

第二章

「在哪裡？」火星的聲音聽起來很緊張。

「就在天空橡樹那裡。」刺爪氣喘吁吁地喵聲說道。「是被一個陷阱給殺害的。」

小松鴉聽見小石子沿山谷崖壁往下滾落的聲音。棘爪和松鼠飛正從岩壁那邊下來。

「發生什麼事？」棘爪喊道。

「刺爪和蛛足發現一隻死狐狸，」火星解釋道。「是被陷阱害死的。」

「公的還是母的？」

「母的。」蛛足告訴他。

「那可能會有小狐狸。」棘爪咆哮道。

小松鴉一頭霧水。「有一兩隻小狐狸，有什麼好緊張的？」他對著小冬青低聲說道。

「小狐狸長大會變成大狐狸啊！你這個鼠腦袋！」她嘶聲告訴他。「大狐狸會攻擊我們。」

「那隻狐狸的身上有乳汁的味道。」刺爪繼續報告。

「所以一定會有小狐狸。」火星做了結論。

戰士窩一陣咯咯作響，灰毛從裡頭爬了出來。

「那個陷阱設在哪裡？」棘爪問道。小松鴉心想，這聲音為什麼聽起來很焦慮？他父親應該知道他們根本不怕兩腳獸的陷阱啊。不，那絕不是焦慮，小松鴉告訴自己，應該是別種東西，是某種他無法理解的情緒。

刺爪的回答打斷了他的思緒。「那陷阱就設在營地的湖邊，離天空橡樹很近。」

「所以說那些小狐狸應該還在附近，」棘爪揣測道。「母狐狸不可能離開牠們太遠。」

「那我們該怎麼辦？」蕨毛從育兒室裡出來。「我們不能讓狐狸統治這座林子！不然我的小貓怎麼辦？」

「我們得先找出狐狸窩。」棘爪毫不遲疑地回答。

「如果小狐狸還小，沒有母狐狸照顧牠們，一定會挨餓的，」火星喵聲說道。「所以最好盡快殺了牠們。」

雷族族長並非本性惡毒，他只是為部族著想。

「要是牠們已經大到會自我求生了呢？」小冬青好奇發問。

「那就得把牠們趕出去，」火星告訴她。「絕不能讓牠們住在我們的領地裡。」

「小狐狸現在應該很餓了，」灰毛明白說道。「萬一牠們已經從窩裡跑出來，那該怎麼辦？」

「牠們可能會找到我們的營地！」蕨雲倒抽一口氣。

「我們會嚴密看守營地的，」火星保證道。「我會帶沙暴去搜索舊的轟雷路，一直走到被遺棄的兩腳獸巢穴為止。棘爪，你再組幾支巡邏隊出來。」雷族族長和他的伴侶貓疾步穿過那道隔開營地與森林的荊棘叢，往林子裡走去。

「暴毛，溪兒！」棘爪喊道。「你們負責巡邏山谷外面，灰毛，你負責守住入口。」

亮心和雲尾走到他前面。「有什麼事要吩咐我們嗎？」

「你們去影族的邊界看看，」棘爪告訴他們。「那裡的地質屬於沙地，很適合當狐狸窩，松鼠飛會帶你們去，她會告訴你們該怎麼辦，那裡可能有很多陷阱，她比較會跳躍，可以跳得過去，帶煤掌一塊去，但要她跟緊一點。」

雲尾大聲喚他徒弟的名字，那隻年輕的灰色虎斑貓穿過空地，一路衝過來。

松鼠飛往入口走去，小松鴉感覺到她那溫暖的毛髮從他身邊輕輕刷過。

棘爪對著刺爪和蛛足大聲說道：「你們再回到剛剛發現死狐狸的地方，看看能不能循著氣味找到牠的窩。」

鼠掌和罌掌也在等任務分派，一副坐立難安的模樣。

「我們可以跟他們一起去嗎？」罌掌喊道。

「可以，但要聽你們導師的話。」棘爪警告道。

他們跟在蛛足和刺爪後面，準備離開營地，小松鴉感覺得到他們情緒的亢奮。他覺得好沮喪，他都不能去。幾乎所有見習生都出去找狐狸窩了，這不公平！他的個子也許最小，但還是可以跟狐狸作戰。

「我們也要幫忙！」小獅大聲說道，完全呼應小松鴉的心情。「棘爪！」

「什麼事？」棘爪的聲音顯得不耐。

「我們可以幫點忙嗎？」小獅請求道。「我們已經快要當見習生了。」

「就算是這樣也不行，」棘爪答道。但他看到了小獅臉上的失望神情，於是改以溫和的語調說：「不過你和小冬青還有小松鴉可以幫忙看守營地。我會帶塵皮和榛掌去搜索湖邊，我們需要勇敢的貓兒保護這座山谷，別讓狐狸靠近，所以如果你們有聞到或看到任何異狀，立刻叫葉池來通知我。」

「沒問題！」小獅熱心答道。

他急忙跑到姊姊和弟弟身邊。「我們負責看守營地，以防小狐狸入侵。」

「你認為小狐狸會跑這麼遠嗎？」小松鴉不悅地說道。「外面每一棵樹都有雷族見習生看守，棘爪只是在哄我們。」

小獅失望地一屁股坐了下來。「我還以為他真的需要我們幫忙咧。」

「這很難說哦，」小冬青喵喵說道。「也許小狐狸真的會往這裡來哦，要是牠們來了，我敢打賭我們一定聞得出來——尤其有小松鴉在。」

小松鴉突然很生氣。「你們跟棘爪一樣可惡，」他怒聲說道。「別再假裝部族有多器重我們了，根本沒有。」

小冬青不斷用前爪搓著地面。「總有一天，我們會受到器重的。」她信誓旦旦。

小獅猛地站起，一個轉身，尾巴一甩。「我們今天就會受到器重。」他大聲說道。「我們可以靠自己的力量把狐狸趕出雷族領地！」

小冬青倒抽一口氣。「可是如果我們偷偷離開營地，等於違反了戰士守則。」

「我們是為了部族著想，」小獅辯稱道。「根本不算違反戰士守則。」

但小松鴉的想法不一樣。「我們又不是戰士──甚至不是見習生，所以為什麼要遵守戰士守則呢？」

小冬青發出嗚嗚的歡呼聲。「如果我們能把小狐狸趕走，小冰和小狐就安全了。」她喵聲說道。

「沒錯。」小獅轉身走進荊棘叢的一處陰暗角落，小松鴉知道他要去哪裡，因為那裡有一條專供貓兒出去如廁的小通道，如果他們從那個通道出去，就不會有貓兒起疑的，戰士和見習生都去守衛和巡邏去了，空地早就空蕩蕩的。至於鼠毛和長尾這兩位長老都待在窩裡，蕨雲和黛西也進了育兒室，而葉池正忙著照顧窩裡那兩隻患了白咳症的病貓。

小松鴉跟著小獅穿過小通道，心撲通撲通地狂跳。

「沒有貓兒看見我們。」緊跟在他身後的小冬青低聲說道。

他聞到排泄物的味道，趕緊避開，跟著小獅爬上斜坡，離開營地。灰毛正在荊棘叢外守衛，他來回走著，樹葉不斷窸窣作響。

「他看得到我們嗎？」小松鴉小聲問道。

「從他的方向是看不到我們的。」小冬青再三保證。「荊棘叢把他的視線擋住了。」

「只要我們不走到大路上，其他的巡邏隊員也看不到我們。」小獅喵聲說道。

「可是我們不知道大路在哪裡啊。」小松鴉點醒他。他腳下的觸感很奇怪，都是樹葉和樹枝，不同於山谷裡平整乾淨的地面。

「我們可以靠嗅覺判斷他們在哪裡，」小冬青說。「前面幾乎沒有什麼氣味傳來，而且這斜坡很陡，根本沒有小路會穿進蕨叢裡。」

「那我們就走這條路。」小獅喵聲說道。

「你認為呢？」小冬青問小松鴉。

「刺爪說他們在靠近營地的湖邊發現死狐狸，位置就在那裡。」他用尾尖指指方向。

「你怎麼知道湖邊在那裡？」小冬青語帶疑惑地問道。

「我可以從風裡聞到湖水味道。」小松鴉解釋道。「那兒的風聞起來比丘陵或森林的味道更清涼一點。」

於是三隻小貓順著斜坡往下跑，然後開始攀爬林木茂密的高地。**這裡的地面感覺比較潮溼**，小松鴉猜想一定是因為這面斜坡少有日照的關係，他身子不禁發起抖來。

「你該不會是害怕吧？」小冬青取笑他。

「當然不是，」他喵聲道。「只是因為這裡沒有太陽，覺得很冷。」

他們繼續爬坡，來到山頂，這裡的樹木稀少，陽光透過枝椏灑下，溫暖多了。

他的鼻孔警覺賁張，「別動！」他警告道，接著伸長脖子去聞一片蕨葉，試圖分辨是哪個雷族戰士的氣味。「看來戰士常常經過這裡。」

「可是我沒看到有誰啊。」小冬青說道。

「我們還是小心為上，」小松鴉主張道。「要是不小心遇到巡邏隊怎麼辦？」

「真希望現在是綠葉季，」小獅說道。「這樣就有很多地方可以讓我們躲了。」

「躲那裡怎麼樣？」小冬青喵嗚說道。「那邊的樹比較茂密……」

「……又有刺藤！」小獅補充道。

他和小冬青立刻衝過去，小松鴉跟在後面，遠離了那株氣味濃厚的蕨叢，進入更遠的林子裡。這兒的空氣清新多了，雷族的氣味不再強烈。小松鴉肩上的肌肉總算放鬆，但卻在這時聽見一個熟悉的聲音——暴毛的叫喊聲。

「溪兒？」灰色戰士正在呼喚他的伴侶。

「快趴下來！」小松鴉嘶聲說道。

三隻小貓立即蹲下。小松鴉緊貼住冰冷的地面，感覺心臟抵著落葉怦怦跳動著。地面隨著腳步聲的逼近而微微震動。

「他們是朝這兒來嗎？」他低聲問道。到時他們該怎麼解釋這種私自離開營地的行為？

「我們先躲在那叢冬青底下。」小冬青提議。

小獅躡手躡腳地往那個方向過去，小松鴉感覺到身後的小冬青正在推他，要他快點。他不高興地嘶聲回應，跟在小獅後頭衝了過去。後面的小冬青死命將他推進樹枝底下，害他鼻子和耳朵都被針狀的葉子刺到。

「藏在這裡，他們就不會看見我們了。」她低聲說道。

暴毛的聲音又響起。「我們去影族邊界那兒看看。」他的聲音近得嚇人。

溪兒出聲回答他，那低沉的聲音離他們只有一條尾巴遠。「你認為牠們可能還在舊的狐狸窩嗎？」

「應該不在了，」暴毛喵聲說道。「松鼠飛上次趕走的那隻母獾，臭味到現在都還留在那裡，不過我們還是應該過去看看。」

「要是暴毛和溪兒聞起來像雷族的氣味，我們就能偵測出來了。」小獅抱怨道。

「不管他們的氣味是什麼，我們都不可能聞得到。」小松鴉解釋道。「因為風向不對。」

「小聲點！」小冬青發出警告。

兩位戰士正朝這株冬青灌木叢筆直走來。暴毛從灌木叢旁邊輕輕刷過，樹枝跟著窸窣顫動。小松鴉將身子平貼地面，閉上眼睛。

「來吧，我們走快一點！」暴毛催促他的伴侶貓。「到時我們再回頭去巡邏山頂。」然後戰士的腳步聲就逐漸遠了。

「我們快離開這裡！」小松鴉低聲說道。

「走哪個方向？」小獅問道。

小松鴉又嗅到湖面傳來的湖水氣味。「走那裡！」他用尾巴指指方向，喵聲說道。

三隻小貓再次出發，一路上壓低身子前進。小獅帶頭沿著一條曲折的小徑走，穿過一大片蕨叢和雜亂的矮樹叢。「走這裡。」他催促道。

小松鴉跟在他後面，好不容易鑽進一株蕨叢裡，枝葉茂密到只能勉強將自己塞進縫裡。

「我敢說這裡一定沒有戰士鑽得進來。」他得意洋洋。

「他們應該常常帶我們去巡邏的。」小獅喵聲說道。

「我們可以幫忙查探那些他們鑽不進去的地方。」小冬青同意道。

他們在一株懸鈴木的根部下方爬行，樹根盤生錯結成拱狀通道，下方鋪滿落葉。

小松鴉停下腳步。他聞到蛛足剛留下的氣味。「等一下！」他喝令道。「棘爪的巡邏隊剛剛經過這裡。」

於是他們又趕緊爬回懸鈴木根下方的洞裡。

「我們一定是走對方向了。」小冬青低聲道。

「天空橡樹一定就在那裡。」小獅喵聲說道。「它是樹林裡最高的樹木。」

「巡邏隊在哪裡？」小松鴉問道。

「你聽！」小冬青說道。

小松鴉聽見巡邏隊在離他們只有幾條尾巴遠的蕨叢裡搜尋翻找，他緊張到毛髮不禁倒豎。

突然他聞到一股惡臭，趕緊縮起舌頭。那是他從沒聞過的氣味，背脊不禁起了寒顫。

「你們聞到那味道了嗎？」他問小獅和小冬青。

「好噁哦！」小獅皺起鼻子。

「一定是那隻死狐狸！」小冬青猜測道。「我們一定離陷阱很近。」

「你看得到嗎？」小松鴉問道。

小冬青從他身邊擠了過來。「我看得到那棵大樹的根！」她頭抬得高高的，在他頭頂上這樣說道。「那隻死狐狸躺在橡樹底下。巡邏隊卻略過那塊地方，到蕨叢裡去找。」

「他們找錯地方了，」小松鴉喵聲說道。這時他突然發現，除了巡邏隊和死狐狸的氣味之外，他還隱約聞到某種甜甜的味道——乳汁味。就在這株懸鈴木底下。「那隻狐狸曾從這棵樹底下走過，」他告訴另外兩隻小貓。「我聞到牠的乳汁味了。」

「我們找到牠以前走的路線了。」小冬青喵聲說道。

小獅從樹根底下爬出來。「我們快追蹤這味道，這樣就能找到小狐狸了。」

小松鴉轉身離開刺爪、蛛足、罌掌和鼠掌還在翻找的矮樹叢，從懸鈴木的樹根底下爬出來，順著乳汁氣味的蹤跡慢慢往前走。

「小心！」小獅發出警告。「前面有刺藤。」

小松鴉只專心嗅聞乳汁的氣味，沒注意到那株刺藤。

「放心，我會找到一條路的。」小冬青提議道，身子擠到前面，然後鑽進刺藤叢裡。

「可是那氣味是從這裡繞過去的。」小松鴉反駁道。

「我們不能待在太空曠的地方，」小獅告訴他。「我們可以從這裡鑽到另一頭，再繼續追蹤那個味道，這樣一來，也可以利用這株刺藤阻隔刺爪的巡邏隊。」

小松鴉只好心不甘情不願地跟在小獅後面，因為小冬青已經在錯結盤生的刺藤叢裡找到一條窄窄的通道。等他好不容易鑽到另一頭，再度聞到狐狸氣味時，才總算鬆了口氣。

這裡的樹木間距較大，小松鴉感覺到有徐徐微風吹拂他的毛髮，身上也暖洋洋的。狐狸的乳汁味愈來愈濃了，等到他們快接近一座小土丘前方的蕨叢時，小松鴉突然聞到一股怪異的騷味，是小狐狸嗎？

「等一下！」小冬青命令道。

「為什麼？」小獅反問她。

「你們先等一下，我去看看那株蕨叢後面有什麼。」

「我也要去。」小獅堅持道。

「我們不可以讓小狐狸發現我們，」小冬青喵聲道。「如果我們三個都過去，牠們就會覺得有問題，那樣我們就不能嚇牠們了。」

「我身上的金毛比妳的黑毛更適合隱身在蕨叢裡。」小獅解釋道。

「那我呢？」小松鴉問道。

「偷襲狐狸窩的時候，一定不會漏掉你的，」小冬青承諾道。「只是你和我得先待在這裡，等小獅探完路回來再說。」

小松鴉覺得氣餒，但他知道小冬青說得沒錯。「你一找到，就立刻回來哦。」他低聲喊道，這時小獅的身影已經消失在蕨叢裡，不過他卻在這時候開始懷疑，攻擊狐狸窩的這個點子到底對不對？但除了這辦法之外，他想不出其他方法來說服族貓，別再把他當成一隻無助的小貓。

他豎直耳朵，仔細聽小獅回來了沒。感覺好像過了好久好久，他哥哥才從蕨叢裡出來。

「狐狸洞口就在這株蕨叢的後方，」小獅低聲說道，甩掉身上的葉子。「可是在土丘的另一頭還有一個小出口——可能是逃生口——它直接通到後面。」

「小狐狸在裡面嗎？」小松鴉問道。

「我沒進去，不過我聽到牠們在裡面哭著要東西吃。」

「這麼說牠們應該還很小囉，」小冬青推論道。「不然牠們現在早就該自己跑出來了。」

「如果我們從逃生口那裡下去，會比較容易把牠們趕出來，」小獅提議道。「我們可以衝進去，把牠們嚇出來，然後再一路追趕牠們到邊界那裡。」

「邊界在哪裡？」小冬青問道。

小獅不耐地哼著鼻子。「不管往哪個方向追趕，都會碰到邊界啊！」他輕蔑說道。「雷族的領地又不是無限大。我們現在就行動，免得刺爪早一步發現牠們，搶了我們的功勞。」

他不等小冬青和小松鴉回答，就逕行走進蕨叢裡，帶他們上坡，然後走出蕨叢，越過覆滿落葉的土丘頂。

「逃生口就在這裡。」他止住腳步，大聲說道。

「這比兔子洞大不了多少嘛！」小冬青訝異說道。

「搞不好以前就是個兔子洞啊！」小獅答道。「管它的，只要我們能鑽進去就行了。」

刺爪的聲音出現在林子不遠處，巡邏隊八成放棄搜索死狐狸陳屍處附近的蕨葉叢，往土丘這裡走來了。

「快點啦！」小獅斷聲說道。「不然刺爪就會先找到小狐狸了。」

小松鴉深吸一口氣，跳進洞裡。他開始往下爬，身子不斷與洞內四周的泥巴摩擦。他相信自己可以憑嗅覺找到狐狸的藏身處，小獅在他後面推擠，直到他終於闖入狐狸窩裡。

空氣很悶，都是狐狸味——而且不只一隻。小松鴉發出威嚇的嘶叫聲，在他身旁的小獅也立刻兇惡咆哮，小冬青同樣不甘示弱地兇狠叫囂。

小松鴉看不見狐狸，可是等他聽見牠們站起來的聲響，才驚覺到對方的體型比他們原先想的大上許多。小狐狸才放聲尖叫，他就被恐懼給澈底襲身。

「牠們體型好大哦！」小獅哭喪著臉喊道。

「我們快走！」小松鴉尖聲大叫。

他立刻轉身往逃生口衝。小狐狸鼻子的熱氣就噴在他尾巴上。小冬青和小獅陷在狐狸窩裡了嗎？他不敢停下來去找他們，因為小狐狸已經追出洞外，張嘴想咬他的後腳跟。

小松鴉驚慌失措，衝下邊坡，穿過蕨叢。「刺爪！」他放聲大喊。

沒有回應，小松鴉只得逃進刺藤叢裡，希望能躲開狐狸，沒想到牠竟然也鑽了進來。刺藤的刺不斷劃破小松鴉的鼻子和耳朵，後面那隻狐狸卻像在草地上奔跑一樣輕鬆穿梭。他掙扎前進，好不容易從刺藤叢裡鑽了出來，直奔營地而去。他聞到熟悉的山谷氣味了，趕緊加快腳步往前衝。小狐狸仍然緊追不捨，一路猛咬。

我快到營地了！他絕望地想，腳爪在鬆軟的落葉上失速打滑。

小狐狸突然張嘴用尖牙咬他尾巴，小松鴉頓時一股錐心刺痛，爪子緊戳地面，愈跑愈快，愈跑愈快，直到地面突然毫無預警地在腳下憑空不見。

小松鴉一陣驚恐，只覺得自己在虛無的空氣裡直墜而下。

我掉下山谷了！

第三章

小松鴉想移動身子，但劇烈的疼痛貫穿四肢，像爪子一樣攫住他胸膛。恐懼如洪水一般，**我的身體一定摔爛了！**

他想出聲求救。

「噓，小東西。」不知是誰的溫暖鼻息徐徐吐在他毛髮上，柔軟的口鼻輕撫他的脅腹。

應該是葉池吧，不過這聲音聽起來很陌生，也許是自己頭痛搞糊塗了。小松鴉知道他正躺在葉池窩裡的牆邊，身旁有柔軟的苔蘚，如水溫潤的冷空氣正沿著平滑的石牆吹拂進來。藤蔓遮住了入口，空氣裡充斥著藥草氣味，小松鴉本能地嗅聞藥草的氣味，很快認出裡頭有杜松和琉璃苣。

小冬青和小獅在哪裡？他聞不到他們的氣味。他在臥鋪上扭動身子，想找他們。

「乖乖躺著，小東西。」

小松鴉看見一隻母貓蹲在他身邊，才知道自己在做夢。他根本不認得這隻母貓，但她身上有雷族的氣味。母貓的身影模糊，只是當她嗅聞他的毛髮時，他竟能清楚看見她輕盈的身體有美麗的黃褐色斑紋。

她有一雙淺灰色大眼，其中一隻眼睛周圍的毛色比較暗，臉部有雜色斑紋，嘴毛卻是白的。「你不用害怕，」她告訴他。「你很安全。」

「小冬青和小獅呢？」

「他們也很安全。」

母貓繼續用鼻頭搓撫他的毛髮，輕輕碰觸每一吋疼痛的地方，小松鴉終於把頭靠回苔蘚上。她碰過的地方似乎有股熱流，讓他覺得全身溫暖起來。

「小寶貝，現在喝點東西吧。」她催促道，拉來一片葉子到他嘴邊。葉片裡盛著一小灘水，很甜很清涼，他喝完之後，昏昏欲睡，終於閉上眼睛。

⚡⚡⚡

等到小松鴉醒來時，那隻母貓已經不見了。他的身體還是很痛，但不像之前那麼痛了。

「你醒了。」葉池的聲音讓他嚇了一跳。

「另一隻貓呢？」他氣若游絲地問道。

「什麼另一隻貓？」

「就是拿水給我喝的那一隻啊。」他記得她身上有明顯的斑點。「她是一隻黃褐色的貓，但嘴毛是白的。」

「有黃褐色的毛和白色的嘴毛？」葉池提高音調，很感興趣。

小松鴉不懂葉池為什麼重複他說過的話。他想抬起頭來，但覺得脖子好硬，痛得他臉不禁抽搐。

「你還會痛上好一陣子呢。」葉池警告他。「可是你很幸運，一根骨頭也沒斷。」她滾來一球沾滿水的苔蘚到他嘴邊。「來，喝點東西。」

「我不渴，」小松鴉喵聲說道。「我告訴過妳，那隻貓給我喝過水了。」

葉池於是拿開苔蘚。「那就再多說一點有關她的事情吧。」她溫柔地催促他。

小松鴉開始有點不安，以為自己是不是做錯了什麼。他覺得奇怪，葉池幹麻肩膀繃得那麼緊，尾尖不安地撥動著地上的苔蘚？「我從沒見過她，可是她身上有雷族的氣味，而且又待在這裡，所以我才以為喝她給我的水，應該沒關係吧。」

葉池沉默了好久才說：「她是斑葉，」她喵聲說道。「是我們的戰士祖靈。」

「妳是說星族？那我……我沒死吧？」

「沒有，當然沒死，你剛剛應該是在做夢。」

「可是我怎麼會夢到一隻我從沒見過的貓呢？」

「斑葉會來看你，不是沒有原因的。」葉池喵聲說道。她轉身走向一包藥草。「感謝星族祖靈的保佑。」她語氣輕快地告訴他。「從那麼高的懸崖掉下來，本來會小命不保的，幸好你傷得不重。」

「我覺得已經很嚴重了。」小松鴉抱怨道。

「這都得怪你自己，你根本不應該跑出去追捕狐狸的，你這個鼠腦袋，你們三個都是。」她的怒氣惹惱了小松鴉。他才不管身上有多痛，拚命想爬起來。「妳這樣說不公平！」他怒聲頂撞。「別的貓兒可以做的事，我也可以做！」

「你們三個都不應該到山谷外面去。」葉池明白指出。「小冬青和小獅已經被火星和松鼠飛責罵過了。」小松鴉想開口為自己辯解，但她卻繼續數落。「還好有星族保佑，刺爪就在附近，才能從窩裡救出小冬青和小獅，那些小狐狸已經大到足以將小冬青和小獅撕成兩半了。」

小松鴉抬高下巴，冥頑地回答：「我們只是想保護部族而已。」

「總有一天你們會的，」葉池保證道。「但首先你們必須先學習如何控制自己的情緒！」

「妳認為火星會不會因為這樣就暫時不升我們當見習生？」他突然焦急起來。

葉池用尾尖拍拍他額頭，沒有說話。

「妳一定是這樣認為，對不對？」小松鴉嗚咽道。「火星還說了什麼？快告訴我。」

「親愛的小松鴉，」葉池嘆口氣道。「你應該知道，其實你不必像小冬青或小獅那樣成為普通的見習生。」她的尾巴沿著他的背脊輕輕撫摸。

小松鴉故意裝作沒聽見，往洞口走去，但每走一步都痛得他嘴歪眼斜。

葉池喚住他，語氣有些不悅。「等一下，小松鴉，我以為你明白……」

「明白什麼？」小松鴉霍地轉身，面對她。「明白我不夠優秀，所以沒資格報效部族？」

「這和你優不優秀無關，」葉池喵聲說道。「你還是有別的方法可以報效部族。」

可是小松鴉聽不進去。「這不公平！」他怒聲道，身子開始往藤蔓裡鑽，想要出去。

「小松鴉！」葉池的聲音很堅定。「你給我回來！」

小松鴉直覺停下腳步。

「你把斑葉形容得很傳神，你常夢見類似的情景嗎？」

小松鴉偏著頭。「大概吧。」他喵聲說道。

「你都在夢裡看見什麼？」

「那得看我夢到什麼。」小松鴉有點不耐。他的夢跟他能不能當雷族戰士有什麼關係？

「那你現在告訴我，我曾餵你吃過什麼藥草？」

小松鴉有些好奇，於是專注回想他殘留在毛髮上的辛辣味是什麼？還有葉池剛剛塗在他傷口上的藥草又是什麼？「傷口上塗的是羊蹄葉，紫草是用來治我身上的痠痛。」

「你對藥草的記憶力不錯，所以我才說除了當戰士之外，還有別的方法可以報效部族，譬如你可以當巫醫啊。」

「巫醫！」小松鴉一臉詫異。那不是一輩子都要跟老鼠膽汁為伍？還要清惡臭的傷口？

「我可以收你當見習生。」葉池提議道。

「我才不想當巫醫呢！」小松鴉不滿地說道。「我不想這輩子都像妳一樣離群索居，我想和棘爪、火星一樣成為戰士。」

他轉身離開葉池，氣得毛髮倒豎。「我恨自己是個瞎子，我為什麼要被生出來？」

第四章

太陽正往林子後方西沉，小冬青坐在空地中央，小獅坐在她旁邊，身上的毛髮在陽光餘暉下顯得璀璨耀眼。冷空氣逐漸下沉到山谷，小獅不禁全身發抖。

突然巫醫洞口的藤蔓一陣窸窣作響，小冬青看見小松鴉那顆灰色條紋的頭顱伸出來。她推推小獅。「你看！」

「他沒事了！」他喵嗚鬆了口氣。

「幸虧有星族保佑！」

小松鴉一轉身，又回去巫醫洞了。

「葉池一定是要他多休息。」小冬青推論道。她的爪子緊抓住地面，不想讓腳繼續發抖，至少現在知道她弟弟平安了，可是他們卻得等火星回來會怎麼處罰他們呢？

她環顧四周，希望沒有貓兒瞪著他們看。鼠毛正靠著長老窩附近的石頭席地而坐，塵皮正和白翅在戰士窩的荊棘叢旁聊天，他的徒弟榛掌朝他點點頭，才走到獵物堆那裡叼了一隻老鼠回到見習生的窩。她的兩個弟弟鼠掌和莓掌已經在那裡開始進食了。

小冬青的目光與鼠掌交錯，那隻年輕公貓同情地朝她眨眨眼。小冬青抬高下巴，她才不想讓其他貓兒知道她害怕呢。她會像真正的戰士一樣勇敢接受處罰。

她看見栗尾叼了一隻獵物走向伴侶貓蕨毛，那隻暗薑黃色公貓正在擎天架下方休息，栗尾繞過空地邊緣，避開兩隻小貓，把老鼠丟在他腳下。

「好一點沒？」她問他。

「好多了，」他啞著聲音說道。「樺落已經痊癒了，多虧葉池的照顧。」

「是啊，至少你不用再待在巫醫洞裡。」栗尾感激說道。

「葉池需要騰出空間給小松鴉。」蕨毛提醒她。

「可憐的小東西，」栗尾喵聲說道。「他應該會好吧？」

小冬青突然憤憤不平起來，小松鴉也跟他們一樣去惹小狐狸，卻能舒服地待在葉池的窩裡，而她和小獅卻得在眾目睽睽下罰坐在這裡。

她生氣地鼓起鼻子。

「妳的耳朵長蝨子了嗎？」小獅低聲道。

「不是，我只是覺得不公平！」她反駁道。「要不是小松鴉掉進崖裡，我們才不會惹上這麼多麻煩。他為什麼要表現得自己好像很萬能似的，最後又裝得可憐兮兮的？」

「我們不應該帶他一起去的。」小獅喃喃說道。

「可是不帶他去，他會生氣啊。」小冬青吵著說道，但又想到是靠她弟弟嗅到母狐狸的乳汁味，才找到狐狸窩的，又覺得很不安。

他差一點就死掉。這個念頭像根刺一樣戳進她心窩裡。他們三個向來形影不離，沒有了小松鴉，就像她的尾巴不見了一樣。

她悲傷地嘆口氣。「我們不應該去的。」

「早明白這一點就好了。」

火星的聲音讓小冬青嚇一大跳。他剛從岩坡上方的族長窩裡下來。

棘爪和松鼠飛跟著雷族族長一起下來。小冬青一看見她父親眼裡的怒火和母親的失望神情，心便涼了半截。她低頭看著自己的腳，腦海裡又浮現那場突襲的慘烈下場。刺爪的巡邏隊趕到時，剛好撞見她和小獅從狐狸窩裡逃了出來，兩隻小狐狸緊追在後。刺爪大喝一聲，她一溜煙跑進林子裡，深怕後面那張大嘴隨時咬上來，直到她撞見正從湖邊回來的棘爪巡邏隊。

「發生什麼事了？」棘爪急忙抓住她的頸背，不讓她跑走。「妳在這裡做什麼？」

小冬青想要解釋，但上氣不接下氣，心跳快得像啄木鳥在啄木頭似的。

蛛足隨後趕到。「這幾隻小貓發現了狐狸窩，」黑色戰士告訴棘爪。「可能是他們自己組成了巡邏隊。」

當時小冬青嚇得不敢看她父親的眼睛。

「小獅和小松鴉呢？」棘爪怒問。

「小獅和罌掌在一起，」蛛足繼續報告。「他沒事，但還沒找到小松鴉。現在小狐狸都走散了，可能得花點時間獵殺牠們。」

棘爪抬眼看看天色，發出不悅的聲音，最後決定先送小冬青和小獅回營裡。但這還不是最慘的事。等他們抵達營地時，竟看見白翅和葉池蹲在空地邊，一臉倉皇，毛髮倒豎，旁邊的蕨雲則全身發抖，低聲哀嚎。

小松鴉就躺在中間，小小的灰色身子動也不動。棘爪趕緊衝上前去，蹲在他身邊。他輕輕推著小松鴉，像是在喚他醒來，兩隻眼睛滿布驚恐。

「他還有呼吸，心跳也很穩定。」葉池告訴他。

棘爪絕望地看著葉池，然後坐了起來。「去通知火星和松鼠飛。」他命令著白翅。然後他要小獅和小冬青在空地上等著，自己再將小松鴉送進巫醫窩裡。火星和松鼠飛回來時，三名戰士面色凝重地消失在族長窩裡，看都不看小冬青和小獅一眼。

等到他們再次站在眼前時，小冬青緊緊挨著小獅，慶幸還好不必獨自面對他們。

「小松鴉會好起來的。」火星告訴他們。

「我知道，」小冬青答道。「我們剛看到他了……」

火星瞪她一眼，她趕緊住嘴，然後火星才又說道：「可是刺爪的巡邏隊還沒回來，這表示他們還在追捕那些小狐狸。」

「誰准你們離開山谷的？」棘爪質問道。

火星瞇起眼。「棘爪，我知道他們是你的孩子，」他說道。「但這件事我來處理。」

松鼠飛的尾巴不斷甩來甩去，小冬青以為她會開口責罵，但她沒說話，留給火星開口。

「我們只是想幫部族的忙！」小冬青反駁道。

「那麼就不要自作主張！」火星咆哮道。「要是小松鴉死了怎麼辦？這也算幫忙嗎？」他目光冷峻，來回巡看小獅和小冬青。兩隻小貓乖乖搖頭。

但火星還是不肯放過他們。「你們差點就把狐狸引到營地裡來——而且看來你們的氣味，讓牠們這一輩子都忘不了了。」

「對不起。」小冬青低聲說道。

「我們以為只要發現狐狸窩……」小獅還想辯解。

「如果你們有一點腦袋，就應該把狐狸的事交給戰士來處理，而不是害整個部族陷入危險！」火星急速地甩著尾巴。「結果害部族現在多了一隻受傷的小貓，外頭還有三隻餓腸轆轆的狐狸正虎視眈眈地看著我們的營地！」

小冬青內疚地看了育兒室一眼。松鼠飛焦慮地來回踱步。火星示意她可以開口說話了。

「我對你們兩個非常失望！」她劈頭就說。

「那小松鴉呢？」小獅反駁道。「我們又沒強迫他一起來。」

「等小松鴉康復後，我們會找他談。」棘爪答道。

「你是不是不讓我們當見習生了？」小獅小聲問道。

小冬青屏住氣，父親當真會這麼做嗎？她帶著懇求的眼光看著他。

「如果是由我來決定，」棘爪喵聲說道，「我一定會讓你們多等一個月才當上見習生，不過這得由火星來決定。」

族長瞇起眼睛。「我還不打算現在就決定，」他告訴他們。「回去育兒室，蕨雲和黛西會盯著你們，至於要不要乖乖聽她們的話，就由你們自己來決定。但如果你們沒有乖乖待在該待的地方，那就表示你們還沒準備好成為見習生。」

「我們不會再亂跑了。」小獅承諾道。

「小冬青呢？」火星問道。

「我絕對不會再做蠢事，害自己當不了見習生的。」她信誓旦旦地說道。

「很好，我希望你們已經學到教訓，真正的戰士在做任何事情之前都會先考慮到部族的安危。」他轉身朝蕨毛走去。

他離去前的那番話令小冬青心裡很難過，原來整個部族都對她很失望。她緊張地看著棘爪和松鼠飛。「對不起。」她鼓起勇氣說道。

「希望你們知錯能改。」松鼠飛嘆口氣。

「你們應該做個好榜樣的。」棘爪補充道。

松鼠飛的目光終於柔和了一點，她彎下身子，舔舔小冬青和小獅的額頭。「我知道你們以為自己做的很對。」她體恤地說道。

「我們只是想幫部族的忙。」小冬青堅稱。

「以後會有機會的。」棘爪允諾。

「小松鴉也得待在育兒室嗎？」小獅問道。

「他會待在葉池那裡，直到康復為止。」松鼠飛告訴他。

「他會來得及參加命名儀式嗎？」小冬青問道。

「前提是得先有命名儀式才行。」小獅補充道。

松鼠飛用尾巴輕撫她兒子的毛髮。「你應該知道你弟弟不可能成為正式的見習生。」

小冬青瞪著她母親。「什麼意思？」

「瞎子是不可能當戰士的。」棘爪說道。小冬青轉身看他，爪子因憤怒而微微刺痛。

「不，才不是這樣呢！」她生氣地說道。「營地裡的大小事情，小松鴉都可以聞得到、聽得到、感覺得到。」她瞄了小獅一眼，希望他也能幫忙說話。「就好像他可以看到一樣，只是他是用耳朵和鼻子，而不是眼睛。」

她瞪著她父親，等他開口，但他只是神情悲憫地與松鼠飛交換眼神，小冬青頓時氣得全身發抖。

突然她聽見有雜沓的腳步聲朝營地奔來，入口外面傳來一個聲音，是刺爪！這隻金棕色的公貓在蛛足的陪同下，匆匆穿過荊棘叢，走了進來，後面緊跟著鼹掌和鼠掌。

火星離開蕨毛和栗尾身邊，走向他們。棘爪也走上前去詢問。「找到牠們了嗎？」

「鼹掌和鼠掌把其中一隻小狐狸追到影族領地去了。」刺爪報告道。「可是另外兩隻不見蹤影。」

小冬青羞愧地雙耳通紅。

「這些小狐狸已經大到可以自我謀生了，」刺爪繼續說道。「未來恐怕後患無窮。」

蕨雲從育兒室裡爬了出來。「小狐狸在這附近嗎？」她發愁問道。

「不在附近，」刺爪搖搖頭。「我們很確定這一點，因為天空橡樹這頭，並沒有聞到奇怪的味道。」

蕨雲看起來安心了點，但耳朵還是緊張抽動，她趕緊回到正在喵喵哭著的小貓身邊。

小冬青的目光與松鼠飛交會，她的母親一臉同情地看著她。「別自責了，」她低語道。「每隻貓兒都會犯錯，妳要學會教訓才行。」

「我一定會彌補過失的。」小冬青承諾道。

「我知道妳會，」松鼠飛保證道，「妳可以去看看小松鴉，我相信他會很高興妳去陪他。」

「我也可以去嗎？」小獅語帶懇求。

「我不知道你們兩個一起去會不會太吵了點，他身體還沒完全康復，」松鼠飛喵聲說道。「你可以晚點再過去，但別忘了離開育兒室之前，一定要先告訴黛西或蕨雲。這是火星交代的，記得嗎？」

小獅急速揮著他的短尾巴，沒有答腔，頭抬得高高的，往育兒室走去。

「我會幫你跟小松鴉說聲嗨！」小冬青在他身後喊道。

「隨便妳啦。」小獅咕噥說道，頭也沒回。

小冬青低著頭穿過藤蔓，鑽進葉池的窩裡，小松鴉正躺在洞穴裡頭的小水池邊。她一進來，他的眼睛立刻轉向她。

「嗨，小冬青！」他的喵嗚聲顯得疲累，身上的毛因敷了藥草而變得黏黏塌塌的，讓他看起來就像隻剛出生的小貓一樣小。小冬青突然覺得好心疼，畢竟他差點就小命不保。

小松鴉彈彈尾巴。「妳不必為我難過。」他喵聲說道。

小冬青眨眨眼睛，奇怪她弟弟為什麼總能猜透她的心思？有時候她會覺得他這樣很討厭，好像一隻好奇的老鼠，總能嗅出她心裡的祕密。

「我不會死的。」他繼續說道。

「我從來沒想過你會死。」她撒謊，然後走到小松鴉身邊，用舌頭順順他額前的毛。

「火星說什麼？」小松鴉問道。

「我們必須乖乖待在育兒室裡，他再決定我們到底可不可以當見習生。」小冬青告訴他。

「再決定？」小松鴉重複她的話。

「如果我們都乖乖聽話，待在營地裡，應該就沒問題了。」小冬青向他保證。她希望這是真的，因為她從沒見過火星那麼生氣。

「一定沒問題的！」小松鴉想站起來，卻痛得臉部扭曲。

「你沒事吧？」小冬青擔憂問道。

葉池正在洞穴的角落裡攪拌藥草。「他只是很痛而已，」她喵聲說道。「不過會好起來的。」葉池走到他們身邊。「我已經給他一些紫草，要他嚼一嚼，吞下去。」

「你剛剛在那裡就是在拌那種東西嗎？」小冬青問道。

「如果我手邊有石楠花，就會把這兩種藥草拌在一起，」葉池解釋道。「因為花蜜可以讓藥草甜一點，比較好入喉。」

「妳是從哪裡學來這些知識的？」小冬青喵聲問道，純粹好奇。

「煤皮教我的。」葉池答道。當她提到她導師時，聲音有種哀戚。但讓小冬青最感興趣的還是葉池的醫術，能具備這麼豐富的知識一定很有權威吧——族裡的貓兒沒有一個像她這麼懂藥草。她曾治好蕨毛和樺落，現在又在治療小松鴉。**她對部族來說太重要了，要是能像她這樣該多好。**

「葉池？」亮心在巫醫洞口喚她。「蕨毛又在咳嗽了。」

「我給妳一些蜂蜜，妳幫我拿去給他，」葉池答道。「小冬青，可以先幫我照顧小松鴉嗎？如果能幫他舔舔身體，他筋骨就不會那麼僵硬，只要別舔到敷藥的部位就行了。」

「沒問題。」只是小冬青一想到舌頭得離那些又黏又臭的藥膏那麼近，不禁皺起鼻子，不過她還是乖乖幫他舔。這時葉池從洞穴後方，拿了一袋用葉子封好的蜂蜜，交給亮心。

「別舔得那麼用力！」小松鴉抱怨道。「我全身都在痛。」

「對不起。」小冬青趕緊道歉，力道放輕，溫柔舔他。

「妳都不像斑葉那麼溫柔。」小松鴉呻吟道。

小冬青停下動作。「你說誰啊？」

「斑葉啊！」小松鴉又說了一遍。「葉池說她是我們的戰士祖靈之一，她曾經到我夢裡來，用鼻子輕輕按摩我全身。」

「你為什麼能夢到一個從沒見過的貓呢？」小冬青一臉疑惑。

葉池從洞口回來，坐了下來。「你跟小冬青說了斑葉的事嗎？」小松鴉點點頭。

「她是誰？」小冬青喵聲問道。

「她曾經是雷族的巫醫，那時火星才剛加入雷族，」葉池解釋道。「她在我出生前就死了，我曾經夢到她，就像小松鴉夢到她一樣。」小冬青注意到這位巫醫的眼裡有興奮的光采。「斑葉很有智慧，她一直很關心雷族，我想這也是她為什麼會到夢裡探望小松鴉，以及為什麼到現在我都還會夢見她。」

「那你有夢到煤皮嗎？」小冬青問道。

葉池搖搖頭。「我只夢見斑葉，她會解決我的煩惱，如果部族有難，也會事先警告我。」

小冬青很驚訝葉池在談到那位素昧平生的貓兒時，心情竟是如此愉悅。「妳把她說得好像是妳朋友似的。」

「我們可以和戰士祖靈做朋友啊！」

小松鴉發出一聲呻吟。「好痛哦。」

「我去拿更多的紫草來。」小冬青提議道。她一路跳到那堆藥草，叼了一嘴回來。

「謝謝妳，」葉池喵聲說到。「妳也可以拿點罌粟籽來，就是那些黑黑圓圓的小種子。」

「好，」小冬青走到洞穴後面，在藥草堆裡終於找到罌粟籽。「要拿多少？」她喊道。

「五顆，」葉池答道。「先弄溼腳掌，再輕拍那堆罌粟，就可以沾一些起來。」

小冬青照她指示，甩掉多餘的罌粟籽，再一路跳回小松鴉那裡。小松鴉伸出舌頭舔進嘴裡，沒多久，眼皮便沉重了起來。

「他還好吧？」她有點擔心。

「他不會有事的，」葉池再三保證。「可是我們得讓他休息一下。」

小冬青不想離開巫醫窩。她根本亢奮不已。葉池既有醫術，又能和祖靈溝通，還能警告族長可能的危險。如果想報效部族，或許巫醫是個不錯的選擇。在和狐狸驚險交鋒過之後，她不免懷疑自己或許並不適合當個戰士。

她緩步離開小松鴉，卻在布滿藤蔓的洞口前徘徊不去。「葉池。」她輕聲喊道。

「什麼事？」葉池走到她身邊。

「巫醫都是什麼時候收見習生？要等到很老的時候才收嗎？」

葉池神情嚴肅地看著她。「我隨時都可以收見習生。」

「可是妳收的見習生如果要升為巫醫，一定得等到……呃……等到妳……死了嗎？」小冬青不敢大聲說。

葉池大概猜得出她想問什麼，頰鬚動了一動，忍不住好笑。「不用啊，」她喵嗚一聲。「只要學得差不多了，就可以有自己的名字，做巫醫的工作，不必等到導師死亡。」

小冬青好奇地問她？「妳已經找到中意的見習生了嗎？」

葉池彈彈尾尖。「我還沒決定。」

但小冬青還沒來得及再說什麼，便聽到蕨雲在育兒室外面喊她。

「妳最好快去，」葉池喵聲說道。「妳今天惹的麻煩已經夠多了。」

小冬青好氣餒，只好鑽過藤蔓，跑回育兒室。她剛剛終於知道她將來要怎麼報效部族了，也終於知道該怎麼做大事了。她下定決心要成為雷族下一任的巫醫。

第五章

小獅在臥鋪上醒來，突如其來的一陣風吹亂了他金色的毛髮。小松鴉呢？以前小松鴉都睡在他身邊，現在位置卻空在那裡。

這時他才突然想起一切。

小松鴉動也不動地躺在空地邊緣的畫面瞬間浮現腦海，他頓時反胃。

當時小獅在空地上看見葉池和棘爪蹲在他弟弟小松鴉旁邊時，還以為小松鴉死了。他不禁全身起了寒顫，於是推推睡在他身邊的小冬青。小冬青一身黑色毛皮，在黑暗中很難辨識。「小松鴉不在這裡，感覺好冷哦。」

「他很快就會回來了。」她喃喃低語，沒有睜開眼睛。

「可是沒看見他，就是覺得怪。」

「他只是睡在空地的另一頭，一、兩天內就會回來了。」小冬青翻個身。「快睡覺啦。」才一會兒功夫，她的呼吸聲就開始均勻起落，顯然又睡著了。

小獅還是覺得怪怪的，小松鴉應該和他們在一起的，就像以前一樣。他閉上眼睛，可是弟弟躺在空地的畫面依舊充斥他腦海。**都是我自作主張，慫恿他們偷溜出去。**結果害小松鴉差點死掉，他們也差點被狐狸追進山谷裡，這真是太可怕了！

小獅站了起來。他需要一點新鮮空氣來醒醒自己的腦袋。他彈彈尾巴，擠過小冬青身邊，鑽出長滿荊棘的入口。

夜裡的寒氣刺痛了他的鼻子，他抬頭望向夜空裡的銀毛星群，感激星族沒將小松鴉帶走。也許他可以去看看他弟弟，葉池應該已經睡了。

小獅小心沿著陰暗處走，他知道他不可以在這裡遊蕩。於是他沿著營地四周的刺木叢而行，撲通撲通的心跳聲簡直可以吵醒其他族貓。他掃了空地一眼，竟發現半夜睡不著的貓兒並不只他一隻。就在空地另一頭，一隻身影輕盈的貓兒從幽暗處走了出來，後面還跟了另一隻。

小獅躲進樹枝底下，心想還好這裡有地方可以躲。他透過樹枝縫隙偷看那兩個身影。塵皮和蛛足肩並肩走進營地中央，月光在那裡迤邐而下。

「他們已經快到了。」那隻四肢修長的戰士告訴塵皮。

「很好。」塵皮喵聲說道。

小獅伸長耳朵，想聽他們在說什麼。營地外圍的結霜落葉突然被踩得劈啪作響，他感覺到入口的荊棘叢微微振動，暴毛和蕨毛鑽了進來。原來是夜間巡邏隊回來了。

塵皮急忙走向他們。「有什麼重要發現嗎？」

「沒有什麼動靜。」暴毛答道。

小獅往荊棘叢挨近，即便說得出理由，但他不想現在就被趕回育兒室。

蕨毛叼了一隻老鼠回來，丟在地上。「能再出去打獵，感覺真棒！」金色公貓喵聲說道。

「你們巡邏過那塊空地的新邊界了嗎？」蛛足問道。

蕨毛點點頭。「影族留下了很強的氣味記號。」他喵聲說道。「可是沒有跡象顯示他們曾跑進雷族領地。」

塵皮瞇起眼睛。「他們最好別過來。火星當初不該答應給他們那塊地的。要是讓我逮到他們敢越雷池一步，我一定扒了他們的皮。」

「他們不敢的！」蕨毛咆哮道。

「火星還沒給他們那塊地之前，他們就很囂張了。」蛛足明白說道，同時看了一眼蕨毛身上的傷疤，那是兩族為爭奪那塊地時所留下的傷痕。影族一直認定那是他們的領地，火星為了不想再擴大衝突，終於在上次大集會時同意割地，反正那裡也沒什麼獵物。

「那地方根本不值得一戰，」暴毛評論道。「火星決定退讓是對的。」

塵皮卻哼著鼻子：「雷族從來不會在領土上退讓。」

「沒錯！」蕨毛同意道。

蛛足激動地繞著圈子，急速揮動尾巴，蕨毛卻繼續說道：「不過那塊地太空曠了，每到綠葉季，兩腳獸就會去那裡。」

「而且雷族習慣在森林裡狩獵。」暴毛補充道。

「可是火星還是不該輕易讓步。」蛛足堅持道。

蛛足兩眼瞪著暴毛，小獅從暗處緊張地瞠視。那位黑色的長腿戰士比他父親塵皮還要性急躁動。但暴毛不肯示弱。

「我們不過是放棄一塊離兩腳獸領地很近的貧瘠土地。」他不滿地說道。

「你的語氣真像棘爪！」塵皮噘嘴說道。「他只會對火星的決定唯唯諾諾，大家都知道他只敢跟野狗打架，遇到兩腳獸，他就沒輒了。」

小獅氣到毛髮倒豎。他父親什麼都不怕！

「棘爪之所以支持火星，是因為這是個明智的決定，不是怕兩腳獸！」暴毛駁斥道。

「難道在所有族貓面前大聲宣布雷族不再誓死捍衛邊界，也算是明智的決定嗎？」蛛足咄咄逼問。「影族根本沒有權利把他們的髒腿伸進雷族的領地！」

「反正它現在已經是影族的領地了。」暴毛結論道。

蛛足瞪著他。「你當然無所謂，」他咆哮道。「因為你根本不是雷族的貓。」

小獅嚇得身子一縮，他知道暴毛就像其他貓兒一樣曾奮力抵禦影族戰士的入侵。他瞠大眼睛，仔細觀察灰色戰士的反應，但暴毛只是怒瞪著蛛足。

蕨毛擋在他們中間，月光下，他的神情顯得焦慮。「不管我們認不認同，都不重要，」他喵聲說道。「反正已經決定了。」

「可是影族以後會以為他們想跟我們要什麼土地，都可以。」蛛足反駁道。

「火星已經說得很明白，他讓出那塊地純粹是因為想幫他們一把。」蕨毛提醒他。「他讓所有貓兒都清楚知道，他是經過深思熟慮才做出這個決定，絕不是出於軟弱。」

「那為什麼一星和豹星也一副躍躍欲試的樣子？」塵皮嗆了回去。「顯然他們認為雷族保護不了自家的領地。」

「要是風族也決定向我們要林子裡的其他土地呢？」蛛足插話道。「自從一星升上族長之後，就對我們不太友善。」

「他曾經幫我們一起抵禦過獾，態度還算好。」蕨毛指正道。

「可是他還是得為自己的部族尋找活路。」塵皮辯稱道。「要是他認為我們好欺負，就可能會認定這是一個擴張領土的好機會。」

「你認為火星會把獵物很多的領土割讓給別族嗎？」暴毛問道

塵皮瞪著他看，過了好一會兒才垂下頭。「不會。」他終於承認。

「我們不必擔心河族，」蕨毛繼續說道。「我們跟他們之間沒有共同的邊界，而且自從鷹霜死在我們領地之後，豹星就不再吭氣了。」

「有沒有誰知道鷹霜當時究竟出了什麼事？」暴毛問道。

「我們只知道是火星發現他的，當時他正和棘爪及灰毛一起巡邏。」蛛足喵聲說道。

小獅不太懂這是怎麼回事。他曾經聽黛西和蕨雲提過鷹霜，聽說他是河族的副族長，卻死在雷族的領地上，而且還是被捕狐狸的陷阱上面的木刺給戳死的。大家都不知道那位河族戰士去那裡到底要做什麼？小獅曾問過他父親有關鷹霜的事——畢竟鷹霜和他父親有血緣關係——可是棘爪不太願意說，他只告訴他，他和松鼠飛合力將那隻喪命的河族戰士扛回河族營地，這是他們會為每位隕落的戰士所做的事情，然後再由鷹霜的族貓為他舉辦哀悼儀式。

正當小獅豎直耳朵想從戰士們的對話中探知更多內容時，竟覺察到旁邊的荊棘叢窸窣作響了起來，這才驚覺原來他躲藏的地方正好靠近貓兒進出如廁的入口——也是他上次和小松鴉、小冬青偷溜出去找狐狸的同一個入口。小獅繃緊神經，嗅聞空氣，卻見鼠掌從那個小入口鑽了進來，離他不到一條尾巴的距離。他趕緊往暗處躲，但根本躲不掉鼠掌敏銳的嗅覺。

「小獅？」鼠掌往幽暗處嘶聲問道。

小獅心想是不是該再躲進去一點？可是他不想被荊棘刺到，再說他的自尊也不允許他這麼做。「是我！」他終於承認。

他才剛答腔，塵皮琥珀色的目光便朝他們這個方向掃來。「鼠掌？」他喊道。

小獅屏住呼吸，不確定這位見習生會不會出賣他。他們以前曾一起住在育兒室裡，但現在他可能更心向戰士那邊。

「我正要回窩裡去。」鼠掌卻這樣告訴塵皮，然後他擠到小獅藏身的地方。「你不是應該待在育兒室嗎？」他低聲問道。

小獅急揮著尾巴，有點不高興，他雖然感激鼠掌沒出賣他，但還是討厭他把他當成一隻可憐的小貓。「我睡不著，」他咕噥道。「我習慣跟小松鴉一起睡。」

「剛剛塵皮和暴毛在吵什麼？」

「他們在說火星把河邊那塊地讓給影族的事，」小獅解釋道。「蛛足還說暴毛又不是真正的雷族戰士。」

鼠掌耳朵平貼，一臉震驚。「暴毛怎麼沒跟他打起來？」

「可是暴毛本來就不是真的雷族戰士啊，不是嗎？」小獅一臉疑惑。

「你最好別在他面前說這種話！」鼠掌警告他。

「可是他本來就是在河族出生，然後又和急水部落住在一起。」

「鼠掌！」塵皮的聲音再度從空地傳來。

鼠掌趕緊把小獅往荊棘叢裡一推，害他被刺戳到，他忍住痛，不敢出聲，鼠掌趕緊鑽出樹蔭底下。

「你不是應該回見習生的窩了嗎？」塵皮質問他。

「我以為我聞到老鼠的味道。」鼠掌撒了個謊。

「如果那隻老鼠會跑進我們營裡，八成也是隻笨老鼠，」塵皮嘀咕道。「快回窩裡去，沒睡飽的話，早上哪有精神受訓，蛛足會不高興的。」

「我知道了，塵皮。」鼠掌垂頭答應，快速離去。

小獅待在原地，直到塵皮和其他戰士都回到窩裡，才敢動作。他不敢再冒險去巫醫窩了，確定空地裡沒有其他貓兒的蹤影，他才從荊棘叢裡慢慢出來，偷偷爬回育兒室裡。

當他在自己的臥鋪裡蜷伏躺下時，身上仍覺得微微刺痛。他閉上眼睛，想要入睡，可是卻不斷想起他和鼠掌之間的對話。他以前從沒想過，對戰士而言，是不是真正的雷族貓兒，這件事竟是如此重要！他生在雷族，向來把這種身分視為理所當然。原來不是每隻貓兒都像他一樣幸運，再加上族長和副族長都是他的至親。只是他還是不瞭解鼠掌幹嘛那麼緊張戰士間的心結。只要暴毛和溪兒都對雷族忠心耿耿，又有什麼關係呢？

第六章

小冬青正夢見育兒室裡到處都是刺蝟，牠們列隊鑽進入口，粗暴推開蕨雲和她的小貓，占據她周遭的苔蘚臥鋪。牠們的尖刺扎到她的背，害她坐立不安，想要逃開這些討厭的新室友。

「你們在這裡做什麼？」她咕噥低語。「快走開！」可是那些刺還是不斷扎她。她眼睛倏地睜開，身子一扭，看見小獅睡在她身旁，那模樣像是剛掉進樹叢裡，金色毛髮凌亂不堪，上頭滿布黑色的尖刺。

她用前掌戳戳他。「喂！」她低聲道。「你去哪裡沾來這麼多刺啊？它們扎得我好不舒服哦。」

小獅睜開琥珀色的惺忪睡眼。「妳說什麼？」他低語道，張嘴呵欠。

「你全身都是刺啦！」小冬青猜他應該跑出去過。「你去哪裡了？」她質問他。

「我睡不著啊，」小獅承認道。「所以就

到空地走走。」

小冬青驚慌地瞪著他。「我們的麻煩還不夠嗎？你是想讓我們一輩子都當不了見習生啊？」

「別擔心，」小獅安慰她。「沒有貓兒看見我。」他坐了起來，用腳掌擦擦臉。「除了鼠掌之外，可是他不會說出去的。是他把我推進荊棘裡，因為怕我被塵皮看見。」

小冬青發出輕微的不滿聲。他為什麼做事之前都那麼衝動呢？「我們最好先拔掉你身上的刺，免得待會兒被別的貓兒看見。」

「我覺得好癢哦！」小獅抱怨道，同時轉過身去，用牙齒咬掉一根刺。

「我最好去巫醫窩一趟，找找藥草，」小冬青告訴他。「我怕你的傷口會感染。」

「妳要怎麼告訴葉池？」

「別擔心，我會說你的臥鋪裡有根刺，你不小心被扎到了。」她爬出臥鋪，往入口走去。

「你先自己把刺拔出來，」她交代道。「等我回來，再幫你拔其他剩下的刺。」可是離洞之前，她又想到另一件事。「對了，別把那些刺丟得到處都是，要是小冰或小狐被扎到了，蕨雲一定會拔光你身上的毛。」

她一路跑過空地，所幸空地上沒有半隻貓影。

於是她偷偷摸摸地從巫醫窩洞口的刺藤叢鑽進去。葉池不在裡面，她的氣味不是很濃，於是她趕緊衝到小松鴉身邊。

「你好一點沒？」

小松鴉緊窩在苔蘚臥鋪裡，像團灰色斑紋的小毛球。他的頭朝小冬青出聲的方向抬了起來，用那一雙看不見的藍色眼睛瞪視著她。

「妳在這裡做什麼？妳不是被禁足在育兒室嗎？」

「小獅被刺扎到了，」小冬青解釋道。「我想來要點擦傷藥，免得他的傷口感染。」

小松鴉一臉睡意地朝洞穴後方示個意。「葉池都是用羊蹄葉在敷我的傷口，」他喵聲說道。「妳自己去找，葉池出去採集蕁麻了。」

「好，」小冬青喵聲說道，急忙走進倉庫裡。「你記不記得它聞起來是什麼味道？」

「它的氣味很強烈，」小松鴉抬起鼻子，深深吸一口。「就在前面的其中一堆藥草裡。」他告訴她。

小冬青看看那些葉子和種子。前面有兩堆，其中一堆的顏色比另一堆要來得暗沉。她先聞那堆深綠色的藥草。「這味道很難聞欸。」她對小松鴉說道。

「羊蹄葉的味道應該不難聞，」小松鴉告訴她。「妳的嗅覺要敏銳點。」

小冬青又聞了另一堆，眼睛皺成一團，這味道確實很嗆，她叼了一些，拿到小松鴉那兒。

「就是這個。」他喵聲說道。

巫醫洞口的藤蔓突然一陣窸窣作響，小冬青嚇得跳起來。是葉池，她小心翼翼地叼著一束蕁麻回來，鋸齒狀的葉子猶有晶瑩的露珠掛在上頭。她擱下蕁麻，看著小冬青。「妳起得很早哦！」她注意到小冬青身邊的那把羊蹄葉。「妳弟弟已經好得差不多了，」她喵聲說道。「不需要再治療了，他只需要休息而已。」

「我不是要拿給小松鴉用的，」小冬青解釋道。「小獅被他臥鋪裡的刺給扎到了。」

葉池驚訝地睜大眼睛。「妳怎麼知道要用羊蹄葉？」

小冬青不知所措地看著巫醫。**小松鴉告訴我的**，她心裡想。

「妳上次把它塗在我身上，所以她就記得啦。」小松鴉喵聲說道。

小冬青的尾巴輕輕撫過他身子，讓他知道她心裡的感激。她不想讓葉池以為她比小松鴉聰明，她只希望葉池知道她也可以當個很棒的巫醫。

「做得很好，小冬青！」葉池喵聲說道。小冬青高興得連尾巴都得意起來。她告訴自己，總有一天她會弄懂那些藥草的用途，到時就不必再假裝了。

「我教妳怎麼使用它，」葉池提議道。她蹲在羊蹄葉前，將一片葉子含在嘴裡，不斷咀嚼，等到嚼爛了，才伸出腳掌，將汁液舔在自己的毛上，然後吐掉葉渣。「妳一定要用力舔，藥才能滲進傷口裡，」她建議道。「塗上去的時候可能有點刺痛，但方法用對，就會有效。」

小冬青看得很仔細。

「要不要在走之前，自己先試一遍？」葉池問道。

「我想我還是趕快回去小獅那兒好了。」小冬青喵聲說道，她只想趕在黛西和蕨雲發現她不見之前，回到育兒室。「他很痛。」

「那我也去好了。」葉池提議道。

小冬青想要說好，卻又猶豫不決。要是葉池看見小獅身上都是刺，他們兩個的麻煩就大了。「不用了，妳一定還有很多事要忙，」她喵聲說道。「如果需要幫忙，我再回來找妳。」

「那也好。」葉池點點頭，那雙琥珀色眼睛點光一現，小冬青心想她是不是知道了什麼？難道葉池已經猜到她沒把小獅受傷的實情完全說出來？

小冬青不想知道答案，她急忙叼起羊蹄葉，跑出巫醫窩。但一出洞口，心頓時涼了一半。微弱的陽光剛灑進山谷，黛西就已經走出育兒室曬起太陽，她的三個孩子正坐在見習生窩的洞口外面，眨著惺忪睡眼，莓掌的乳白色毛髮和榛掌的灰毛及鼠掌的白毛交錯一起，遠望之下，猶如鬆軟的雲朵。煤掌、蜜掌和罌掌正在石頭旁邊聊天，他們的毛皮都帶有斑紋，身材瘦長，令小冬青不禁想起他們的母親栗尾，而栗尾此刻正在嗅聞昨天吃剩的獵物堆，旁邊跟著刺爪及蛛足。

他們根本不知道我不應該出現在這裡，小冬青告訴自己，於是昂首闊步地穿過空地，故作自然地與見習生們點頭招呼。她故意不看刺爪和蛛足，但其實每一步都踏得心虛，卻仍然揚高尾巴，裝作悠哉地朝育兒室走去。

她就這樣一路順暢無阻地走到育兒室的入口，嘴裡緊咬羊蹄葉，鑽進洞裡。蕨雲的聲音嚇了她一跳。「妳去哪裡了？」

小冬青扔下羊蹄葉，看了小獅一眼，還好他身上大部分的刺都清乾淨了，也稍事梳整過，看起來就像一整晚都待在窩裡一樣。

「我剛告訴蕨雲我臥鋪上有刺。」小獅急忙插嘴。

「我帶了一些羊蹄葉回來，要幫小獅的傷口敷藥。」小冬青向蕨雲解釋。「對不起，我沒先徵求妳同意，因為我不想吵醒妳。」

「你們兩個應該先等我醒了，得到我的允許之後再出去，不過我知道你們感情很好，很關心彼此，所以也不好再責怪你們什麼。」蕨雲嘆口氣道。「奇怪，育兒室裡怎麼會出現刺呢？」她看著正在地上扭著肚子的小貓。「你們以後一定要小心別再沾到那種東西帶進育兒室裡，因為這裡有小貓。」

「我們以後會格外小心的。」小冬青承諾道。她急忙把葉子叼到小獅那裡。「你把刺都拔掉了嗎？」她低聲問道。

「只剩一根，在我耳朵後面。」小獅低聲回答。

小冬青舔舔小獅的耳後，找到那根刺，用牙齒把它拔了出來。

「我把拔下來的刺都丟在洞穴邊緣的刺藤下面了。」他用尾巴指指他臥鋪附近的樹籬。小冬青走過去，也把刺丟在那裡。

「晚一點我們可以到外面去，再伸腳把它們掃出去，」她喵聲說道。「現在你先告訴我，哪裡的傷口最嚴重？」她開始去嚼羊蹄葉，小獅扭過身子，用鼻子指給她看。

羊蹄葉有種臭味。「好噁哦！」小冬青邊嚼邊皺起鼻子。她低下身子，將汁液塗在小獅的傷口上，就像葉池教她做的一樣。可是當她用舌頭用力地舔那個傷口時，小獅身子一縮，痛得尖叫起來。

小冬青警覺地往後一彈。

「你們兩個在打架嗎？」蕨雲問道，目光抬都沒抬，依舊在小貓身上。

「不是啦，」小獅說。「只是那個羊蹄葉的汁液讓傷口好痛哦。」

小冬青的尾巴不斷顫抖。她辦不到！看見小獅這麼痛，她覺得好可怕。但是她不能讓他的傷口感染，而且如果她想成為巫醫，就得習慣為貓兒治療。

她又嚼了另一片噁心的葉子，打算塗在另一個傷口上。小獅這次只有臉部抽搐，但小冬青還是一樣又嚇得往後一彈。

「對不起！」她尖聲說道。這時她記起葉池說過的話。**塗上去的時候可能有點刺痛，但方法用對，就會有效。**她謹記葉池的話，繼續幫她弟弟敷藥，強迫自己別去在意小獅的痛苦尖叫還有羊蹄葉的噁心味道。

「我覺得好多了。」小獅等她敷完最後一個傷口時，這樣輕聲說道。小冬青坐了下來，總算鬆了口氣。

蕨雲抬起頭來對他們說：「你們兩個可以到獵物堆那裡拿東西吃了，黛西在空地，我相信她會看著你們兩個的，但千萬記住別再淘氣了。」

小冬青很高興自己總算可以理直氣壯地離開育兒室，一溜煙跑了出去，小獅緊跟在後。鼠掌、榛掌和莓掌還坐在見習生窩洞口前那片被壓平的草地上。鼠掌顯得坐立不安。「棘爪告訴我，等日正當中之後，我們就要接受測驗了。」他語氣興奮。

小冬青豎起耳朵。黛西的孩子們已經接受將近四個月的訓練，不久就能成為戰士。

「誰來測驗我們？」莓掌焦急地問道。

「棘爪不肯告訴我。」鼠掌答道。

「你認為會是火星嗎？」榛掌興奮地抽動尾巴。

「才不可能呢，」莓掌輕聲說道。「我不記得他有來看過受指導的我。」

「我們可以一起狩獵嗎？」榛掌問道。

「蛛足說這由我們自己決定。」鼠掌答道。

灰毛和白翅正在附近聊天。灰毛聽見見習生的談話，頰鬚很有興味地抽了一下。「勸你們最好分開狩獵！」他高聲喊道。「如果是單獨行動，還有可能讓獵物措手不及，但如果是集體行動，你們三個目標這麼顯著，林子裡的獵物早就嚇得屁滾尿流，不知逃到哪裡去了。」

白翅用她那雪白的腳掌戳戳他。「灰毛，別開他們玩笑！」她斥責道。「你也當過見習生，應該還記得自己第一次接受測驗時有多緊張。」

這時營地入口外面突然傳來一聲號叫，接著是威嚇的嘶吼聲。小冬青認出那是蜜掌。蜜掌的導師沙暴，趕緊衝向入口通道。「蜜掌？」她喊道。「發生什麼事了？」

小冬青屏住呼吸。**是營地遭到攻擊了嗎？**

接著便聽見一聲親切的招呼，沙暴穿過荊棘隧道，走了回來，後面跟著河族巫醫蛾翅和她的徒弟柳掌。蜜掌也跟在後頭，神情尷尬，尾巴的毛豎得筆直。

「真抱歉，」她喵聲說道。「我不知道對方是誰，我只是聞到河族的氣味。」

沙暴卻套用育兒室裡常說的話來安慰她的見習生：「小心總比粗心好。」

小冬青一看見柳掌，便不由得興奮起來。她曾見過這位巫醫見習生，當時是蛾翅送珍貴的貓薄荷過來給他們，那些貓薄荷長在河族領地裡，葉池很高興接到那份禮物，因為雷族領地裡的貓薄荷都長在兩腳獸廢棄巢穴的附近，卻因霜害的關係全死光了。那時候，小冬青很想瞭解身為其他部族的族貓，有什麼感覺？於是曾找柳掌聊過。但這次她想瞭解別的事情：**怎樣才能成為巫醫的見習生？**

小冬青趁沙暴去找葉池時，趕緊穿過空地，走向柳掌。「嗨！」她害羞地喵聲招呼。

本來看起來有點緊張的柳掌，這時總算開顏展眉。「嗨，小冬青！」她喵嗚說道。「或是我應該叫妳冬青掌？」

「還沒啦，」小冬青告訴她。「妳來這裡做什麼？」河族的貓兒這次並沒有帶任何禮物來，或許她們是來要求雷族回報她們上次送的貓薄荷。

柳掌的頰鬚抽了抽。「我做了一個夢，」她說。「我希望葉池能幫我解夢。」

「蛾翅不能幫妳解夢嗎？」小冬青滿頭霧水地問道。

柳掌看著自己的腳。「蛾翅說我們可以聽聽葉池的意見。」

「是什麼夢？」

柳掌表情嚴肅。「我現在不能告訴你，得等我和葉池談過之後才行。」

「蛾翅，柳掌！」葉池站在巫醫窩的洞口。「歡迎妳們，請進！」她等在一旁，將藤蔓拉開一點，方便蛾翅和柳掌鑽進洞裡。小冬青若有所思地看著她們走進去，洞口的藤蔓又恢復原狀。她突然感覺到有誰在推她，轉身一看，原來是小獅用頭輕輕撞她。

「妳為什麼像隻笨兔子一樣瞪著她們看？」他喵聲問道。「蛾翅和柳掌以前也來過啊。」

小冬青再也藏不住自己的心事。「因為我想當巫醫！」她脫口而出。

第七章

「巫醫？」小獅瞪著小冬青，一臉疑惑。「為什麼？」

「又不是只有戰士才能報效部族。」小冬青怒聲說道。

「那妳以後就得陪著一群受傷和生病的老弱婦孺，不能去林子裡狩獵和作戰了。」小獅的話語並沒有批評的意思，只是難以置信。

小冬青不想聽他說這種工作的缺點是什麼。「為什麼不從正面的角度去想呢？」她指正道。「我可以學到所有藥草的知識，還可以在夢裡和星族溝通。」她瞪著他，希望他能瞭解。「有什麼事情比這更有趣？」

「和影族作戰？」

「可是我好希望能像葉池或柳掌那樣做夢哦！」小冬青堅持道。

「妳夢過啦！」小獅喵嗚說道，眼裡帶著嘲弄。「夢到刺蝟！」

「你無聊！」小冬青故作生氣，輕輕往前

一躍，將小獅推倒在地，扭打起來。

「你們兩個在做什麼？」松鼠飛嚴厲的聲音嚇得小冬青當場僵在原地，小獅也趕緊從她身下脫身。兩隻貓兒乖乖坐好，看著他們的母親。「如果你們兩個鬧到只會在這裡打架，弄髒堆在這裡的獵物，那還不如回育兒室去算了。」

「可是我還沒吃欸。」小冬青抗議道。

「那就快去拿妳要吃的東西，」松鼠飛說道。「順便也帶一些回去給蕨雲。」

小冬青不喜歡在育兒室裡進食，獵物就是要在戶外吃才有味道，可是她沒敢反駁。

小冬青從獵物堆裡拉出溪兒帶回來的老鼠。小獅也拉了一隻體型幾乎是他一半大的歌鶇鳥出來，一路拖著牠，走回育兒室。小冬青心想蕨雲根本吃不了那麼大一隻獵物，但她知道，只要她弟弟做了決定，就不可能再叫他改變心意。

她回到育兒室，吃完老鼠之後，快速地舔舔自己的腳掌和口鼻，然後躺下來從刺藤叢下方往外看。小獅已經在她身邊睡著，蕨雲正在試著說服小冰和小狐吃一口她用牙齒嚼爛過的歌鶇肉。小冬青瞇起眼睛，看著巫醫窩的洞口，她想跟柳掌再說點話。

終於那邊的刺藤叢有了動靜，葉池領著蛾翅和柳掌走進空地。小冬青悄悄地從旁邊的刺藤籬下方爬出去，結果不小心把松鼠飛前一天才補好的洞又扯落了。**我會把洞補好的**，小冬青一邊急忙穿過空地，一邊心裡這樣發誓。

「嗨。」她向柳掌喵聲招呼。

柳掌的耳朵抽動一下，朝小冬青眨眨眼睛，回神過來。「嗨。」她喵聲道。

「葉池幫妳解夢了嗎？」

柳掌點點頭。「如果妳還想知道的話，我現在可以告訴妳了。」

小冬青興奮地搖搖尾巴。「好啊，好啊。」

「是這樣的，」柳掌開始說起。「我夢見天空有川流不息的雲，它們在天際蒼穹不停打轉，最後靜止了下來，太陽開始曝曬河族營地，植物全都枯萎，所有巢穴都變得焦乾，整座營地在炙熱的高溫下再也沒有遮蔭的地方。」

小冬青全身顫抖。「這代表什麼意思？」

「葉池認為它可能是在警告我們水源會有問題。但這次禿葉季的雨水還算豐富，不太可能會有乾旱，所以她建議我把這件事告訴豹星，請她勘查營地附近的所有河川有沒有問題。」

小冬青傾身向前。「妳是怎麼當上蛾翅的見習生？」她問道。

「每次有貓兒生病，我都會去巫醫窩裡幫忙照顧，」柳掌告訴她。「她交代我做的事，我都很樂意做，所以我常到巫醫窩裡幫忙，後來有一天，蛾翅問我要不要當她的見習生。」

「妳是從以前就想當巫醫嗎？」

「也沒有真正想過，」柳掌承認道。「只是自然而然地走上這條路，不過我也想不出來除了巫醫之外，我還能做什麼？當巫醫的感覺真的很棒。」

小冬青正想開口附和，卻聽見蛾翅已經在呼喚她的見習生了。「柳掌，我們該走了。」

蛾翅用鼻頭碰碰葉池，然後往荊棘隧道口走去。柳掌跳著跟上去。「再見了，小冬青！」她回頭大喊。

小冬青看著她們消失在隧道口。柳掌的一番話讓她更下定決心成為葉池的見習生。她忘了自己根本不該離開育兒室，反而急急忙忙地跟在葉池後面，進了巫醫窩。

小松鴉四肢張開，躺在臥鋪上，露出肚皮上的灰色軟毛。和上次小冬青來看他時比起來，他現在顯然睡得安穩多了。

葉池轉身，對著跟她進洞的小冬青說：「妳還需要藥草幫小獅敷藥啊？」

小冬青搖搖頭。她想問一個問題，但還在想該怎麼問才恰當？

「發生什麼事了嗎？」

小松鴉翻過身，抬起頭來。「妳要做什麼啊？小冬青？」他問道，耳朵豎得筆直，像是察覺到有什麼重要的事情正要發生。

葉池看著他。「小松鴉，你回育兒室去吧！」

「我已經完全康復了嗎？」小松鴉坐了起來。

「只要別又跟別的小貓玩打架的遊戲，那就沒問題了，」葉池警告他，「不過你回去之後，最好還是躺在臥鋪裡睡覺哦。」

小松鴉站了起來，跨出第一步時，身子還有點東倒西歪，但很快就站穩腳步，慢慢往垂著藤蔓的洞口走去。「謝謝妳，葉池。」他喵聲說道，那雙盲眼朝小冬青那兒掃過，害她嚇一大跳。有時候她會感覺他好像在看她，即便她知道他根本看不見。

「太陽下山後，我會過去看你的。」葉池承諾道。

小松鴉的身影剛消失在洞口，葉池便坐了下來。「現在……」她看著小冬青說道，「妳可以告訴我，到底在煩惱什麼了嗎？」

「我沒有在煩惱什麼。」小冬青立刻回答。「我只是有很重要的事要問妳。」

葉池眼神警覺起來。「究竟什麼事？」

小冬青深吸一口氣。「我想當妳的見習生。」她緊張地等待對方的答案。要是葉池拒絕她，那該怎麼辦？

葉池顯然大吃一驚。「我從沒想過……」她話沒說完，便趕緊換上溫柔的語調：「巫醫這種工作，是必須全心奉獻的，幾乎很少有機會上戰場，也不能出外巡邏，更不能有自己的伴侶貓，也不能生小貓。」小冬青看見她眼裡的悲色。難道那雙琥珀色的眼睛是在說她自己很後悔嗎？小冬青沒有時間去好奇，因為葉池隨即又問道：「妳為什麼想當巫醫？」

「我希望能報效部族，」小冬青告訴她。「如果我當了巫醫，族貓生病時，我就能治療他們，還可以在夢裡和星族溝通。」葉池仍是疑色看她，她只好繼續說下去：「身為戰士，我可以餵飽族貓，也會保護族貓——就算為族貓犧牲生命，我也願意——但是我只能靠自己的尖牙利爪來作戰，但如果是巫醫，我便能運用所有的知識並藉助星族的力量來作戰。還有什麼方法比這更能報效部族呢？」她一口氣說完，氣喘吁吁的，然後一臉殷切地看著葉池。

葉池的尾巴不斷抽動。「妳說的都很有道理。」

小冬青的心臟撲通撲通跳，**她要答應了嗎？**

「可是，」她繼續說道，「在我決定之前，我必須先和火星談一談。」

小冬青眨眨眼睛，不免心生疑慮，但隨即把這疑慮拋開，**至少她沒有拒絕我**。「謝謝妳，葉池！」她喵聲說道，然後轉身離開洞穴。葉池要做這麼重大的決定，當然得先和族長談一談。她腳步輕快地穿過空地，心裡這樣想。

她鑽進育兒室時，發現蕨雲已經睡著了，小貓也都安靜了下來。小獅正把吃剩的歌鶇鳥的羽毛拔下來，打算用來墊臥鋪。

小松鴉一聽見她進來，便抬頭問道：「剛剛在巫醫洞裡，究竟是什麼事情那麼神秘兮兮啊？」

「我即將成為她的見習生。」小冬青大聲說道。

「誰的見習生？」

「當然是葉池的。」

小獅抬起頭來，非常開心。「她答應你了嗎？」

「她說她得先和火星談一談。」

「妳想當巫醫？」小松鴉喵聲說道，頭偏了過去。

「當巫醫有什麼不好？」小冬青質問道。

「我不喜歡待在巫醫洞裡，老在擔心那些病貓，也不喜歡忙藥草的事。」小松鴉將爪子戳進臥鋪的苔蘚裡。「我情願當個戰士，出去巡邏、狩獵和打仗。」

小冬青看著她弟弟，很以他為榮。火星一定要讓他當戰士才行。

小冬青天還沒亮就醒了，育兒室裡幽暗舒適，她的夥伴都在她身邊，感覺很溫暖。她躺在自己的臥鋪裡，聽著營地外湖邊樹上貓頭鷹的叫聲。她太興奮了，根本睡不著。棘爪昨夜告訴她，火星決定為他們舉辦命名儀式。

「你們表現得很好，沒有私自離開育兒室。」她正在獵物堆找東西吃時，棘爪對她說。

小冬青轉頭看正在半邊石旁邊進食的兩個弟弟。「那小松鴉呢？」

「別擔心，」棘爪向她保證道。「火星不會忘了小松鴉的。」

小冬青翻過身，伸伸懶腰。等到日正當中，她就能知道自己可不可以成為葉池的見習生了。她想像自己在巫醫窩裡工作，利用藥草舒緩胃痛，拿藥膏按摩瘀青，和葉池一起出外採集藥草──而且所有藥草的名稱、氣味和調製方法，她都一清二楚。她一想到自己的腦袋有這麼多知識，就得意地毛都豎了起來。她閉上眼睛，試圖想像星族會怎麼進入她夢裡，卻只看見她自己，一個羽翼已豐的巫醫，帶著自個兒的見習生穿過林子，邊走邊介紹各種植物，將葉池教給她的醫術全數傳給對方，然後愈走愈遠，進入幽暗的森林裡……

小冬青的眼睛倏地張開，清晨的曙光從錯雜盤生的刺藤叢間透了進來，她伸伸懶腰。

「已經醒啦？」蕨雲喵聲問道，這位貓后正在餵自己的小貓，灰色毛髮在晦隱的光線下散發出柔和的光芒。

「我興奮到睡不著。」小冬青喵聲說道。

「如果妳想出去，就出去吧。」蕨雲准許道。「黎明巡邏隊馬上就要回來了，他們可能會帶溫熱的獵物回來哦。」

小冰扭過身子，用那雙圓圓的藍眼睛瞪著她看。「妳今晚不會睡在育兒室了嗎？」她喵聲說道。

小冬青對她眨眨眼。「希望不會，我應該會睡在葉池的窩裡。」

小狐從他母親旁邊擠了過來。「我也想跟小獅一起睡在見習生的窩裡。」

「很快就輪到你了。」小冬青承諾道。

「不夠快。」小狐喵聲說道，他伸出爪子，用兩隻赭色的腳掌抓住小冰那根不斷抽動的尾巴。「我好想趕快當戰士哦。」

小冰把她尾巴抽了回來。「妳當見習生之後，會再回來告訴我們妳的心得嗎？」

「當然會，」小冬青喵嗚說道，然後低下頭對他們的母親說：「再見了，蕨雲。」

小狐和小冰爬出蕨雲的臥鋪。

「再見了，小冬青。」小冰喵聲說道，並伸頭過去用白色的口鼻碰碰小冬青的面頰。

「再見了，小冰。」小冬青彎下身子，舔舔小狐的額頭。「不要頑皮哦。」

她一陣傷感，轉過身去，鑽出育兒室。

空地上有露珠晶瑩閃爍，岩壁底部的裂縫和灌木叢都被薄霧所籠罩。小冬青伸個懶腰，先是前腳，然後是後腳，再拱起背，盡情享受森林傳來的清新空氣。

「早安！」松鼠飛喊道，她坐在戰士窩的洞口前，舉起一隻腳，正要清洗她的耳後，棘爪坐在她旁邊。

「嗨！」小冬青喵聲說道，走過去向他們打招呼。

棘爪大聲喵嗚說道，「今天是妳的大日子！」他用鼻頭碰碰小冬青的頭。

「是啊。」小冬青同意道，盡量不去回想自己曾差點因為犯錯而毀掉當見習生的機會。營地入口的荊棘叢微微震動，黎明巡邏隊回來了。雲尾帶著煤掌出現在入口，暴毛跟在後面，嘴裡各自叼著獵物。

他們丟下嘴裡的獵物，棘爪走過去迎接他們，暗色的虎斑毛皮因沾到了樹枝上的露珠而閃閃發亮。「都沒問題吧？」

「沒有貓兒越過邊界，」雲尾回報道，「不過風族和影族一直不斷更新他們的氣味。」

小冬青注意到松鼠飛緊張地豎起耳朵。

「你覺得這有問題嗎？」棘爪問道。

雲尾若有所思。「不算是什麼問題，只是感覺他們好像在不斷提醒我們，他們的存在。」

「你認為這是他們想入侵的一種徵兆嗎？」

「不是，」雲尾更正說法。「只是他們從來沒把邊界的氣味記號標得這麼清楚過。」

「我們是不是應該增加巡邏隊？」灰毛突然從戰士窩裡鑽了出來，害小冬青嚇了一跳。他朝雲尾和棘爪走去，松鼠飛跟在後面，把小冬青留在原地。

「我們先別擔心這件事。」棘爪決定道。

「這決定不是應該由火星來做嗎？」灰毛說道。

棘爪目光犀利地掃向灰色戰士，但灰毛的眼神並無不敬，純粹出於關切。

棘爪於是點點頭。「我當然會向他報告。」他喵聲說道。「只是我們沒有必要反應過度，認定影族和風族就是在挑釁。」

松鼠飛看著雲尾。「你有更新我們在邊界上的氣味記號嗎？」

雲尾點點頭。

小冬青這時感覺到有另一個毛絨絨的身子從她身邊經過。原來是小獅，小松鴉跟在後面，也從育兒室裡鑽出來。

「發生什麼事了？」小獅喵聲問道。

「黎明巡邏隊剛剛回來報告。」小冬青告訴他。她一想到影族和風族在邊界虎視眈眈，就覺得心裡七上八下。但如果她要當巫醫，就得學會心無旁騖在族貓的需要上。

她環顧空地，白翅、蛛足和刺爪正在半邊石旁邊分食一隻鴿子。蜜掌和罌掌在他們洞穴外的草地上玩著打架的遊戲。她看著他們，發現見習生們突然都停止動作，抬頭去看擎天架，小冬青也跟著他們的目光看過去，心裡滿是期待。

火星正跳下族長窩前的那堆亂石，沙暴敏捷地跟在後面。火星大聲召集所有族貓，小冬青的心跟著怦然一跳。「請所有已成年的貓兒都到擎天架下方集合。」

棘爪和松鼠飛急忙走向他們。松鼠飛快速順順小獅額前的毛。

「你們準備好了嗎？」棘爪的眼睛閃閃發亮。

「準備好了。」小冬青喵聲說道。

「很好。」棘爪踱步離去，坐在樺落旁邊。

這意思是不是說，樺落要當導師了？小冬青納悶想道。

松鼠飛舔舔小松鴉的面頰。「祝你們三個好運囉。」然後走過去坐在棘爪身邊。

鼠毛四肢僵硬地從長老窩裡出來，後面跟著她的全盲夥伴長尾。蜜掌、罌掌和莓掌聚在一起竊竊私語。白翅、蛛足和刺爪從半邊石那兒走了過來，吃剩的食物還丟在原地。沒多久，所有族貓都站在空地上注視著火星。小冬青生平第一次興奮到幾近焦慮。棘爪、松鼠飛、火星，以至於整個部族對他們的期待，竟突然變得像獾的爪子一樣沉重地壓在她肩上。

她感覺到身後不知是誰在推她前進。她轉頭一看，原來是葉池催她快點進貓群裡去。她仔細看著葉池的眼神，但看不出來答案是什麼，她只是溫和地眨眨眼睛，鼓勵她走到前面去。

小冬青從蕨雲和黛西之間鑽了過去，小獅和小松鴉也擠進去，坐在她旁邊。她感覺得到自己正挨著黛西，身子微微發抖，乳白色的貓后溫柔地看著她，用尾巴輕撫她黑色的毛髮。

「我召集你們來的目的，是為了履行一件我最喜歡執行的事，」火星大聲宣告。「小冬青、小獅和小松鴉已經滿六個月了。」

小松鴉終於能參加見習生的命名儀式了。

「他們曾有過一段很冒險犯難的童年時光，」火星故意語帶幽默地說道。「不過我希望他們已經從中學會寶貴的教訓，而我也相信他們都準備好要當見習生了。」

族貓們全都喵聲稱是。火星等到喵聲漸弱，才又繼續說道：「小獅！」

金棕色的虎斑小貓跳上前去，興奮得全身發抖。

「從現在起，在你得到戰士封號之前，將被稱之為獅掌。」

莓掌大喊他的名字，其他見習生也應聲附和。火星看著暗沉多雲的天色。「我懇求星族守護你，指引你的方向，讓你找到足夠的力量與勇氣來擔起戰士的重責大任。」

獅掌看著族長，兩眼發亮。

灰白色的公貓抬起頭來，目光炯炯，上前一步，尾巴微微抽動，顯示出他很亢奮。

「灰毛。」火星喚他。

「你把樺落調教得很好，使他成為部族之光，」火星喵聲說道。「現在雷族要請你再次施展為貓師表的長才。」

灰毛垂下頭，聽族長繼續說道：「我相信你會將所學悉數傳授給獅掌，幫助他成為雷族引以為傲的戰士。」

「我不會讓雷族失望的。」灰毛承諾道。

獅掌急忙走上前去，抬起鼻子與他的導師互觸。

「小冬青。」火星大聲喊道。

小冬青霎時忘卻原有的緊張心情，趕緊衝向空地中央，在火星前面煞住腳步。

他的頰鬚不斷抽動。「從現在起，在妳得到戰士封號之前，將被稱之為冬青掌。」

「冬青掌！冬青掌！」煤掌這次領頭大喊。

冬青掌看著見習生高喊她的新名字。莓掌和榛掌看起來都好高大威武。在育兒室，她的年紀比小冰和小狐來得大，但從現在起，她將成為這群夥伴裡頭年紀最小的貓兒之一。她心撲通撲通地跳，就像在林子裡狂奔一樣。這時她突然想到：**我應該不會睡在見習生的窩裡吧！**

「葉池！」火星叫喚。

沒錯！冬青掌只覺得身體輕飄飄的，好像風一吹就能把她吹走似的。她真的要成為巫醫見習生了。

葉池走上前來，停在冬青掌旁邊。

「我知道我給冬青掌的是一個安全的職務。」火星喵聲說道。「我祈求星族能賜予妳的見習生該有的力量與智慧。」

「我會盡我所能地教導她。」葉池承諾道，用鼻頭與冬青掌的互觸，但目光並沒有落在冬青掌身上，反而一臉愁容，視線越過了她。

冬青掌驚訝轉身，這才發現原來葉池是看著松鼠飛。她不免納悶為什麼她們的眼神竟是如此憂傷？

小松鴉大步走進空地，站在火星面前。「那我呢？」

「他怎麼能當見習生啊？」白翅壓低聲量，但那聲音還是清楚迴盪在寂靜潮溼的空氣裡。

「長尾眼睛瞎了後，就搬進長老窩了。」刺爪也說道，好像也認定盲眼貓不能當戰士。

「他在林子裡會遇到危險的。」蛛足也插了一句。

「可憐的小東西。」栗尾輕聲說道。

冬青掌全身毛髮豎得筆直，為什麼她弟弟不能像其他貓兒一樣得到公平的機會？

「我想和獅掌和冬青掌一樣也成為見習生。」小松鴉大膽要求。

「你當然也可以。」火星同意道。「以後你的導師就是亮心。」

第八章

亮心？小松鴉突然一股怒氣，腳步差點踉蹌。有這麼多戰士可以選，為什麼火星偏偏要找獨眼的亮心來當他導師？好像只是在應付他似的！

他的爪子用力戳進地面，拒絕上前一步跟他導師打招呼。他才不管對方尷不尷尬，即便他感覺得到當下氣氛之尷尬，就像尖銳的葉子扎在他身上一樣，他無視其他見習生的低語鼓勵，也無視那些見習生後來被蛛足所發出的憤怒噓聲給嚇得不敢再作聲。但就在這個時候，他感覺到後面有誰正溫柔卻堅定地推他向前。

葉池的聲音在他耳邊響起。「快去。」

他咬著牙，走向亮心和火星。

「我知道這對你來說很辛苦。」亮心語重心長地說。「但我保證我會教你如何報效部族，即便你的眼睛看不見。」

她在可憐我！他從她的聲音裡聽得出來。憤怒又開始高漲。「如果妳認為我一無是處，何必委曲自己收我為徒？妳可以直接把我送進長老窩裡和長尾作伴啊！」他不滿說道。

亮心神情一懍。「沒有誰說你一無是處，我想長尾也不會高興你對他言語上的不敬。」她退後幾步，抬高下巴。「我已經拜託他幫我一起訓練你了。」

小松鴉甩打著自己的尾巴。**哈！真是太好笑了！**他心想，**你們乾脆把所有一無是處的貓兒都集合起來，再祈禱最好有一棵大樹剛好倒下來砸死我們算了。**

火星上前一步，站在小松鴉和亮心之間。「從現在起，在你得到戰士封號之前，將被稱之為松鴉掌。」

「松鴉掌！松鴉掌！松鴉掌！」鼠掌和莓掌大聲呼喊，其他見習生也應聲附和，齊聲高喊。

松鴉掌的爪子緊緊抓著地面。**你們不必喊得這麼大聲！你們的目的不過是在同情我！**

「亮心，」火星喵聲說道。「妳是個優秀的戰士，從不因自身缺陷而自哀自怨，除了妳之外，我想不出還有誰比妳更適合教導松鴉掌。」

「我會將所學悉數傳授給他。」亮心誓言道。

這有什麼了不起？松鴉掌心裡想道。

他心不甘情不願地用自己的鼻頭與亮心的互觸，無奈接受她成為他導師的事實。他的頰鬚拂過那半邊被野狗咬掉的臉，空蕩蕩的，很奇怪，感覺不到貓兒該有的毛髮與肌肉，他必須強迫自己不要害怕和發抖。

所有族貓開始為新的見習生大聲歡呼。**又不是為我歡呼！**松鴉掌尖酸地想道。**他們根本不**

認為我會成為偉大的戰士。

等到歡呼聲稍歇，火星又開口了。「雷族何其有幸能擁有這麼多見習生，我希望他們都能認真受訓，報效部族。」

「我們會的！」獅掌喵聲說道。

「什麼時候開始受訓？」冬青掌問道。

「這得由你們的導師來決定。」火星告訴她。

「來吧，獅掌，」灰毛喵聲說道。「我們先去見習生的窩裡幫你找個臥鋪，然後再帶你去巡視森林。」

「現在嗎？」獅掌興奮地喵聲說道。

「要不然什麼時候？」

冬青掌緊張地繞著葉池跑。「灰毛要帶獅掌去巡視領地欸，我們要不要一起去？」

「冬青掌，這主意很好，」葉池喵聲說道。「但我得先帶妳去看林子裡採集藥草的地方，至於灰毛，我相信他是要帶獅掌去看雷族的邊界和適合狩獵的地區。」

「哦。」冬青掌語氣失望。

「不過我們得先去藥草的倉庫看一看，」葉池提議道。「這樣一來，妳才會知道我們在林子裡要採集哪些藥草。」

「好吧。」冬青掌喵聲說道，語氣稍微開心了一點。

獅掌和冬青掌都跟著他們的導師走了，松鴉掌卻一臉不高興地坐下來。**為什麼他們都有很**

棒的導師？這時他感覺到亮心的尾巴碰了碰他的肩膀。「要跟我一起來嗎？」亮心喵聲說道。

他繃著臉，跟著她來到一畦枯黃的草地，那是從營地岩壁的凹穴裡蔓生出來的雜草。

「我覺得我們最好先從……」亮心開始說話。

松鴉掌根本心不在焉，任由山谷上方樹梢間吹來的野風帶走她的聲音，但他清楚聽見獅掌跟在灰毛後面，匆匆離開營地的聲響；聞到冬青掌的氣味從長滿藤蔓的巫醫洞口傳來，還有強烈的紫草味道，因為冬青掌正撕開草葉，準備風乾。

至少我不是巫醫見習生。他很感激冬青掌幫他接下那個位置。

他繼續用敏銳的感官細察營裡動靜。自他有記憶以來，他的感官就是這麼敏銳，他知道黛西現在正在臥鋪上繞著圈圈，準備打個盹兒；鼠毛正領著長尾回到長老窩，但他感覺得出來那隻老母貓很想去林子裡，雖然礙於年紀，行動變得遲緩，但還是很想狩獵。長尾靜靜走在她身邊，動作仍像戰士一樣敏捷。

叫他住在長老窩裡，實在很不公平，松鴉掌心裡想道，**他又還沒老。**

這時他突然感覺到某種陰暗的氛圍正在營裡漫開，就像烏雲籠罩山谷一樣。他豎直耳朵，聽見族長窩的外面有爪子摩擦岩面的聲響。他從氣味裡聞得出來那不是火星，是棘爪。

松鴉掌知道他父親經常坐在那個位置，守護族貓，因為他是盡職的副族長。但這一次他卻感應到某種冰冷和不安的情緒，就像一團黑霧積壓在棘爪心裡。松鴉掌急著想弄清楚那究竟是什麼。

猜疑！

棘爪對族貓竟然心存猜疑！他不是在守護他們，而是在搜尋可能背叛他的貓。松鴉掌不禁發起抖來，背脊上的毛髮豎得筆直。**為什麼有貓兒要背叛棘爪呢？他是個很棒的副族長啊！**

他眨眨眼，思緒回到亮心身上。她已經跳了起來，顯然正在等他開口說話。他甩甩尾巴，心想該怎麼掩飾剛剛的分神。但她八成已經猜到他根本一個字也沒聽進去。

她不耐煩地哼了一聲。「我們要去看長尾，記得嗎？」

松鴉掌的心一沉，竟然要去找個二流戰士聽他說教！「好吧！」他無精打采地說道。

亮心嘆口氣。「走吧。」

他拖著腳步，跟在她後面，穿過空地。

亮心站定在長老窩前，「我們是亮心和松鴉掌！」她的聲音穿過洞口垂落的扶疏枝椏，朝裡頭傳去。

「請進，請進。」長尾喵聲說道。

亮心低下身子，從低垂的樹枝下方鑽了進去，洞裡有棵忍冬樹。松鴉掌跟在後面，頭不敢抬高，因為不確定四周的環境。他從來沒來過長老窩，但從氣味裡聞得出來，這裡只有長尾在。鼠毛終究還是去了林子。

「恭喜你，松鴉掌！」長尾喵聲說道。「你有一位很棒的導師。」

「謝謝你，長尾。」松鴉掌聽出亮心聲音裡的羞澀與驕傲。

「亮心，火星交給你的第一個見習生，可是一個很大的挑戰哦。」長尾語重心長地說。

「雖然我是瞎子，但不代表……」松鴉掌氣呼呼地說。

「我的意思不是指你是瞎子，」長尾打斷道。「而是指你的態度。」

「我的態度有什麼問題？」

「大部分的貓兒不會在還沒離開育兒室之前，就跑去追狐狸。」長尾帶點幽默地說道。

松鴉掌氣得豎直全身毛髮。**我只是想幫部族！**但他話還沒說出口，亮心已經下達了命令。

「我要你做的第一件事就是把這裡的苔蘚清乾淨，把沾到灰塵或髒的苔蘚拿出去丟掉，」她指示道。「你不知道可以到哪裡採集新的苔蘚，所以我會幫你拿一些過來。」

清掃臥鋪！松鴉掌知道這是見習生必做的工作——他早就聽多了莓掌和榛掌的抱怨——但一想到獅掌已經出去探索領地了，他就一肚子火。

「做完之後，」亮心繼續說道，「再幫長尾抓抓身上的跳蚤和蝨子，還有鼠毛的，我是說如果她回來的話。工作的同時，長尾會教你如何運用眼睛以外的其他感官。」

松鴉掌沮喪到真想放聲大喊，發洩情緒。他和長尾的情況根本不同。長尾是在成為戰士之後，眼睛才瞎掉的。他一輩子都靠視力過活，突然變成瞎子，打擊當然很大。但松鴉掌除了聽覺、嗅覺和觸覺之外，從來沒用過其他感官去探索這個世界，看不見對他來說是再自然不過的事情，長尾怎麼可能曉得這種感覺是什麼？他能給長尾的建議恐怕還多過這位瞎眼貓——包括如何從獵物堆裡挑出最新鮮的食物，如何從毛髮的氣味來辨識洞裡的夥伴在不在。

「松鴉掌，你最好現在就開始工作。」亮心建議道。他好像聽見她語氣裡的不耐。**如果妳繼續叫我做這種無聊的事，我保證妳以後絕對會更傷腦筋。**

亮心走出洞穴，他只好開始埋首工作，先靠腳爪的觸感去找出那些變乾和磨破的苔蘚，再用鼻子嗅出那些久未使用的臥鋪。「這種工作真是無聊。」他低聲抱怨。

「你說什麼？」鼠毛已經走進洞裡，她身上聞起來有森林的氣味，但腳步踉蹌，一坐下來，呼吸就顯得急促。「你這裡還漏了一塊。」她指正道。

「他才剛開始啊。」長尾幫他說話。

鼠毛哼著鼻子說：「你是說我們得等他在我們窩裡磨蹭到日正當中嗎？我還想睡個覺呢。」

「妳四肢痠痛，又不是我的錯！」松鴉掌厲聲反駁。「林子裡還這麼潮溼，妳就跑出去，妳能怪誰啊！」

他感覺到鼠毛正近身端詳他。「你怎麼知道我四肢痠痛？」

「妳坐下來的時候，我就感覺出來了。」松鴉掌答道，抓了一團乾掉的苔蘚要丟到洞口。「妳的動作那麼慢，還發出那種聲音。」

「什麼聲音？」

「就是上氣不接下氣的聲音啊，好像很痛的樣子。」

老母貓的喉嚨裡突然發出一聲好笑的喵嗚聲。「我看亮心以後恐怕得繃緊神經了。」

松鴉掌心裡燃起一線希望。**或許等他們知道我的眼盲根本不是什麼大問題，他們就不會再看輕我了**。他清理好苔蘚，踱步走到長尾那兒，開始用鼻子翻找他毛髮裡的跳蚤。

「我敢說你一定等不及到林子裡接受訓練。」長尾喵聲說道。「我還記得我第一次到林子裡去的心情，感覺就像還是一個月前的事情。」他的語氣有種感慨。「當然那時候我還看得見，眼裡看見的每樣東西都是那麼翠綠鮮嫩，即便現在眼睛瞎了，也還是念念不忘美麗的林子，那裡有好多氣味哦。」

我已經體會到了。松鴉掌在戰士的毛髮裡找到一隻跳蚤。

「這是我眼睛瞎了才注意到的。」長尾繼續說道。「原來氣味是這麼強烈又重要。」

還真是真知灼見哦！松鴉掌用牙齒咬死那隻跳蚤。

「當然還有聲音，」長尾補充道。「有時候我會聽見老鼠在山谷上方移動的聲響。如果是以前，我根本不會注意到。所以你一定要時時保持聽覺的靈敏。」

松鴉掌開始檢查長尾頸背四周的毛髮，結果發現有隻蝨子藏在這位戰士的耳後。

「這樣一來，狩獵時，才能充分發揮你的嗅覺與聽覺。其實獵物很難靠眼睛看到，用聞的比較容易。在我眼睛還沒瞎之前，也都是靠獵物的氣味或聲響來分辨牠們的藏匿位置。」

我看再過一會兒你就要告訴我，新鮮老鼠比不新鮮的老鼠要來得鮮美多了。松鴉掌不屑地想道，還故意用力去扯那隻蝨子。

「噢！」長尾叫了一聲。

「工作進行得怎麼樣？」亮心的聲音出現在洞口。「你做完了嗎？」

「應該吧。」松鴉掌滿懷希望地看著鼠毛。「妳身上沒有蝨子吧？」

「只有一隻在我的腰邊，不過我自己抓得到。」她答道。

松鴉掌轉身面對他導師。「那我就做完了。」

亮心開始把一團團新鮮苔蘚送進洞裡。「很好，把這些鋪好，然後跟我來，」她喵聲說道。「我要帶你去看看我們的領地。」

總算！冬青掌和獅掌都已經去了好久了。

「祝你好運囉！」長尾朝正跟著亮心走出長老窩的松鴉掌喊道。

她帶著他走出營地，爬上通往湖區的陡坡。「這條小路會通到山頂，」亮心解釋道。「路很陡。」

「嗯。」松鴉掌決定先不告訴她，自己早就從腳底下感覺到陡坡的存在，他跟著她穿梭林間，覺察到腳底下的落葉有點溼滑。

「小心哦！」亮心喊道，但松鴉掌早就聞到前方樹皮的味道，及時閃過，沒撞上它，只是頰鬚輕輕掠過那根樹幹。

「這裡的林木很密，沒什麼矮樹叢。」

「哦。」地面開始變得平坦，松鴉掌馬上聞到老鼠在路上留下的氣味。

「我們已經來到山頂，」亮心告訴他。「你跟著我的氣味走，我會沿著山脊前進。」

「好。」他感覺得到斜坡上兩側的林子都不見了，像是走在一隻大貓的背脊上。

「如果我們一直沿著這條路走，很快就能走出林子。」

松鴉掌開始有點上氣不接下氣，所以沒有回答。他聽見蒼蠅繞著他嗡嗡叫，害他耳朵很癢，於是甩甩頭。

「我們現在已經走出林子，所以不必再擔心會撞上什麼。」亮心喵聲說道。松鴉掌感覺得出來這裡不再有遮蔭的林子。一陣清涼潮溼的風吹拂過他的面頰。

「停下來。」亮心喵聲說道，其實松鴉掌早就停了，因為他感覺腳下地面突然變陡。瞬間各種氣味淹沒了他——都是他沒聞過的陌生味道——而且他聽見有水聲在遠處下方輕拍作響，他知道他們一定是在眺望森林和湖面。

「我們已經沿著山脊走出林子，就快到終點了，」亮心解釋道。「從這裡到湖面的路會很陡，河族的領地就在湖的對面。太陽西下的地方是影族的領地，而回頭看太陽升起之處，就是……」她突然住口。

這是松鴉掌第一次覺得自己有點對不起他的導師。她一定也希望她的第一個見習生身體健全，這樣她就不必百般容忍他了。他真希望她明白她根本不需要特別容忍他，他就是不需要。

「我也許看不見妳所看到的景致，」他告訴她，「但我可以靠聽覺、嗅覺及觸覺感受到許多東西。」他抬高鼻子。「我知道影族就在那裡，不是因為他們臭到足以嚇跑兔子，而是因為那裡的松木味道告訴我，那兒沒有什麼矮樹叢，所以在那裡狩獵的貓兒一定很擅於潛行追蹤。」他轉頭過來。「而在另一頭，我聞到荒野的味道，從那兒吹來的風因為沒有樹木阻擋，所以風勢很強勁。住在那裡的風族貓兒，速度應該都很快，體型很小，才能在那麼空曠的地方捕捉獵物。」然後他瞪著前方的湖水。「我也知道河族住在湖的對岸，不過我聞不到他們的氣味，因為全被湖水的味道給掩蓋了，今天湖水的味道很濃，是因為起風的關係。不過我知道河族會最先察覺天快要下雨，因為風把浪往他們那裡吹——我聽見浪濤拍岸的聲音。」

「你看不到，卻能辨識出這麼多東西？」

「當然啊。」

亮心的身子突然僵在原地，豎直耳朵。「有一支巡邏隊來了。」她大聲說道。松鴉掌早就聽見了。一支雷族的巡邏隊正爬過山脊，朝他們而來。蕨叢和石楠叢裡有聲音窸窣作響。他從氣味裡得知，這支巡邏隊裡有塵皮、榛掌、刺爪和罌掌，可是他沒有說出來。他很得意他對周遭景物的描述已經讓亮心刮目相看，他不想讓她以為他是在炫耀。

「嗨！」罌掌第一個從蕨叢裡跳了出來。刺爪緊跟在後，接著是塵皮和榛掌。「你終於到營地外頭來了！」罌掌喵聲說道。「當見習生的感覺是不是很棒？」榛掌補充道。「我還記得我第一天出來時，也是好興奮哦。」

我敢打賭你第一天當見習生的經驗一定比我的有趣多了。

「我們已經巡邏過邊界了。」榛掌繼續說道。

「現在我們要去青苔空地那裡展開戰技訓練。」罌掌接著說道。

「真好。」松鴉掌低聲說道。

「你可以和我們一起啊！」罌掌突然提議道，然後轉身對她導師刺爪說：「可以嗎？」

「改天吧。」亮心說道。

「我們還沒走完整片領地。」她解釋道——既向松鴉掌解釋，也向罌掌解釋。

「哦，好吧。」罌掌喵聲說道。

「你們現在要去哪裡？」刺爪問亮心。

「我要帶松鴉掌去看舊的轟雷路。」

刺爪停頓一下。「要小心一點哦，」他告誡道。「別誤走到影族的邊界裡。」

松鴉掌豎直毛髮。他們兩個加起來也許只有一隻眼睛，但不是笨蛋。他正準備出聲反駁，亮心已經厲聲回道：「只要聞到氣味記號，我就知道邊界在哪裡。」

松鴉掌感覺到塵皮斥責的目光。「火星很放心把松鴉掌交給亮心。」他輕聲提醒刺爪。

刺爪的腳爪在鋪滿落葉的林地上不安蠕動。「這是當然的，」他承認道。「對不起。」

亮心用冷冷的沉默回應刺爪的道歉。松鴉掌突然非常得意，原來他不是族裡唯一被其他戰士看不起的貓兒。

「前面有陡坡。」他們出發時，亮心出聲警告。

不用妳來告訴我！松鴉掌吞回這句話，感覺到腳下地面的起伏。

「你可以走嗎？」

「當然可以！」松鴉掌生氣地往前跨了一步，卻沒想到地面陡峭的程度超乎他的想像，害他竟跌跌撞撞地一路滑下泥濘的陡坡，直到撞上一株石楠叢。

「你沒事吧？」亮心氣喘吁吁，趕了過來。

松鴉掌好不容易從石楠叢裡爬了出來，快速舔舔自己的前胸。「我沒事。」他喵聲說道。

「你跌得不輕，可以的話，我們先休息一下。」亮心提議道。

「我告訴過妳我沒事，」松鴉掌嘶聲說道，甩掉身上的石楠屑。「現在往哪裡走？」

他感覺得出來亮心正仔細端詳他，但沒有再提跌倒的事。「走吧，」她喵聲說道。「我們可以從這裡繞回舊的轟雷路。」

松鴉掌緊跟在她後面，氣自己剛剛竟然失足跌倒，害他功虧一簣，亮心本來已經快相信他跟別的見習生一樣健全。

等到他們走到舊的轟雷路時，已經起風，松鴉掌在路上聞到雨的味道。

「我們可以從這裡走回營地。」亮心告訴他，當時他們才剛要抵達林子裡的一處缺口，這裡曾是兩腳獸鑿出來的一條路，現在已經被棄置，盡是荒煙漫草。

「可是雷族的領地應該不只這樣而已！」松鴉掌反駁道。

「今天走的路已經夠多了。」亮心喵聲道。

松鴉掌一臉不悅地從轟雷路那兒轉回來，跟著亮心走回林子裡。他才不相信他們無法在一天內繞完整片領地呢。亮心顯然以為他沒辦法離開營地一整天。

他們在林子裡慢慢走著。天空開始下雨，上方的樹葉不斷被雨水拍打，松鴉掌抬頭去看，好巧不巧一顆雨滴掉了下來，滴在他鼻頭上。松鴉掌起了個寒顫，甩掉身上雨水。也許回營的這個決定是對的。他聽見亮心加快腳步的聲音，心想她大概也有同感。

這時他的身子突然僵住。

風中傳來另一種氣味，比雨水和樹葉還要強烈的氣味。過去的記憶突然排山倒海而來，他想起林子裡衝撞逃命的恐怖經驗。狐狸！他又聞了一次，這味道和上次那隻把他追落山谷的狐狸一模一樣，牠的身上有泥土和蕨葉的味道，而且很近！松鴉掌本能地蹲下身子，張嘴警告亮心，但從亮心身上散發出來的驚恐氣味已經明白表示，她也聞到了那個生物的氣味。

松鴉掌嗅聞空氣，尋找巡邏隊的氣味蹤跡，想知道自己該往哪個方向逃。終於，他聞到刺爪淡淡的味道，可是太晚了，前方的蕨叢一陣窸窣作響，狐狸鑽了出來，往他們這兒衝過來。

松鴉掌嚇得心臟快要停止，小狐狸的腳爪重擊地面，可怕的惡臭味和咆哮聲比他記憶所及還要強烈和恐怖。這隻小狐狸顯然比他們初遇時又長大不少。

「快跑！」亮心命令道，身子擋在狐狸和松鴉掌之間。

「我不會丟下妳的！」松鴉掌大喊。

他聽見狐狸朝著亮心猛咬的牙齒碰撞聲。她正嘶聲叫喊，腳爪往外一滑，及時躲開。松鴉掌從狐狸痛苦的叫聲中聽得出來，亮心在閃躲時，用腳爪狠狠扒了牠一下。

狐狸從他身旁衝過，捲起一陣氣流，灌進他毛髮。他扭身一轉，利爪出鞘，也準備撲上去。狐狸急著轉向，展開另一波攻擊，爪子在滑溜的落葉上一陣扒抓。松鴉掌嘶聲一喊，縱身一躍，卻不知被什麼東西給突地絆倒。原來是他的尾巴被刺藤勾到，瞬間跌倒在地，硬被拖了回去。這時一隻大掌踩在他背上，害他霎時喘不過氣來。狐狸就在他上方雷聲怒吼，目標再次對準亮心。

獨眼戰士尖聲怒斥，那聲音裡有憤怒也有驚恐，松鴉掌嚇得全身動彈不得。

這時他突然聽見刺爪的吼叫聲，只離他們幾隻兔身之遙，巡邏隊終於趕到了。戰士和見習生們全都貼平雙耳、利爪出鞘，直衝而來，空氣裡瞬間充斥廝殺的聲響。狐狸發出一聲慘叫，逃進林子裡，塵皮和榛掌緊追在後。

松鴉掌好不容易爬了起來，用力扯著尾巴，想把它從刺藤裡拉出來。

「松鴉掌！」罌掌在他身邊。「你沒事吧？」

他還在用力扭動尾巴，突然聽見嘶地一聲，毛被硬生扯掉，終於重獲自由。「我沒事啦！」他怒聲說道。

「有沒有被狐狸傷到？」亮心喊道。

松鴉掌聽見導師的聲音，鬆了口氣，他在她身上沒聞到血腥味，聲音聽起來也很有精神。

「你剛才不會是想去找狐狸打架吧？」刺爪質問道。「你應該先去求救才對。」

「我不能丟下亮心！」松鴉掌反駁道。

「我還以為你已經學到教訓，知道自己根本不是狐狸的對手。」刺爪咆哮道。松鴉掌閉緊嘴巴，沒有吭聲。

「你的尾巴還好嗎？」罌掌同情地問道。

松鴉掌在鋪滿落葉的地上用力甩打尾巴，完全無視被刺扎到的尾巴還很痛。「沒事啦！」他咕噥說道。巡邏隊一定看到了他剛剛像無助的小貓一樣被荊棘絆倒，跌在地上爬不起來的可笑模樣。他覺得丟臉極了。

「塵皮和榛掌不會有事吧？」他問道。

「他們會把狐狸趕離營地，」刺爪告訴他。「我想牠不敢回來了，因為剛剛那一場攻擊把牠嚇到了。」

「我們應該先把亮心和松鴉掌送回營地，再派一支巡邏隊跟上去。」罌掌建議道。

「好主意。」刺爪同意道。

薄暮黃昏的空氣愈來愈冷，雨勢終於緩和下來。松鴉掌獨自躺在亮心今天早上才帶他來過的隱蔽草地上，因為他想自己靜一靜，隔在戰士窩和營地之間的這片荊棘樹籬至少能起一點隔離的作用。就在這時，獅掌和灰毛也回來了，他聽見他們在空地中央的聲音。

「松鴉掌呢？」獅掌的聲音顯得擔心。

冬青掌從巫醫窩的外面回答獅掌。「我沒看見他，但亮心回來了，他應該在營地裡。」

「我們去問問他在哪裡？」

松鴉掌不希望亮心告訴他們今天的蠢事，於是自己鑽了出來，直接走向獵物堆旁的冬青掌和獅掌。

「原來你在這裡！」冬青掌大喊。

「嗨！」松鴉掌低聲招呼。他緩步越過他們，從獵物堆裡拉出一隻老鼠。

冬青掌跟著他，也挑了一隻麻雀，然後丟在松鴉掌旁邊。獅掌則在翻找，最後找到一隻聞起來很新鮮的田鼠。「這是我自己抓的！」他得意地大聲說道，然後把牠丟在冬青掌旁邊。

「你第一天就抓到獵物啦？」冬青掌語氣顯然很吃驚

「呃……」獅掌承認道，「是灰毛先找到牠的位置，再教我如何偷偷接近牠。」

「他可能是先抓牢牠，再等你過去把牠解決掉吧。」松鴉掌酸著語氣說道。

沉默突然當頭罩下，冬青掌用尾巴撫撫松鴉掌的毛。「我聽說你今天很不順，」她喵聲說道。「這種事誰都可能碰上。」

松鴉掌甩掉她的尾巴。「但偏偏就讓我碰上。」他怒聲說道。

「這只是第一天而已。」獅掌提醒他。

是哦，你第一天就抓到一隻田鼠！

冬青掌聞聞松鴉掌尾巴上的刺，再用牙齒拔出一根。

「我自己會拔。」松鴉掌嘶聲說道，從她那兒移開尾巴。

「你需要藥草嗎？」她問道。「我知道哪一種可以止痛，防止感染。」她說得得意。

「不必了，」松鴉掌咬了一口老鼠，卻覺得這塊鼠肉一點味道也沒有，於是推到獅掌那兒。「給你吃，我沒胃口。」

「等一下……」獅掌才要開口，松鴉掌已經陰鬱地踱步離開了。

他走向見習生窩，洞口就在山谷內壁附近的一棵紫杉樹底下，但他花了好久時間才搞清楚洞口在哪裡，他小心走了進去，裡頭氣味很陌生，他一時之間有點疑惑——這裡充斥著苔蘚和各見習生的味道以及紫杉的強烈氣味。他搞不清楚周遭有什麼東西，或者他該躺在哪裡。

「嘿，松鴉掌！」榛掌的喵嗚聲從洞裡遠遠那端傳來。「這裡只有我，你只要往我的聲音這邊走來就行了，我旁邊還有一團乾淨的苔蘚可以讓你睡。」

松鴉掌疲累到沒有力氣再大驚小怪榛掌的好心幫忙，於是滿懷感激地往她那兒走去，就在走的同時，四周的氣味開始變得清楚起來，就像鳥兒歸巢一樣各就其位。他聞到罌掌的氣味有些陳腐了，顯然太陽一出來，她就不在這裡。莓掌的臥鋪剛剛才睡過，蜜掌的臥鋪聞起來還很溫暖，表示她才剛離開。松鴉掌在這些充滿味道的臥鋪小心穿梭，直到找到榛掌旁邊的位置。

「謝謝妳。」他低聲說道，躺了下來。

「別客氣。」她睡意朦朧地說道。

他很慶幸對方累得不想說話。因為現在他也一樣只想把鼻子塞進腳掌底下，好好睡一覺。

第九章

松鴉掌循著一條狹窄的溪谷往上爬，銀毛星群在上空閃閃發亮。冷風自灰濛的山頂呼嘯吹來，他的毛髮瞬間如波浪起伏。感覺上自己好像已經沿著這條嶙峋的山路走了好幾天的路，而且還得繼續順著溪流往上走。

這時不知誰的腳爪在戳他，害他肋骨好痛。松鴉掌縮了一下身子，眼睛倏地睜開，這才發現自己身處黑暗。

原來他在做夢。那隻腳爪又戳了他一次。

「小心點嘛！」他抱怨道。

「對不起！」獅掌道聲歉。

「你今天早上為什麼一直動來動去啊？」松鴉掌抬起鼻子。

「我們要和灰毛、棘爪一起去邊界巡邏。」獅掌興奮地解釋。

「這有什麼大不了，」松鴉掌低聲說道。「棘爪會帶你去，還不是因為目前邊界還算平靜。」

「可是影族和風族都刻意留下很強烈的氣味記號。」

「難道你怕那些氣味啊？」松鴉掌反駁道。

獅掌突然從他身邊縮起身子。

「對不起啦，」松鴉掌低聲說道。「我相信這會是個很棒的經驗。」

「是哦，」獅掌喃喃說道。「待會兒見了。」然後不發一語地走出洞口，莓掌跟在後頭。

松鴉掌鑽進臥鋪，獅掌走了，感覺好冷。他想再回到那個夢境裡，卻再也睡不著。

黎明的清新味道慢慢滲入洞裡，這時鼠掌和榛掌也都在張嘴打呵欠，伸懶腰。

榛掌推推松鴉掌。「別再裝睡了。」

松鴉掌心不甘情不願地抬起頭來。

「莓掌走了嗎？」她問他。

「是啊。」

「真是的，」榛掌語帶失望，氣惱自己沒跟上她弟弟。「反正待會兒接受戰技訓練時，就會碰到他了。」

「榛掌！」塵皮低沉的聲音從洞口穿了進來。「獵物堆已經空了，叫鼠掌一起出來，我們要去狩獵了。」

榛掌抖抖尾巴。「太棒了，」她喵聲說道。「我還以為我一早上都得清掃長老窩咧。」

反正清理長老窩的事還不都是交給我來做，怎麼可能讓妳做呢？松鴉掌心裡不滿地想道。**黛西的小孩都不是在部族裡出生的，所負的責任卻比我來得重要！**

「嗨，松鴉掌！」罌掌喊道。「第一次睡在見習生窩裡的感覺如何啊？」

「很好啊！」松鴉掌索然無趣地說道。

煤掌也醒了。「你今天有什麼工作嗎？」她問道。

「呃……我沒被叫去巡邏，也沒被叫去狩獵。」松鴉掌告訴她。

「也許亮心已經計畫好今天為你做戰技訓練。」罌掌猜測道。

「真希望是這樣！」煤掌插話道。「因為今天我們要在空地上集訓，如果你也能一起來就好了。」

松鴉掌沒有回答。

「我希望到時能見到你哦。」正要出洞的罌掌回頭喊道。

恐怕得等到兔子會飛了才能見到我吧，松鴉掌低聲自言自語。

松鴉掌於是從自己的臥鋪裡爬起來，鑽出洞外。腳下的結霜地面告訴他，今天的天氣會很晴朗。雖然太陽還沒完全烘暖這座山谷，但營地裡已經開始忙碌起來。火星站在蕨毛和蛛足旁邊，商討狩獵隊和邊界巡邏隊的事。葉池正往育兒室走去，松鼠飛則和暴毛及溪兒在交談。

沒有亮心的蹤影。她可能早就忘了他，自己出去參加黎明巡邏隊了。恨意像膽汁一樣湧上他的喉頭。**我會讓她知道我不是一無是處的！**

他急忙穿過那條供貓兒出去如廁的小通道，就聞到沙暴正要進營地裡來。沒時間躲回去了，他趕緊往前頭一鑽，藏進蕨叢裡。沙暴的腳步停了下來，松鴉掌聽見她在嗅聞空氣，於是趕緊屏住呼吸，祈求星族別讓他被發現。她停了好一會兒，終於又往回走，穿過通道，進營地裡去。

松鴉掌呼了口氣，從蕨叢裡爬了出來，甩掉耳朵上的枯葉，趕緊找到他昨天和亮心一起走過的那條小路。要是亮心不打算帶他去巡視雷族的所有領地，那他就自己去好了。他會從最遠的湖邊開始，他從沒去過那麼遠的地方。湖水和山風的沁涼氣味令他心頭一振。

他一口氣從陡坡，循著山脊走，慢慢爬下坡，利用爪子的摩擦來減緩速度，等他走到上次擋住他的石楠叢時，便從轟雷路離開，和他們昨天走的方向完全相反。

松鴉掌穿過林子，順著山脊邊緣往下走。在矮樹叢裡穿梭對他來說並不難，只要運用靈敏的頰鬚，便能從容行走於滿是落葉的林地裡。但漸漸的，樹木和矮樹叢愈來愈稀少，坡度開始變得平坦，踩上去的地面感覺軟軟的，不再遍地枯葉，反而盡是彈性十足的苔蘚，並不時有石楠輕刷過他的毛髮。

他嗅聞空氣，好奇自己離湖邊還有多遠。今天風是從雷族領地那兒吹過來，根本聞不到前方的氣味。他仔細傾聽湖水拍岸的聲音，感覺很遙遠，很難判斷是從哪個方向傳來的。

突然他的前爪滑進某個洞裡，原來他被兔子洞給絆倒，腳爪有點扭到，腿部一陣痛楚。他從洞裡爬了起來，舔舔自己腳掌，不是很嚴重，只是過了好久，他才敢把那隻腳試踩在地面上。

這裡一點也不像林地。這是他第一次懷疑自己也許不該妄想靠自己的力量探索整片領地，但他還是決定走到湖邊就好。他小心地將那隻腳踩在地面上，幸好沒有很嚴重。

沼地上的水從地裡滲了出來，浸溼他爪間的毛髮，害他全身冷得發抖。突然他的前腳陷進溼軟的泥土，冰冷的泥水漫過他的腳，甚至淹到前胸，**星族，快救救我！**他想往後退，後腳死命抓住後方紮實的地面。一陣慌亂下，前腳才好不容易從泥地裡拔了出來。他趕緊轉身，緊緊攀住離他最近的石楠叢，在茂密的枝椏間一陣亂扒，全身發抖地站在盤生錯結的粗根上。

從現在起，踏出任何一步之前，都要先試踩一下。他警告自己，心跳聲大到幾乎蓋過樹葉的沙沙聲響和風聲。他試著伸出腳爪，戳戳石楠叢另一邊的地面，感覺那裡有苔蘚，雖有彈性，但很牢固，於是從石楠叢裡小心翼翼走了出來，緩步前進。

他非常專心往前走，一次只踩一步，總不敢離石楠叢太遠——因為萬一又失足，起碼有東西可以攀附。漸漸的，腳下的地面愈來愈堅硬和乾燥，路面又開始變成陡坡，他感覺得到前方的空間瞬間開闊起來。現在他有十足把握了，心情跟著放鬆。他嗅聞空氣，風還是從後方吹來，帶有老家的氣味。他心想是不是該往回走呢？但隨即甩開這個念頭。**我絕不放棄！**

他試圖在腦海裡勾勒出一幅地圖，將它強記起來，這樣一來，下次再來這裡，他便能如魚得水地行走了。腳下略帶彈性的苔蘚已經變成柔軟的草地。他聽見身後遠方林子的沙沙聲響。現在風裡的湖水波瀾聲愈來愈大，他開始興奮起來，於是加快腳步，盡情享受曠野的自由與奔放——陽光溫暖地照著他的臉，野風吹亂他的毛髮。

他覺得好快樂，再一次嗅聞這裡的空氣。

風族！

他立刻提高警覺，這裡風族貓兒的氣味很強烈，甚至蓋過了他身上的味道，可是他聽不見周遭任何聲響。他確定附近沒有貓兒。難道是他不自覺地跨過邊界？

他有些茫然，身子轉了一圈，想找出老家的氣味。他往後退了一步，卻驚駭地發現自己踩了一個空，地面竟毫無預警地不見了，他揮舞著爪子，想抓住樹枝或石頭什麼的，但什麼也抓不到，身子直接就往下墜。

他掉進水裡了。

湖水冰冷，他不能呼吸。他死命掙扎地想浮出水面，試圖放聲大喊，水卻灌進了他的嘴巴、眼睛和耳朵。**我快淹死了！**

突然不知什麼東西抓住他頸背，把他往回拉。好像有誰在水裡將他頂了起來。他不再掙扎，放軟身子，像被母貓叼在嘴裡的小貓一樣全身軟綿綿的，任憑對方將自己往上拖拉，直到胸腔快要爆開，才終於浮出水面。

他大口吸入空氣，卻嗆進一大口水，害他咳個不停，唾沫鼻涕四溢。

「不要動！」有個聲音從牙縫裡傳了出來。

松鴉掌感覺自己被對方拖拉，穿過波瀾起伏的水面，四隻腳不斷在水中踢打，想踩到底。

「別扭來扭去！」那聲音又嘶聲響起，松鴉掌突然感覺到身下有小石子在摩擦，原來救他一命的貓兒正把他從水裡拖出來，抬上石灘。

他倒在地上，反胃作嘔，氣喘吁吁，不知誰的爪子按住他胸膛，把水擠出來。

「他沒事吧？」一隻年輕的貓兒焦慮問道，感覺很近。

松鴉掌受到太大的驚嚇，以致於完全搞不清楚周遭是什麼氣味。「誰在這裡？你們是戰士嗎？」他粗嘎著聲音問道。

「你在說什麼啊？」那聲音聽起來很困惑，然後才恍然大悟：「他根本看不見！」「我的老天，他怎麼會自己跑到這裡來？」松鴉掌聽見一個低沉的聲音這樣說，立刻認出是那隻救他一命的貓兒所發出的怒斥聲。

不知是誰用粗糙的舌頭舔他，幫他按摩冰冷的身軀。這時又有一隻貓兒也開始舔他，他再次閉上眼睛，無助地躺在那裡，全身虛弱，驚慌害怕，任憑他們規律地搓揉他，為他保暖。

等他腦袋終於清楚了，才知道他們是風族的貓兒。他們的氣味就和前一天從高地那兒吹來的味道一樣。總共有四隻貓，兩隻年紀比較大，另外兩隻比較年輕——分別是戰士和見習生。

「白尾，他不會有事吧？」其中一名見習生喵聲問道。她匍匐向前，蹲在松鴉掌旁邊。松鴉掌感覺到她的身體正挨在他身上發抖。

「他不會有事的，石楠掌。」這次不是救他的那隻貓在說話，而是另一隻語調溫柔的母戰士。「你聽得到我說話嗎？」

松鴉掌點點頭。他笨拙地爬起來坐好。因為耳朵裡都是水，於是想把水甩出來。風族的貓兒怕被水甩到，全都往後彈開，地上的小石子被他們踩得喀吱作響。

「雷族貓兒感謝我們的方式就是想辦法淹死我們嗎？」松鴉掌沒聽過這聲音，因此他想應該是另一個見習生——從聲音來判斷，他是公貓。

那隻年紀較大的公貓反過來斥責對方。「好了，風掌，別大驚小怪了，不過就是幾滴水而已。」那位戰士靠了過來，松鴉掌感覺到頰上有他溫熱的氣息。「你為什麼離營地這麼遠？」他問道。「還有誰跟你在一起？」

「別太兇，鴉羽，」白尾勸道。「他剛受到很大的驚嚇。」松鴉掌感覺到有柔軟的舌頭在舔他的耳朵。「小東西，你現在安全了。」

松鴉掌全身放鬆地靠在她身上，讓她用溫暖乾燥的毛髮為他擋掉颼颼冷風。

「我是白尾，」母戰士繼續說道。「這位是鴉羽，另外兩位是我們的見習生，石楠掌和風掌，我們不會傷害你的。」

「我想他應該早就知道了，還有別忘了，我們剛救了他一命。」風掌咕噥說道。

「鴉羽，我希望你教一下你兒子禮貌。」白尾厲聲說道，然後注意力又轉回松鴉掌身上。「你自己跑到這裡來做什麼？你知不知道你進入風族的領地？你遇到什麼麻煩了嗎？」

「馬上就會有麻煩了。」松鴉掌低聲說道。

「我想也是，」鴉羽厲聲說道。「你們雷族是怎麼搞的？怎麼會讓你自己跑出來呢？」

石楠掌往前靠近，頰鬚輕拂過松鴉掌的毛髮。「你完全看不見嗎？」她好奇地問。

風掌哼著鼻子。「如果他看得見，那他八成是笨蛋才會往懸崖那裡走。」

「我沒有往懸崖那裡走！」松鴉掌嘶聲說道。

「從我們站的位置來看，你就是那樣走！」風掌嗤之以鼻。

「安靜點，風掌！」鴉羽斥責道。

風掌不再說話，但松鴉掌聽到對方的尾巴很不高興地在小石子上拍打。

「我想我最好送他回雷族。」鴉羽喵聲說道。「你已經好點了嗎？可以自己走路嗎？」他問松鴉掌。

松鴉掌點點頭，尾巴還在發抖，但他不想再給風掌嘲弄雷族貓的機會，於是勉強自己站起來。「謝謝你救了我一命，不過我自己可以找路回家。」他很有禮貌地說道。

「我是不可能讓你自己找路回去的，」鴉羽堅持道。「白尾，你帶石楠掌和風掌先回營裡。」他把尾巴牢牢地擱在松鴉掌肩上，領著他爬上灘頭。

「你一回到家，就得立刻去見巫醫哦！」白尾在他身後喊道。

在回程的路上，鴉羽幾乎沒有說話，直接就往雷族營地的方向前進，只有在遇到可能讓他跌倒的兔子洞或樹根時，才會出聲警告。松鴉掌也不想說話，因為他不太熟悉這裡的路面，再加上他情緒憤怒到根本無法集中精神，只好聽從鴉羽的指示。他不喜歡鴉羽把尾巴擱在他肩上，但他沒有出聲抱怨，因為他惹的麻煩已經夠多了。他本來想證明自己像其他貓兒一樣優秀，卻再次惹出了笑話。

我知道這地方，他心裡這樣想。腳下的坡地都是小樹枝，頭上有樹木沙沙作響。他們快要到達山谷頂端了。松鴉掌的心一沉。他該怎麼向他們解釋，他為何沒和亮心在一起？他父親又會怎麼教訓他呢？他聞到雷族的巡邏隊氣味，裡頭有松鼠飛、暴毛和溪兒，正朝著他們筆直走來。他的肩膀繃得死緊。

「鴉羽？」暴毛的驚訝聲從前方羊齒植物那裡傳了過來。

紛沓的腳步聲朝他們奔來。「松鴉掌！」松鼠飛聲音尖銳，雖然寬了心但還是很生氣，她把鼻口壓在他潮溼的毛髮上。「天啊，你到底發生什麼事了！」她用力地舔他額頭。「你在哪裡找到他的？」她問鴉羽。

「他誤入風族領地，」鴉羽回答得很生硬。「我是從湖裡把他救起來的。」

松鴉掌低下頭，全身羞愧。更糟的是，他感覺到鴉羽接下去說的話令松鼠飛顏面盡失。「你都讓自己的小孩這樣跑出去玩嗎？」

「我已經是見習生了！」松鴉掌回嘴道。他感覺到他母親用尾巴輕刷他嘴巴，要他閉嘴。

「鴉羽，」她冷冷說道。「我相信風族也曾有貓兒到處亂跑，逛到不該逛的地方。」她意有所指，松鴉掌聽不懂，但鴉羽顯然聽懂。風族戰士的尾巴從松鴉掌肩上移開，哼著鼻子。

「妳帶他回營裡去吧，」他喵聲說道。「他差點淹死，湖水很冰。」

「我會的。」松鼠飛同意道。她推推松鴉掌，要他從斜坡下去，順著營地入口的荊棘屏障走。

令松鴉掌意外的是，鴉羽竟然也跟他們回到山谷，而松鼠飛連問都沒問。松鴉掌感覺到暴毛正開心地陪著風族戰士一路往前走。

突然他聽見荊棘那傳來窸窣聲響，鼠掌衝了出來。「你們找到他了！」這位見習生開心地大叫。

松鼠飛嘆口氣。「是啊，我們是找到他了。」

「你去找亮心的巡邏隊，跟她說不用再找了。」暴毛告訴鼠掌。「去問一下雲尾，看煤掌能不能跟你一起去。」

「遵命，暴毛。」鼠掌喵聲說，又衝回營裡。

松鼠飛帶著他們鑽進隧道。松鴉掌緊握腳爪，跟著進入營地。

「直接去找葉池。」暴毛輕聲說道。

「等我跟棘爪談過之後，再去找你。」松鼠飛喵聲說道。「他很擔心你的安危。」

松鴉掌只覺得無地自容，只能悄悄往巫醫洞走去。鴉羽跟在他後面，松鴉掌眨眨眼睛，覺得奇怪，難不成他到哪裡，這位風族戰士都要跟到底嗎？鴉羽和雷族的巫醫一點關係也沒有啊？但他不想質問對方，反而試圖感應鴉羽心裡到底在想什麼，卻發現像往刺藤叢裡鑽一樣，什麼都感應不出來，只有被針扎的感覺。

松鴉掌才走進入口，葉池就轉過身，他感覺到她鬆了一口氣。「還好你沒事。」然後她又突然緊張了起來，轉頭去瞪正從洞口鑽進來的鴉羽。洞裡的空氣瞬間凝結，有如綠葉季的閃電一樣啪滋作響，松鴉掌的毛髮也跟著豎起來。

「嗨，鴉羽。」葉池喵聲招呼，聲音聽起來好似有刺梗在喉嚨裡。

「葉池。」鴉羽的招呼也很簡單，但松鴉掌卻首度感覺到這位風族戰士除了氣惱之外，還有某種情緒在蠢動。「我是和風掌及他的導師一起出來時，才找到他的。」

葉池身子一僵。「你兒子已經是見習生了？」她的聲音有種冷淡。

「是啊。」鴉羽答道，聲音平板。

「松鴉掌！」冬青掌衝了過來，用鼻頭搓搓他的面頰。「你看起來一副快淹死的樣子。」

松鴉掌只覺得疲累到了極點，倒坐在地上。

「冬青掌，快去拿點百里香過來。」葉池命令道。

冬青掌趕緊跑到洞的後面，一會兒，氣喘吁吁地跑回來，一臉慌張，嘴裡咬著一大把葉子。松鴉掌立刻聞出那味道不是百里香，是小白菊。

「他現在不需要降溫。」葉池不耐地說道，然後自己跑到藥草堆那裡，叼了一嘴的百里香過來。

鴉羽站在一旁，靜靜看著。

「為什麼要給他百里香呢？」葉池把那些葉子擱在松鴉掌旁邊，然後問冬青掌。

「讓他身子暖起來？」冬青掌放膽一答。

葉池搖搖頭。「妳只要躺在他身邊，就能讓他暖和起來了。」她喵聲說道。

冬青掌於是蹲下來，身體緊緊挨著松鴉掌。

葉池把百里香推向松鴉掌。「百里香可以幫他鎮定情緒。」她解釋道，舔著松鴉掌的面頰，「把這些都吃下去，」她語帶鼓勵。「這藥不難吃，等你身體暖和一點，我再叫冬青掌去叼隻新鮮的老鼠來，這樣比較能沖淡殘留在你嘴裡的百里香味道。」

松鴉掌乖乖吞下那些葉子，身體冷到什麼事都不想再有意見。他閉上眼睛，感覺他姊姊的體溫正慢慢滲進他的身體，不過仍隱約覺察得到鴉羽和葉池之間緊繃的情緒張力，只是隨著他漸入夢鄉，這些感覺都慢慢消失了。

第十章

獅掌抬頭望著圓潤的月亮。月光皎潔，漫進山谷。這次大集會會不會被烏雲阻礙了。

塵皮、蛛足和灰毛已經在營地入口等待出發。火星站在擎天架下方，旁邊是沙暴和棘爪，他們正在低聲說話。

「我們在等什麼啊？」冬青掌不耐問道，腳爪扯著地上的草。

「就快了。」獅掌喵聲說道。他像他姊姊一樣興奮不已。這是他們生平第一次的大集會，也是生平第一次有機會去會見來自各族的見習生，和他們交換經驗，順便比劃兩下——因為他們知道下一次碰面時可能就得在戰場打鬥，到時利爪出鞘，尖牙廝咬，誰也不會讓誰。

「火星好像在等葉池。」榛掌插嘴道。

「她為什麼拖這麼久還不出來啊？」冬青掌抱怨道。「她只是在整理我們中午之前所收集的藥草啊。」

「如果她的見習生能幫點忙的話，她動作可能會快很多。」莓掌指明道。

「我是要幫她啊！」冬青掌反駁道。「可是葉池說她自己弄比較快。」

鼠掌的頰鬚抽了抽。「妳確定妳真的想當巫醫嗎？」

「當然啊，」冬青掌厲聲回答。「總有一天，就輪到你得等我從巫醫洞裡出來了。」

「他們只是在開妳玩笑。」獅掌安慰她道。他覺得奇怪，為什麼黛西的小孩全都要去參加大集會，反倒是部族出生的貓兒煤掌、蜜掌和罌掌不能去。他想，大概是為了公平起見吧。**所以這次參加大集會的將有三個見習生是部族原生貓，另外三個是非部族原生貓**，他嘆口氣，**本來至少應該三個的，要不是……**

他看看蹲在見習生洞口的松鴉掌，又嘆了口氣。自從太陽下山後，他就一直蹲坐在那裡，被罰不准參加大集會，因為他曾偷跑出去冒險，差點淹死在湖裡。此刻，他正蹲在陰暗處惱怒地瞪著他們，那雙沒有視力的藍色眼睛，緊緊鎖在正與黛西小孩談笑風生的哥哥姊姊身上。

他為什麼要這麼莽撞呢？自從成了見習生之後，獅掌就沒有多餘時間照顧他弟弟了——因為事情實在太多，害他忙到沒辦法像以前那樣可以常盯著松鴉掌。他有種莫名的罪惡感，但隨即拋開這念頭，畢竟他的首要責任是效忠部族，至於松鴉掌，得自己學會更懂事才行。

他緩步走向他弟弟，用舌頭舔舔他額前的毛。「我真希望你也能一起來。」他喵聲說道。

「只有你會這樣想。」松鴉掌抱怨道。

「你這麼說不公平。」獅掌爭辯道。「是你先犯了錯，才被禁足的。」

「也許火星根本不希望有隻瞎眼貓去參加大集會。」

「這話是什麼意思？」

「我的意思是這部族裡有我這種見習生，是很丟臉的。」松鴉掌咆哮道。

真的是這樣嗎？獅掌還沒來得說話，就聽見火星喊著出發。

「我得走了。」他告訴松鴉掌。「等我回來之後，再告訴你大集會的事情。」

其他見習生都往入口跑去，他也趕緊跟上去。火星緩步走到隊伍前方，眼神銳利地點點頭，隨即縱身一跳，鑽進入口隧道。獅掌跟在夥伴們後面，情緒亢奮。貓兒們的腳步聲在林地間響起，他感覺得到冬青掌的毛髮從他身邊輕輕刷過，彼此情緒正互相感染著。過了一會兒，所有貓兒都鑽出隧道，往斜坡走去。

他們一路小跑，經過天空橡樹，朝湖的方向走下去。岸邊的小石子在他們腳下嘩啦作響。獅掌的腳墊被石子卡住，但絲毫不以為意。他已經遠遠看到那座島，就浮在水面之上，布滿林木，枝椏光禿，直聳星空，像貓兒的頰鬚。獅掌興奮地彈著尾巴。

貓兒們開始成群穿過風族領地，火星的腳步從容穩健。他們經過黛西曾住過的馬場，然後進入河族領地，並遵照所有部族的協議，走在離湖邊五條尾巴遠的地方。他們愈來愈接近那座島嶼，地面開始變得泥濘。獅掌差點跌倒，只好放慢腳步，他可不希望全身髒兮兮地出現在大家面前。他隱約看見那棵橫躺在島嶼與岸邊之間的樹幹，上面有川流不息的黑影。風族的氣味交織著影族和河族的，都在陸續抵達中。

「你會在大集會上提到邊界氣味記號的事情嗎？」獅掌聽見他父親的聲音。他的目光越過鼠掌和蛛足，看見棘爪正與火星並肩而行。

「你是指影族和風族在邊界的每棵樹和草葉上都做了氣味記號的那件事？」火星問道。

「沒錯。」棘爪答道。

「我不能干涉其他部族在他們自己領地的作業方式。」火星提醒他。

「但這顯然是種挑釁。」棘爪憤怒說道。

「我們不要過度反應，」火星告訴他。「先暫時不要。」

「火星說得沒錯，」灰毛趕了上去。「最好的方式是先加派邊界的巡邏隊，讓他們知道我們不是省油的燈。」

「其實我們要擔心的不光是影族的臭味而已。」火星表示道，隨即大步慢跑，一直等到離那棵樹幹只剩幾條尾巴遠，才縱身往前躍了幾步，最後在枯萎的樹根前嘎然煞住腳步。

獅掌凝神看著那棵坍倒在湖面之上，銜接湖岸與小島的樹幹。空氣裡充滿風族、影族和河族的氣味。「我們一定是最後到的。」他對冬青掌低語說道，突然覺得不太敢面對其他三族。

「妳覺得蕨雲以前在育兒室裡說的影族故事，是真的還假的？」

「你不會真的相信他們故意讓老貓挨餓吧？」冬青掌輕蔑地說道。

「我是不相信啊。」獅掌低語道。「要是其他見習生個子都比我們高大呢？」

「我們才剛當上見習生而已，」冬青掌指正道。「個子當然會比較小啊。」

火星跳上那棵樹幹，小心往彼岸走去，然後跳了下來，轉身看著自己的族貓逐一過橋。腳下的石子沙沙作響，棘爪緊跟在後，然後是塵皮，沒一會兒，排在獅掌前面的冬青掌也跳上樹幹，下方的幽暗湖水環繞著乾枯的樹枝，這棵樹幹就是靠這些樹枝才能緊緊固定於湖床上。她小心穿過樹幹上橫生的枝椏和樹瘤，終於抵達對岸，縱身一躍，回頭喚獅掌過來。

獅掌興奮地全身發抖，他先爬上樹枝，但沒想到樹皮那麼滑，爪子根本沒有著力點。他感覺到樹幹在搖晃，回頭一看，卻見灰毛已經跳了上來，就在他身後。前方有一處突起，是以前樹枝發芽的地方，他屈起身子，繞過它，眼睛盡量遠眺樹幹的彼端。

突然他的前腳一滑，在樹幹上踩空，好像要掉下去，他驚慌瞠視下方冰冷幽暗的湖水。這時一個灰色身影衝到他身後，用鼻頭撐住他的身子，推了上來，扶住他，直到他恢復平衡為止。原來是導師救了他，他才沒在生平第一次的大集會上出糗難堪。

「謝謝！」獅掌喘氣說道。

「第一次走總是比較難一點。」灰毛喵聲說道。

獅掌於是伸出利爪，像松鼠一樣緊緊攀住樹幹，走完最後一小段，然後跳下樹幹，很開心終於又能踩在堅實的地面上，就算小石子刺得他腳墊很癢也無所謂。

「還以為你剛剛會掉進湖裡被魚吃掉呢。」冬青掌迎接他下橋。

「我也以為會這樣啊。」獅掌開心說道。

他等不及要跑進林子裡，看看裡頭有什麼，卻強迫自己沉住氣，因為還有其他貓兒在過橋。榛掌在突起的樹枝之間輕鬆行走，莓掌挺著強壯的肩膀，一路穩健地走過來，蛛足像蛇一樣穿梭他們之間，顯然對那座橋早就習以為常。獅掌頓時覺得自己好渺小，一點經驗也沒有，不過他還是抬高下巴，強迫自己鎮定下來。

終於所有雷族貓兒都登上島嶼，火星目光掃視他們，這才點個頭，轉身往林子裡走去。總算！獅掌在幽暗的樹幹之間疾步快走，毛髮不斷摩擦路邊的蕨葉，眼見樹木漸稀，空地已然在望，他心急地抽動著耳朵。

到處都是貓兒。獅掌從沒見過這麼多不同濃淡色彩的貓兒。有些體態輕盈，有些肩膀壯碩，大部分看起來都比他高大。他從沒想過湖邊四周竟然住了這麼多貓兒，而這還只是各部族派出來的其中一部分而已。空地另一頭的稀落樹影之間，隱約可見後方湖水波光粼粼。他看見大橡樹，它是每一次大集會的精神中心。

「這裡跟你想像的一樣嗎？」冬青掌低語道

「我沒想到會有這麼多貓欸！」獅掌瞪著一隻河族公貓看，對方的毛髮光滑到就算只是扭扭壯碩的肩膀，就會在月光下發出耀眼的光芒。「看來如果要和他在戰場上一較高下，我一定得從現在起加倍努力才行。」

「你怎麼老想到打架這種事呢？」冬青掌斥責他。「今晚是休兵的，你應該想辦法搞清楚他的思考模式和雷族有什麼不同？」她瞇起眼睛。「因為如果知道你的對手在想什麼，就有一半的勝算。」

獅掌斜覷他姊姊一眼。她這想法是打哪兒來的？他從來只會想能不能在戰場中打贏這些貓，但他姊姊卻已經像個部族領導似地在想作戰策略了。

鼠掌的眼睛發亮。「妳為什麼不過去直接問他呢？」

冬青掌倒抽口氣。「我們可以這樣直接過去，跟別的貓兒說話嗎？」

「這個嘛……」鼠掌告誡道：「妳最好是找見習生聊啦。」他朝一群體型較小的河族貓兒點頭示意。「我並不是說別族的戰士很危險或什麼，而是他們不太喜歡被年輕的見習生纏著問東問西。」

「那要是他們找我們說話呢？」獅掌問道。

「只要禮貌回答，但別透露太多消息給對方哦。」榛掌警告道。「有些戰士可能會看妳嫩，就利用妳來打探雷族的事情。」

「鼠掌，你第一次參加大集會時，有不小心洩露過什麼祕密嗎？」冬青掌問道。

「當然沒有！」鼠掌哼著鼻子說。

「是哦，」莓掌語帶諷刺地插嘴道。「當初要不是我用尾巴堵住你的嘴，你搞不好趕在火星正式宣布之前，就先告訴枯毛，火星打算讓出河邊那塊地了。」

「可是她是影族的副族長欸！」鼠掌辯白道。「我不能不理她啊。」

「但你也不用把族裡的事全抖出來讓她知道啊。」莓掌說道，頰鬚動了動。

「不管了……」冬青掌突然出聲說道：「我要去聽聽其他貓兒都在聊什麼。」

她開始往一群睜大眼睛的河族見習生走過去，這時一隻瘦小蒼白的虎斑貓穿過空地，朝她這兒跑過來。

「冬青掌！」原來是河族的巫醫見習生，她那雙綠色眼睛在月光下尤其晶亮。

「嗨，柳掌！」冬青掌停下腳步跟她打招呼。

柳掌止住腳步，開心地看著她。「蛾翅告訴我，妳現在是葉池的見習生了。」

冬青掌點點頭。「沒錯！」

「太棒了！」柳掌喵聲說道。「妳已經夢到星族了嗎？」

「還沒！」

「相信妳很快就會夢到了。」柳掌保證道。「來吧，」她用尾巴圈住冬青掌。「我帶妳去認識其他巫醫。」

柳掌帶著冬青掌走向葉池所在的一群貓兒裡頭。獅掌有點嫉妒。他姊姊是巫醫見習生，自然會有很多機會與其他部族接觸。他坐立不安，看著四周的陌生面孔，突然想起休戰協定只有一個晚上。事實上這些貓兒都是他的仇敵，根本沒必要和他們做朋友，他的責任只是去瞭解他們，這樣一來，作戰時才能摸清楚他們的長處——和短處。

「我要去找兔掌聊一聊。」莓掌大聲說道。

「我也要去。」榛掌喵聲說道。

這下獅掌的身邊只剩鼠掌，他環顧空地，發現大橡樹底下有一群貓兒，幽暗的樹影隱藏了他們的毛色，黑暗中，那一雙雙眼睛發出難以形容的詭異螢光，令他不寒而慄。

「他們是影族的貓兒嗎？」他低聲問鼠掌。

鼠掌點點頭。「別讓他們嚇到你，他們喜歡把自己搞得像大家的敵貓似的，但一旦和他們聊過之後，就發現其實不是這樣。」

「你確定？」獅掌不太相信。

可是鼠掌沒理他。「鯉掌！」他喵聲喊道，兩眼直視一隻灰白相間的年輕河族母貓，對方的毛髮就像小貓一樣鬆軟。

「她看起來好像才剛離開育兒室。」獅掌自下評語。

鼠掌的耳朵抽了抽。「她比我大一個月欸，」他糾正道。「走，我們過去找她說話，」他繼續說道。「你會發現她可不像外表那麼柔弱哦。」

獅掌跟著鼠掌走到鯉掌和另外兩隻河族見習生的所在之處，一隻是灰色的，另一隻是棕色的虎斑貓。他聞到他們的氣味，鼻子抽了抽。他已經聞過影族和風族留在邊界的氣味記號了，所以很清楚那兩族的味道，但河族這種帶著魚腥的體味對他來說倒是很新奇。

鯉掌欣然地朝他們點點頭。雖然她的體型看起來比其他夥伴來的嬌小，但那雙琥珀色眼睛卻異常銳利。「你朋友叫什麼名字？」她問鼠掌。

鼠掌用一種貪戀的眼神看著她。「他叫獅掌。」

「嗨，獅掌，」鯉掌說道。「這位是撲掌，」她朝身邊那位薑黃色與白色相間的虎斑公貓點頭示意，「還有卵石掌。」尾巴又朝那隻灰色公貓彈了一下。

「你們覺得這座島嶼怎麼樣？」撲掌問道。

「感覺很棒。」獅掌回答。

「如果你願意的話，我們可以帶你參觀一下。」鯉掌提議道。

鼠掌眼睛一亮，顯然很願意與這位漂亮的見習生在星光下散個步。但獅掌情願自己探索，尤其鼠掌的那雙眼睛一看見鯉掌就失魂落魄，到時還有什麼好探索的。

「謝謝妳，不用了，」他喵聲說道。「鼠掌答應要再介紹更多貓兒讓我認識。」

鼠掌茫然地看著他。「啊？我有說過嗎？」

「走吧！」獅掌不等鼠掌反對，就推他前進。他們一離開那三隻貓兒，鼠掌就開始嘆聲連連，但也只能跟著他穿過空地。

突然一個輕柔的聲音傳進他耳裡。「你是松鴉掌的哥哥嗎？」

他轉身一看，發現是隻棕色的虎斑小母貓正看著他，那雙眼睛的顏色如午後向晚的天空。

「我……我就是，」他結結巴巴。「妳怎麼知道我？」

「莓掌告訴我的，對了，我叫石楠掌。」

因為妳的眼睛像石楠的顏色……

「松鴉掌應該有提到我吧？」石楠掌繼續說道。「鴉羽從湖裡把他救起來時，我剛好也在旁邊。他好一點了嗎？」

獅掌強迫自己鎮定下來，別表現得像隻受到驚嚇的兔子。「松鴉掌？」他重複道。「哦，他好多了。」

「他有來嗎？」石楠掌問道。

獅掌一時之間竟想不起來自己的弟弟在哪裡。

「他這次沒來。」鼠掌代他回答，語氣有些不耐。

「我到現在還不敢相信，他眼睛看不見，竟然能夠自己走這麼遠的路。」石楠掌低聲說道。「他一定很勇敢。」

獅掌有絲嫉妒。「他個性其實很怪，」他告訴她。「尤其他現在又被禁足一個禮拜。」

「可憐的松鴉掌，」石楠掌語帶同情。「如果我被禁足，也會心情不好的。」

「我也是。」獅掌同意道。

「你當見習生多久了?」石楠掌問道。

「一個禮拜了,妳呢?」

「已經一個半月了,」她答道。「這是我第二次參加大集會。」

「妳以前見過鼠掌嗎?」獅掌問道,他感覺到他的夥伴已經有些不耐,老是回頭去看那個河族見習生。

「我們以前沒說過話,」石楠掌承認道。「可是上次看見他和枯毛在說話。」她看著鼠掌。「枯毛有從你那兒探聽到什麼嗎?上次她也想從我這兒打探消息,好險鴉羽警告過我,不准透露任何風聲。」

鼠掌還沒來得及答腔,一隻有著琥珀色眼睛的黑色公貓朝他們跑了過來。「我們該回族貓那裡去了,」他粗聲粗氣地告訴石楠掌,根本沒理會雷族的見習生。「大集會快要開始了。」

「這是風掌,」石楠掌告訴鼠掌和獅掌。「才剛升格當見習生。」她的頰鬚抽了抽,「不過從他的態度看不出來,因為打從他離開育兒室的那一刻起,就老愛指揮其他的見習生。」

風掌怒目瞪她,尾尖左右拍打。

「別擔心,風掌,」石楠掌繼續說道。「等你突然被拔擢為戰士之後,就可以指揮所有見習生了。」

風掌瞇起眼睛,顯然不確定她這話是真是假。

石楠掌看著獅掌,故意用風掌聽得見的音量小聲說道:「他以為他父親鴉羽是我導師,我就得什麼事都聽他的。」

「妳明知道鴉羽從來不會……」風掌抗議道。

「哦，拜託你好不好，風掌！」石楠掌懇求道。「放輕鬆一點，行嗎？」她用鼻頭輕輕推他身子，回頭對獅掌說：「你知道嗎，只要有風掌在，日子就絕對不會無聊。」

這時大橡樹那兒突然傳來一聲命令。「銀毛星群下的大集會就要開始……」

「那是一星在宣布大會開始了！」石楠掌屏氣說道。

獅掌環顧四周，只見四族族長像貓頭鷹似地排排坐在低矮的樹枝上，風族的族長一星是隻體態輕盈的棕色公貓，他正在對大家說話。

「……我們將恪遵滿月時分的休戰協定。」

風掌掃了石楠掌一眼，那眼神似乎在說，**妳看，我就說吧**，然後就匆匆走開，加入他的族貓。石楠掌轉動著眼珠子，看看獅掌，然後也跟著她的夥伴走了。

獅掌現在覺得比較有自信了，於是也走進樹下的貓群裡，在自己的族貓之間穿梭，最後在冬青掌和蛛足中間找了個空位坐下。

樹枝上的火星坐在一星旁邊，另一隻毛色光滑的虎斑母貓坐在他身邊。獅掌猜那應該是河族的豹星。她的另一邊是一隻體型龐大、爪子烏黑的白色公貓——影族族長黑星。

「風族這個月起多了一位新的見習生，」一星大聲宣布，「風掌。」毛色烏黑的見習生抬高下巴，根本不懼怕四族族貓全都轉頭看他。獅掌的心開始狂跳，他希望輪到他時，也能如此鎮定。

「這一個月來，禿葉季對我們來說還算慈悲，」一星繼續說道。「兔子到處跑，但都跑得不快，很好抓。這個季節的風很大，對鷲和鷹來說，是不利的，所以留了許多獵物給我們。」

獅掌突然警覺，一星該不會提到松鴉掌擅入風族領地的事吧？他身子前傾，豎直耳朵。

「除此之外，」一星繼續說道。「風族沒有其他重要的事情要報告。」

獅掌總算放下心來，他看看冬青掌，後者緊緊挨著他。「感謝星族保佑，沒把松鴉掌的事抖出來。」她低聲說道。

一星轉頭對黑星點點頭，示意輪到他說話了。

「影族也有一位新的見習生，」黑星開口說道。他俯身看向一隻瘦小的棕色母貓，她就坐在影族戰士裡頭。「藤掌。」

藤掌點點頭，她瞇起眼睛，看起來不像風掌那樣自鳴得意。

影族都是喜怒不形於色嗎？獅掌好奇地想。他感覺到身旁的冬青掌開始坐立不安，眼睛興奮地發亮。「該我們了！」她低聲說道。

可是黑星的話還沒說完。「自從影族擴大領地之後，狩獵的情況就好多了。」

獅掌身子一僵，旁邊的雷族戰士也都面露訝異，倒抽一口氣。難道黑星真的想炫耀他們從雷族手上取得河濱地的那件事嗎？

「那片新的領地擁有很豐富的獵物。」黑星喵聲說道。

騙子！

蛛足低聲咕噥。「要是那塊地真有那麼多獵物，火星就不會讓給你們了。」

「影族衷心感謝火星慷慨讓出那塊地給我們。」黑星假惺惺地說完了。

火星不卑不亢地看著他。「我很高興你們在那裡能抓得到獵物，因為以雷族的標準來說，那是一塊少有獵物的不毛之地。」他喵聲說道。

「說得好！」冬青掌低聲說道。雷族貓兒全都暗自叫好。

然後火星才將他那綠色眼睛轉向貓群。「雷族何其有幸，這個月新增的見習生不只……一位。」他故意拖長尾音。

獅掌的耳朵不斷抽動，覺得既得意又焦慮。

「松鴉掌今晚不能來，」驚訝的低語聲在其他部族之間響起，但雷族族長繼續說道。「不過冬青掌在這裡，」冬青掌的綠色眼睛像星宿一樣閃閃發亮，黑色毛皮與夜色融成一片。接著火星將目光移向獅掌。「還有獅掌。」

獅掌的耳朵頓時充血到幾乎聽不見任何聲音。他挺起胸膛，抬高下巴，感覺自己在眾多貓兒的注視下開始發光發熱，但這榮耀的一刻來得快也去得快，火星又繼續報告別的事了。

「雖然是禿葉季，但雷族還算幸運，」他喵聲說道。「即便有結霜，但雪下得很少，獵物還是會出來活動。」

獅掌的毛髮突然豎得筆直，空氣裡有新的氣味出現，他以前沒聞過。其他貓兒顯然也聞到了——他看見他們紛紛轉頭，探看空地邊緣。

離風族貓兒最近的一株羊齒植物開始窸窣作響，獅掌緊盯那裡的動靜。

火星沒有說話，也和其他貓兒一起靜觀其變，這時兩個輕盈的身影從矮樹叢裡走了出來。

「有入侵者！」警告聲如野火燎原，在部族之間蔓延開來。獅掌身邊的貓兒全都警覺地豎直毛髮，繃緊神經，隨時準備跳上去迎戰。

最靠近入侵者的風族貓兒立刻將他們團團包圍。

風族貓會殺了他們嗎？獅掌轉頭去看大橡樹，好奇族長們會怎麼做。

火星的毛髮倒豎，連尾巴也豎得筆直。他豎直耳朵，不斷嗅聞空氣。

「等一下！」

風族貓兒當場僵住，往後退了幾步，留下那兩個入侵者獨自站在外緣。獅掌伸長脖子想看清楚裡面的狀況。

這時火星突然語帶懷疑地訝聲喊出那個獅掌只在育兒室的床邊故事聽過的名字。

「灰紋?!」

第十一章

冬青掌驚訝地瞪大眼睛。**灰紋？**「他不是死了嗎？」她小聲問獅掌。

她弟弟沒有回答，因為他正忙著撐起後腿，想看個究竟。

冬青掌乾脆鑽進貓群裡，穿梭腿足之間，來到空地邊緣，擠在鴉羽和風掌中間。

那是一隻灰色公貓，就站在羊齒植物前面，一條暗黑色的斑紋沿背脊而生。他瘦得只剩皮包骨，身形枯槁，打結的毛髮暗無光澤。他的左耳破了，帶傷的口鼻透著汙濁，頰鬚少了好幾根，身邊站著一隻全身發抖的淺灰色虎斑母貓，身上的短毛也一樣糾結成團，髒兮兮的尾巴垂在地上。

可是灰紋已經死了！

「你還活著！」火星從一星和豹星之間衝了出來。他瞪大眼睛看著灰紋，毛髮直豎。

灰紋也看著他，但旁邊的夥伴卻平貼雙耳，出於自衛地抬起前掌，身子不停發抖，目光倉皇，不時張望其他貓兒的動靜。

「別緊張，蜜妮。」灰紋告誡道。

火星伸頭過去嗅聞，像是無法相信眼前事實。「你沒有被兩腳獸殺害…………」他仰頭看著月亮，「感謝星族保佑！」低語說道。

旁觀的貓群出現一波波的驚嘆聲。

「灰紋回來了！」

「他一定是從兩腳獸那兒逃回來的！」

「他是怎麼逃出來的？」

「那棘爪怎麼辦？」

棘爪怎麼辦？冬青掌看著她父親。火星曾經舉辦過守靈儀式，然後將棘爪升為副族長。但如今灰紋卻好好活著，而且回來了……

雷族的副族長目不轉睛地看著灰紋。「我真的不敢相信，你竟然能找到我們。」他帶著欽佩的語調這樣說道，可是當他走上前去，用鼻頭和灰紋打招呼時，眼神還是很不自在。

火星彈彈尾巴。「牠們把你帶到哪裡去了？」

灰紋沒有回答，他直視著火星。「你沒等我回來。」

火星眼神痛苦。「我不能等。」

灰紋垂下頭。「因為你不能置部族於險境，將他們留在森林裡。」

火星傾身向前。「如果只有我這一條命，」他環顧四周各部族，然後才低聲說道：「我一定會留在那裡等你回來。」

冬青掌感覺到後方一陣窸窣聲，原來是其他雷族族貓全都擠上前來迎接他們的老夥伴。

「灰紋！」塵皮衝了上來，「你還活著！」

莓掌、榛掌、灰毛和蛛足也都興奮地圍著他，嗅聞他，用口鼻搓揉他。

灰紋卻縮起身子。

「給他一點空間，」葉池警告道。「他累壞了。」

「可是他是我們心中的英雄！」榛掌抱怨道，因為葉池正用尾巴把她和其他貓趕開。

松鼠飛瞪著灰紋的同伴。「你是誰？」

「她是蜜妮，」灰紋喵聲說道。「我在兩腳獸那兒遇見她。」

松鼠飛倒抽一口氣。「寵物貓竟然能陪你走到這裡來？」

「如果沒有她的幫忙，靠我自己是辦不到的。」灰紋喵聲說道。

棘爪瞇起眼睛。「你是一路追蹤我們的足跡，才找到這裡的嗎？」

「不是，」灰紋告訴他。「我們自己找路過來的。」

「我們先去找灰紋的舊家。」蜜妮解釋道。她的聲音有種冷冷的味道，這讓冬青掌很驚訝，她還以為所有寵物貓都像黛西那樣語調很溫柔呢。

灰紋的雜毛突然倒豎，「可是等我們找到那裡的時候，整座林子都毀了，沒有貓兒，沒有獵物，什麼也沒有，只有被連根拔起的樹木和各種怪物。」

「你怎麼知道我們已經走了？」葉池問道。

「我們遇見烏掌。」

火星眼睛一亮。「他還好嗎？」

「他很好，只是很擔心你們。」灰紋停下來喘口氣，才又繼續說道。「他說他看見你們經過，還說你們是往太陽沉沒之地的方向走，所以我們就繼續往高岩山的方向前進……」他突然說不下去，尾巴不停發抖。

葉池衝上前來。「你沒事吧？」

「只是很累了。」

豹星用肩膀推開雷族貓兒，走了過來，喉嚨裡發出響亮的喵嗚聲。

「歡迎你回來，灰紋！」

四族貓兒全都湧了上來，圍著灰紋。他被淹沒在一大群貓兒裡，有棕色、白色、薑黃色和虎斑色。喵嗚聲四起，大如隆隆雷聲，足以蓋過林間的風聲唳唳。

冬青掌不可置信地看著眼前景象，她知道大集會有休戰協定，但也不應該像這樣啊！四大部族應該壁壘分明才對，可是這些戰士卻表現得好像同屬一個部族似的。她鑽進這一大群貓裡，走到同樣正睜大眼睛的獅掌身邊。

「這太怪了，」她在他耳邊說道。「灰紋是雷族的貓，其他部族幹嘛那麼興奮？」

「我也不懂。」獅掌承認道。「我以為所謂的戰士就是要效忠自己的部族，難道其他部族不擔心雷族現在又多了一個戰士嗎？」

榛掌鑽到他們旁邊。「他們那樣子就像松鼠飛說的四大部族曾齊心協力一起完成大遷移的那個故事一樣。」

「大遷移已經結束了。」冬青掌明白指出。

但榛掌沒在聽，她看著灰紋。「他怎麼知道我們在島上？」

「妳想會不會是星族指引他來的？」獅掌好奇說道。

「你怎麼知道我們在這裡？」一隻毛色光滑的河族母貓問道。

灰紋朝她抬起頭來。「霧足，真高興又見到妳。我們遇見一隻無賴貓，他告訴我們，這座湖的四周住了很多貓兒，」他解釋道。「等我們抵達山頂時，已經是滿月，月光照在水面上，我看見島上有好多影子。」

「於是我們就循著路上的氣味追過來，」蜜妮解釋道。「再走到岸邊，跨過那棵倒在湖面上的大樹幹。」

冬青掌聽見一種不滿的沉吟聲。黑星正不掩敵意地瞪著蜜妮。灰色母貓抬高下巴，回瞪過去，即便自己的尾巴不停發抖，卻還是勇敢地直視著影族族長，直到對方移開目光為止。冬青掌不禁對她另眼相看。

灰紋看見了，豎直毛髮，肩上肌肉明顯賁張。

「別忘了有休戰協定！」豹星警告他們。

「休戰協定是為戰士而設的。」黑星咆哮道。

「大集會也是為戰士而設的。」一星喊道。

耳語在風族和影族的貓兒之間蔓延開來。

「雷族難道又要多一隻寵物貓了嗎？」有個聲音懷疑地說道。

「我已經把蜜妮訓練成戰士了！」灰紋嘶聲回答。「如果是寵物貓，怎麼可能熬得過這麼長的旅程。」他的聲音被咳嗽聲打斷，冬青掌看到這位灰色戰士從耳朵到尾尖都在發抖。

火星應該也瞧見了，他走到灰紋身邊，用身子撐住他，「我們先送你回營地吧。」灰紋看看蜜妮。「妳今晚還可以再多走一點路嗎？」

「你要我走多遠，我就走多遠。」她向他保證。

「很好。」火星喵聲說，然後看看其他族長。「這次大集會，大家還有事要宣布嗎？」

「河族該說的話已經說完了。」豹星說道。

「風族也很滿意這次的大集會。」一星告訴他。

黑星同樣跟著搖搖頭。

「那我們就先回去了，」火星召喚雷族。「我們現在就帶灰紋和蜜妮回新家去。」

「這是不是代表雷族從現在起會有兩個副族長？」風掌大膽問道。

冬青掌豎起耳朵，這時她注意到就連灰毛也傾身向前，頰鬚不斷抽動。

沙暴走到火星旁邊。「灰紋和蜜妮都累了，」她小聲提醒。「我們先帶他們回家。」

「沒錯，」火星朝棘爪彈彈尾巴。「你來帶路。」他命令道。

棘爪立刻帶路穿過林子，往湖上的樹幹走去。

沙暴繞著蜜妮轉，「妳跟著我，」她勸道。「我們會帶你們回到溫暖的窩裡。」

蜜妮點點頭，跟在淡薑黃色母貓的身邊，她慢慢地走，腳步有點跛。榛掌急忙趕上去加入她們，顯然很興奮能有機會幫忙帶領這隻陌生的貓兒回營地去。

冬青掌落在後面，跟她弟弟走在一起，緊跟在其他貓兒後面。她感覺得出來其他部族都在看他們。其中一位風族見習生在他們經過時，向獅掌點點頭。

「妳認識她嗎？」冬青掌驚訝地問道。

「她是石楠掌，」獅掌答道。「我今晚才認識的。」

冬青掌回頭去看那位風族見習生。石楠掌正和她的同伴低語交談，但一雙眼睛仍牢牢盯在灰紋身上，直到他們消失在林子裡。

這時冬青掌聽見在潺潺的湖水聲之外，有一個聲音響起。

「火星一定會再讓灰紋當副族長的。」

冬青掌看著那位毛色像石頭一樣的河族戰士。

另一個聲音卻壓低音量說道：「灰紋的守靈儀式根本是個錯誤。」

冬青掌突然很憤怒，卻無法揮卻某種恐懼的念頭。難道棘爪不該當副族長嗎？她甩開這個想法，不願再聽其他部族的閒言閒語。

樹橋隱約就在前方，她穿過枯乾的樹枝，爬了上去，小心走過滑溜的樹幹，獅掌等在另一頭，他的眼睛興奮地閃閃發亮，等她到了對岸，他喵聲對她說：「我希望以後的大集會都能像這次一樣好玩！沒想到灰紋竟然回來了！」

冬青掌急忙跟在他後面，不悅說道：「難道你都不擔心啊？」

「擔心什麼？」

「當然是灰紋的事啊，」冬青掌彈彈尾巴。「灰紋還活著，星族怎麼可能同意讓棘爪當副族長呢？」

「星族又沒告訴我們他還活著。」獅掌提醒她。「如果星族認為這件事很重要，就應該給個啟示或什麼的。」

鼠掌腳步慢了下來，走在他們旁邊。「我覺得棘爪是個很棒的副族長，火星不會忽視這一點的。」他喵聲說道。

「沒錯！」獅掌同意道。

「可是戰士守則怎麼辦？」冬青掌反駁道。

「上面有提到死而復生的戰士嗎？」獅掌質問道。

冬青掌搖搖頭。沒有貓兒在大集會上提到戰士守則，但她還是覺得怪，好像有什麼守則被這件事給打亂了。

「是灰紋先當副族長的。」她爭辯道，語氣又有點像自言自語。

「妳希望他取代棘爪嗎？」獅掌訝聲反問她。

「當然不是。」冬青掌頂了回去。

「反正就一切照舊啊，」鼠掌指明道。「幹嘛再傷腦筋做什麼變動啊？」

冬青掌抬頭去看前面的沙暴和蜜妮。那兩隻母貓正跟在火星和灰紋旁邊，沿著湖岸慢慢前行。她身邊的其他族貓也都各自低聲交談。冬青掌猜他們一定也和她一樣，不敢確定灰紋回到雷族之後會發生什麼事。

第十二章

天際地平線翻出淺淺的魚肚白，冬青掌正跟著她的族貓走回山谷。原本一路上嗡嗡作響的興奮低語聲，在經過長途跋涉的返家之路後，已經漸漸消散，如今他們正一個個鑽過入口的荊棘隧道。營裡的空地依舊沐浴在月光下，邊緣卻是幽暗一片。冬青掌一如預料地看見兩個很小的身影從見習生的窩裡匆匆出來，毛髮微微豎起。

「大集會開得怎麼樣？」煤掌喊道。

火星停住腳步，身邊站著灰紋。「你們應該去睡覺才對，」他對那位見習生說道。「明天才有精神接受訓練。」

「對不起，火星，」煤掌歉疚道。「可是我們急著想知道大集會的情形，都睡不著。」

灰紋覺得有趣，頰鬚抽了抽。「以前我們還在當見習生的時候，也是這樣子。」他提醒火星。

「你是誰？」煤掌瞪著灰色戰士，眼睛睜

得斗大。

「他在你還沒出生前，就是雷族的副族長了。」火星告訴她。

「灰紋？」煤掌猜測道，偏頭看著他。

「灰紋！」罌掌也興奮地附聲大喊。

煤掌開心地繞著圈圈。「我可以去告訴雲尾嗎？拜託啦！」她根本沒等對方答應，便衝向戰士窩，大喊她導師的名字。

剛睡醒的雲尾出現在洞口，一身凌亂的毛髮在月光下閃閃發亮。「煤掌，發生什麼事了？」他抱怨道。

「灰紋回來了！」

蕨毛從雲尾身邊擠了出來，站在洞外。「灰紋？」他目光掃過空地，瞠視前方，眼睛眨呀眨的，立刻往他的老朋友衝過來。

「灰紋回來了！」雲尾也跟著大喊，向前一跳，迎接他的老夥伴。暴毛、白翅也都從洞裡衝出來，興奮地喵喵叫。

「我還以為我再也見不到你了。」蕨毛喃喃說道，用鼻子搓著灰紋。

「火星說得沒錯！」暴毛擠過蕨毛身邊，跟著說道。「他告訴過我們，你一定會回來！」

灰紋一臉訝異地看著暴毛——他的兒子。「你現在和雷族住在一起？」

「什麼事這麼吵啊？」鼠毛發出咕噥抱怨的聲音，這隻老母貓行動不便地從長老窩裡慢慢鑽出來。

長尾跟在她後面，一雙盲眼茫然地直視前方。他嗅聞空氣。即便月光暗淡，但冬青掌還是看見他背脊上的毛髮豎得筆直。「我聞到灰紋的味道了。」他喵聲說道。

「灰紋？」鼠毛嘲笑道。「你在做夢吧！」

「他沒有做夢！」火星保證道。

灰紋從空地中央的那群戰士裡頭擠了出來。「真的是我。」他喵聲說道。

「我的老天！」鼠毛衝向灰紋，尾巴撫著他的脅腹。「你到底是怎麼找到我們的？」

沙暴走上前。「這故事很長，明早再說吧，」她溫柔說道。「灰紋和蜜妮都累壞了。」

「蜜妮？」鼠毛瞪著灰紋身邊那隻陌生的貓兒。

「這一路上都靠蜜妮幫我，我才能找到這裡。」灰紋解釋道。「她現在是我的伴侶貓。」

鼠毛瞇起眼睛。冬青掌焦慮到胃部抽緊。這位古板的長老會作何反應？戰士根本不該找部族以外的貓兒當伴侶貓，尤其是寵物貓。

可是鼠毛只向蜜妮點點頭。「我懂了，灰紋，你就是不愛墨守成規。」

冬青掌很不自在地彈彈尾巴。看來部族已經準備接受蜜妮了，可是星族會怎麼想？她看著火星，也許因為我們的族長也是寵物貓出身，所以這種事才沒關係吧。最重要的是，蜜妮幫灰紋找到了回家的路，這證明她足以擔當戰士。他們兩個既然都能熬過來，就表示星族一定也很認同她。

戰士窩旁出現一個黑影，引起她的注意。原來溪兒醒了，這隻部落貓正緩步走到暴毛身邊，在他耳邊低語。

松鴉掌從見習生的窩裡出來，鼻子不斷抽動。「發生什麼事了？」

獅掌跳到他身邊。「灰紋回來了！」

松鴉掌將那雙看不見的眼睛轉向灰紋及蜜妮。「誰和他在一起？」

「他新的伴侶貓，」煤掌解釋道，「從兩腳獸那兒來的。」

松鴉掌皺皺鼻子。「嗯，最好告訴葉池，她的傷口感染了，我從這裡就聞到了。」

「棘爪！」火星喚他的副族長。「幫灰紋和蜜妮在戰士窩裡找個新臥鋪。」

棘爪點頭離去。

冬青掌知道貓兒們都在竊竊私語。

「灰紋沒有我想像中的那麼高大嘛，」煤掌低聲道。「他看起來比棘爪瘦弱。」

「他聞起來有種腐臭味。」松鴉掌說道。

「一定是他好幾個月都像獨行貓一樣有什麼就吃什麼的關係。」獅掌指明道。「等他開始吃我們的食物之後，就不會這麼瘦弱了。」

白翅神情不自在地看著松鼠飛。「那現在怎麼辦？誰來當我們的副族長？」

松鼠飛的目光焦急地從灰紋身上移到戰士窩的入口，因為棘爪剛剛進去戰士窩。「我也不知道啊。」

火星目光堅定地看著族貓。「目前不會有異動，我們只需感恩，灰紋總算回家了。」

「戰士窩裡沒有空間再放兩個新臥鋪了。」棘爪回報火星。「也許可以再放一個，但已經是極限。」

「睡在哪裡都不重要，我只想和蜜妮在一起。」灰紋疲倦地說道。

「會的，」火星承諾道。「反正我們也要擴建戰士窩。」

「沒關係，我們可以先睡在別的地方。」灰紋告訴他。「等我們習慣這裡的生活再說。」

「戰士窩後面有一個缺口，」亮心提議道。「那裡的地面都是青草，很柔軟。」

「上次我們在清理巫醫窩入口時，拆了很多刺藤，」葉池插嘴道，「如果把它們放在缺口前面，就可以做成隱蔽的洞穴。」

火星看著灰紋。「你覺得可以嗎？」

灰色戰士點點頭。

冬青掌跳了起來。身為巫醫見習生，她知道她必須負責照料新來的客人。他們的臥鋪必須鋪得暖和舒適，還要幫他們準備有助恢復體力的藥草。

「蕨毛、雲尾、棘爪，」火星喊道。「去搬那些刺藤過來。」

「遵命，火星。」棘爪急忙走到巫醫窩附近，那裡的陰暗處堆了許多乾枯的刺藤。

「我也來幫忙，好不好？」煤掌懇求道。

蕨毛停下腳步，轉過身，正要回答，煤掌已經往他這兒衝來，煞不住腳步地撞上他，往後一彈，滾在地上。

「對不起，蕨毛！」她喵聲說道，爬了起來，神情慌張。

蕨毛卻噗嗤一聲笑出來。「妳做事怎麼老是莽莽撞撞的，」他喵聲說道。「這讓我想起我妹妹，她還在當見習生的時候，也是這樣子。」

「煤掌，過來，」雲尾喊道。「幫我把這根刺藤搬到戰士窩後面的缺口。」

「對不起。」煤掌又說了一次，便跑去幫她導師去了。

等到營地上方的天色終於破曉，雲彩染上絢爛顏色，這座臨時搭建出來的戰士窩才算大功告成。灰紋和蜜妮昏昏沉沉地向大家致謝，相偕走了進去。

空地另一頭，沙暴和蛛足正帶著蜜掌和鼠掌走出營地，準備進行黎明巡邏。棘爪和雲尾回去自己的窩裡睡覺。冬青掌跟葉池站在那座臨時搭建的戰士窩外面，滿意地看著眼前成果。

「妳做的苔蘚臥鋪會讓他們睡得很溫暖。」她喵聲說道。這些苔蘚是葉池從各個窩裡收集的，再由冬青掌幫忙做成舒服的臥鋪供灰紋和蜜妮使用。灰紋很可能是雷族未來合理的唯一副族長，冬青掌希望能盡量讓他睡得舒服一點。

「要不要我幫他們拿點藥草過來？」冬青掌提議道。「松鴉掌說蜜妮的傷口有感染。」

「他怎麼知道？」葉池驚訝地看著她。

冬青掌聳聳肩。「他聞到的。」她還在努力地回想究竟哪些葉子或種子具有這方面的療效，但礙於剛剛合力築窩的亢奮情緒仍未消褪，腦袋還有點轉不過來。

「等到正午時，我們再來檢查傷口，」葉池告訴她。「現在灰紋和蜜妮最需要的是休息。」

冬青掌打了個呵欠。

葉池低頭看她。「妳也累了。」她推論道。

「有一點。」冬青掌承認道。事實上，她已經累到沒感覺了。

「我們先去睡一會兒。」葉池提議道，然後站了起來，往巫醫窩走去。冬青掌非常感激地跟在她後面，她也好想趕快躺上臥鋪，睡上一覺。

等到冬青掌醒來時，微弱的陽光已經透過藤蔓流瀉進來，如水波一樣在沙地上款擺搖曳。她突然想起灰紋。火星曾說過現在不會有任何異動。這意思是不是說最後還是會讓他的老朋友取代棘爪？星族會希望他這麼做嗎？

她走出溫暖的苔蘚臥鋪，嗅聞冷冽的空氣，肚子開始咕嚕咕嚕叫。

葉池躺在臥鋪上，閉著眼睛。她聽見冬青掌的動靜，抬起了鼻子。「醒了嗎？」她站起身來，伸個懶腰，捲起尾巴，然後一抖。「昨天忙了一個晚上，我還以為妳會睡得晚一點。」

「我餓了。」冬青掌承認道。

「外面有新鮮的獵物可以吃。」葉池聞聞空氣，然後告訴她。

冬青掌幫她導師挑了隻老鼠，也幫自己挑了隻田鼠。她大口吃著，狼吞虎嚥，吃完後，舔舔腳掌，洗洗臉。「我們現在要去看灰紋了嗎？」她殷切問道。

「已經正午了嗎？」

「還沒。」

「那就讓他們睡飽一點，」葉池決定道。她走到巫醫洞後方的藥草堆，開始逐一嗅聞。「灰紋和蜜妮可能會發燒，」她喵聲說道。「琉璃苣快用完了，妳去幫我摘一些回來。山脊那頭的湖邊應該能找到一些。」

冬青掌一臉憂色地問：「妳不會在我還沒回來之前，就先去找他們吧？」她心想自己或許可以從這隻傷口感染的貓兒身上學到新的醫療知識，自從她成為巫醫見習生以來，都還沒有機會真正為貓兒治病呢。她已經盡量記住各種藥草的名稱和用途，但一直希望能有機會上場實際運用，才能幫助她更容易記住藥草的用途。

「只要妳路上別貪玩，我一定等妳回來。」葉池警告她。

「我不會的。」冬青掌開口保證。

葉池轉身回到藥草堆，用腳爪撥開罌粟籽，開始數它們。

冬青掌正要轉身離開，突然又停住。「我們不是為灰紋守過靈嗎？」

「是啊。」葉池正埋首篩選小白菊，根本沒抬起頭來。

「那這是不是表示他已經正式宣告死亡了？我是說從星族的觀點來看？」

「我想星族應該已經注意到灰紋是和我們在一起，不是和祂們。」葉池冷靜說道。

「可是戰士守則怎麼辦？根據戰士守則，他已經正式宣告死亡啦？」

「他昨天晚上看起來像死掉的樣子嗎？」葉池喵聲說道。

「如果他沒死，那他就還是副族長……」

「我們只負責治療，」葉池直接看著她。「至於這問題得交由火星去解決，不是我們，除非星族另有打算。好了，妳到底要不要去啊？」

「去哪裡？」冬青掌反問道。

「去摘琉璃苣啊。」葉池嘆口氣。「如果妳正午前趕不回來，我就自己去叫醒他們哦。」

「我要去了！」冬青掌趕忙答應，一轉身，鑽出了巫醫洞。

高高的山脊上，一陣沁涼的冷風從湖面一路吹拂，穿林而來。冬青掌總覺得風裡攙有河族的氣味。

她好想去探險，但她得趕在灰紋和蜜妮醒來之前回到營地。她低下頭，開始嗅聞地面，希望能聞到琉璃苣的氣味。她拚命地回想巫醫窩裡的琉璃苣究竟是什麼味道，但鼻子卻盡是聞到水和風的氣味。

她緩步走下陡坡，往稀落的林子處前進。陽光白花花地灑在湖面上，今天真適合狩獵！她趕緊把這念頭揮開。她也是在狩獵啊，只不過獵的是琉璃苣。她又嗅了地面一次，突然聞到一股強烈的氣味，有點熟悉。她小心追蹤它，費力爬過地上累累的岩石，好不容易來到一處雜草叢生地，這裡有一株莖幹細長，葉子成鋸齒狀的綠色植物，很像是她在找的東西，不過它的味道更強烈嗆鼻一點。這是琉璃苣嗎？她以前見過這玩意兒，一定是。

她抬頭看看太陽，已經快正午了。葉池就要叫醒灰紋和蜜妮了。她趕緊從莖部下面咬斷它，小心不讓自己吞進那些苦液，然後用嘴叼起，一路趕回營地，心中暗地裡同情得把這種苦藥吞進肚裡的貓兒。

「這不是琉璃苣。」葉池失望地看著冬青掌剛剛擱在她面前的那株植物。「這是蓍草，吃了會讓貓兒生病的。」

冬青掌閉上眼睛，非常羞憤。為什麼她就是記不住葉池教的東西呢？

「別太苛責自己，」葉池語帶鼓勵。「要學的實在太多了。」

冬青掌不敢看她的眼睛。**不要為我找藉口，我應該做得比這更好才對。**

「好了，」葉池俐落說道。「就算沒有琉璃苣也沒關係，去拿些金盞菊的葉子過來，我們去叫灰紋起床了。」

金盞菊的葉子！冬青掌知道它們長什麼樣子，於是趕緊跳到洞穴後方，叼了一大口，然後跟著葉池穿過空地，來到灰紋和蜜妮那座臨時搭建的戰士窩前。

火星和沙暴站在窩外，旁邊還有蜜掌、塵皮、刺爪、罌掌焦急地等在一旁。剛睡醒的灰紋和蜜妮，毛髮凌亂地坐在他們中間。蜜妮看著這一張張陌生的面孔，耳朵不斷抽動。就連灰紋看起來也有點不自在，彷彿早就忘了以前的生活了。

「你醒很久了？」葉池穿過其他貓兒，來到灰紋身邊，這樣問道。她厲色看著圍繞在灰色戰士及身邊的眾多貓兒。「希望不是他們把你吵醒的。」

「不是，」灰紋將腳爪縮在身下，用尾巴圈住自己。「是太陽喚醒我們的。」

「你可以晚一點再跟大家敘舊。」葉池搖搖尾巴，意思很明白，就是希望其他貓兒現在別來打擾他們。

「等妳弄好了，再告訴我他們的情況如何。」火星帶著族貓離開之前，這樣告訴她。

等他們走了之後，灰紋的肩膀肌肉才開始放鬆，蜜妮的神情也輕鬆許多。

「有傷口嗎？」葉池問道。

「蜜妮其中一個腳墊受傷了。」

「我看一下。」

蜜妮小心地舉起前掌，「那裡有根刺，」葉池喵聲說道。「松鴉掌說得沒錯，傷口真的感染了。」她用尾巴彈彈冬青掌。「我徒弟會幫妳把它拔出來，我先去準備藥草來處理傷口。」

冬青掌深吸一口氣，結果竟不小心把仍含在嘴裡的葉子碎屑給吸進氣管，害她嗆得咳嗽不止，趕緊將嘴裡的葉子全吐在地上。她緊張地看看蜜妮，蜜妮也緊張地回望她。冬青掌知道自己不能拒絕這件差事，這是她一直想要有的醫療機會，她終於可以學以致用地處理傷口了，於是她先仔細查看蜜妮的腳掌，確定腳墊裡真的埋了一根刺。但令冬青掌害怕的是，那傷口竟然有膿血流出來。

「一定很痛哦！」她低聲問道，心想她真的得用牙齒把它拔出來嗎？

葉池瞇起眼睛。「我看還是我自己來好了。」

冬青掌不好意思地退後一步，由葉池取代她的位置。「要不要我把金盞菊的葉子嚼爛，好敷傷口？」她提議道，總覺得有罪惡感。

「好啊。」葉池正專注在蜜妮的腳傷上。冬青掌好佩服她這種遇事超然的態度。為什麼對她來說，就這麼難學呢？

灰紋開始清洗自己的臉。「能再見到族貓，真好。」他一邊舔一邊說。「我一直希望能找到你們，只是沒什麼把握……」

「你怎麼知道我們在這裡?」冬青掌問道。

「烏掌告訴我,你們往太陽沉沒之地的方向走。我們算是幸運,再加上星族保佑。」

「你發現火星沒等你就走了,會不會很生氣?」冬青掌大膽問他。

灰紋急抽尾尖。「是啊,我是很失望,但是我能理解他為什麼這麼做。畢竟整座森林都毀了,貓兒在那裡根本無法生存。」

「噢!」蜜妮往後一彈,低頭去舔自己的腳掌。

葉池的牙齒含著那根刺,隨即吐掉。「把金盞菊敷在她的傷口上。」她告訴冬青掌。

蜜妮伸出她那隻發炎的腳掌,拔掉刺的地方仍在流血腫脹。冬青掌看得全身起雞皮疙瘩,趕緊用腳掌去沾金盞菊的葉泥,然後輕輕塗在蜜妮腫脹的腳墊上。

「煤皮一定很以妳們兩個為榮。」灰紋喵聲說道。

但願是真的,冬青掌心想,同時忍住噁心的感覺。**如果煤皮現在正看著我,她一定知道我真的幫不上葉池的忙。**

「我們今天下午要上戰技訓練課,」葉池治療完灰紋和蜜妮後,大聲宣布。「雖然我們是巫醫,但還是得學會如何作戰保衛部族。」

冬青掌的心情開始飛揚。這下總算不用看見噁心的膿血、不必聞嗆鼻的苦藥、也不用再看見貓兒的愁苦表情了——真是太棒了!她們爬上營地外頭的斜坡,從湖邊那裡沿著小路走到長滿青苔的窪地,見習生都是在這裡練習戰技。她們穿過林子時,冬青掌聽見前方傳來很有精神的喵嗚聲。她嗅聞空氣,才知道煤掌和雲尾已經在那裡。

她迫不及待地衝到葉池前面，想知道真正的戰士訓練究竟是怎麼回事。她透過林間縫隙，瞄見那隻灰色的小虎斑貓正往雲尾身上一撲，結果白色戰士扭身的速度竟比風中樹葉還要快，煤掌沒有撲到他，反而被他給閃過。

「不對，不對，」雲尾喵聲說道。「妳沒把我剛說的話聽進去嗎？妳要瞄準的是我可能移動的方向，而不是我現在的位置。」

「對不起！」煤掌氣喘吁吁地說道。「我可以再試一次嗎？」

冬青掌走下邊坡，進入空地。「嗨！」她喵聲招呼。

「妳要採集藥草啊？」雲尾問道。

「不是，葉池要教我一些戰鬥技巧。」

「太棒了！」煤掌喵聲說道。「我們一起上課。」

葉池走到冬青掌身邊。「改天好了，」她喵聲說道。「我想我最好先教冬青掌一些基本動作，以後再跟你們一起上課。」

冬青掌眉頭一皺，爪子刮著地面。

煤掌回頭去看雲尾。「我們可以再試一次那個動作嗎？」

雲尾點點頭。「只要記得……」但煤掌已經撲向他，他又旋身一轉，再次躲過她的突襲。

「走吧，」葉池向冬青掌說道。「我們可以利用那邊的空地練習。」她抬起鼻頭，指指青苔空地的另一邊。冬青掌注意到那裡的地面特別光滑柔軟，很適合練習戰技，既不會被樹根絆倒，也不會因地上落葉而覺得滑腳。

「我想我們先從防禦動作開始好了。」葉池背過身去，回頭對她說道。「我要妳先看著我，然後照著我的動作做。」她低下頭，身子一轉，背貼地上，滾了一圈，跳起來站好，整個動作一氣呵成。「妳要試試看嗎？」

冬青掌點點頭。「我想我可以。」她低頭身子一轉，在地上打個滾，立刻跳起來站好。

雲尾在空地那頭喊道：「這是妳第一次練習嗎？」

「是啊！」冬青掌答道。「我做得對不對？」她緊張地看著葉池。

「妳做得非常好，」葉池告訴她。「我們再試另一個動作。」

葉池又示範了幾個動作，冬青掌學得有模有樣，雖然雲尾沒說什麼，但她知道他一直很注意她的動作。

「我們可以試點戰鬥技巧。」過了一會兒，葉池提議道。「妳往這邊衝過來，想辦法越過我，別被我攔下來。」

「怎麼越過妳？」冬青掌問道。

「妳自己想辦法，」葉池告訴她，「等一下我們再討論技巧。」

冬青掌蹲伏下來，瞪著葉池。她的目光鎖定在巫醫後面空地邊緣的一株小樹苗上，那是她的目標，葉池只是一個她必須閃過的障礙物而已。她倏地前衝，知道葉池正舉起後腿，打算在她衝過的那一瞬間壓制住她，冬青掌看見巫醫的身子有些後傾，心想此刻她的重心一定偏向一側，於是就在電光石火之間，立時轉了方向，葉池根本來不及重新平衡自己，便被冬青掌以些微距離給閃了過去。

冬青掌碰到了那株樹苗，非常洋洋得意，旋即轉身，看見葉池一臉訝異，突然於心不安，她的速度是不是不應該比她導師快？

「妳真的很厲害！」葉池喘氣道。

「的確厲害！」雲尾從空地另一邊緩步走了過來，煤掌緊跟在後。

「妳動作好快哦！」煤掌嘖嘖稱讚。

「謝謝！」冬青掌跑到葉池旁邊。

雲尾朝葉池點個頭。「我不知道我是不是太多管閒事，」他開口說道。「但我覺得煤掌和冬青掌應該一起上課。煤掌的精力向來充沛，也比冬青掌有經驗，但冬青掌很懂得眼觀四面、耳聽八方的技巧，她顯然知道如何判斷自己的對手。」

冬青掌興奮到說不出話來，因為那位名實相符的戰士正提議幫忙訓練她。

「這主意很好。」葉池喵聲說道。

雲尾彈彈尾巴。「煤掌，妳把我們剛剛練習的戰技動作再示範一遍給冬青掌看。」

煤掌於是帶著冬青掌回到空地中央。陽光漫過林間枝椏，在她煙灰色的毛髮上灑下斑駁光影。「妳先撲向我，我會讓妳失去平衡。」

冬青掌快速吸口氣，衝了過去，但她還沒搞清楚怎麼回事，煤掌已經用有力的前掌，由下方撞擊她其中一隻前腿，再立刻轉身以後腿輕輕一掃，立即將她絆倒在地。

冬青掌爬了起來，甩甩身子。「哇嗚！」她喵聲驚嘆，非常詫異。「我可以試試看嗎？」

她想用不同方法來試試這一招，於是當煤掌衝過來時，她低下頭顱，改用鼻子去撞煤掌的前腳，由於她離地面很低，所以很容易身子一側，翻了過去，再提起後腿，將煤掌踢飛出去。

煤掌爬了起來。「我喜歡妳用鼻子的這一招，這可以讓妳的翻轉更平順，我可以試試這方法嗎？」

「當然好啊！」

煤掌於是撲向冬青掌，只是這次改用鼻子去撞她，就像冬青掌之前做的動作一樣，她用一個漂亮的後踢來結束動作，這讓冬青掌一下子被踢得老遠。

冬青掌坐了起來，氣喘吁吁。

「妳們兩個都很棒。」雲尾讚美她們。

煤掌舔著自己的腳爪，然後抬腳去搔耳後黏到的青苔。等到她又去舔腳爪時，她的腳爪順勢抖了一下，就像正在把爪子裡的灰塵彈掉一樣。冬青掌的頰鬚抽了抽，覺得有趣。因為其他貓兒不會像煤掌那樣抖腳。

「妳覺得怎麼樣？」冬青掌轉身問葉池。但葉池沒有回答，反而面露訝異地瞪著煤掌看。冬青掌心想，**難不成這個見習生在她眼裡突然變成一隻獾了嗎？可是沒有啊，煤掌還是靜靜地坐在那裡洗她的耳朵啊。**

「葉池？」冬青掌又喚了一次。

葉池的目光從煤掌那兒拉了回來，眼睛依舊瞪得大大的。「什……什麼事？」

「妳還好吧？」

葉池搖搖頭，似乎想甩開那個念頭。「當然很好，只是煤皮也是那樣舔她的腳爪。」她心神不寧地又回頭去看煤掌，後者已經完成梳洗，正繞著雲尾轉。

「你要教我後空踢嗎？」灰色見習生懇求道。

「快黃昏了，」雲尾說道。「我看我們應該回營地了。」

林子上方的天色正暗沉下來，空氣愈來愈冷。即便如此，冬青掌還是捨不得離開這片長滿青苔的空地。她的身體雖然被摔得瘀青而且疲累不堪，但腦袋還是嗡嗡作響，一直在思考該如何改進剛剛學到的招數。

她跟著雲尾和煤掌爬上邊坡，進入林子裡，葉池這時候慢下腳步，來到她身邊。「妳剛剛打得很好，讓我刮目相看。」

冬青掌霎時喜不自勝，四隻腳爪像蒲公英的棉絮種子一樣輕飄飄的，但心情又頓時一沉，**她從來沒讚美過我在醫術上的學習成果。**為什麼她能很快記住戰鬥招數，卻沒辦法牢記那些藥草名稱呢？

會的！冬青掌堅定地告訴自己，總有一天她的醫術也會像戰技一樣高明，只是時間早晚而已。她既然已經決心要成為巫醫，就不能讓自己或部族失望。

第十三章

松鴉掌吃得意興闌珊，無精打采地咬著剛從獵物堆那兒找出來的老鼠。溪兒和暴毛從身邊經過。「沒胃口啊？」

「嗯！」松鴉掌咕噥說道。

他又開始一小口一小口啃著食物，兩位戰士從獵物堆裡拿了兩隻獵物，在空地邊緣坐下。他不急著去做見習生的工作，反正他還在被禁足，不能離開營地——鴉羽已經送他回來好幾天了——他早就厭煩了這種每天幫貓兒清理臥鋪和打雜跑腿的工作。

「塵皮，狩獵成績不錯哦。」灰紋從擎天架下方喊道，他正和蜜妮分食一隻兔子。

松鴉掌還蠻喜歡灰紋的。他很好相處，有幽默感，不過要是貓兒太多，他還是顯得有點緊張，蜜妮也不錯，以寵物貓的標準來說算不錯了。但儘管如此，他還是不太想幫即將首度出外巡邏的他們清理髒臥鋪。這不公平，他們都可以出去探索林子，他卻得留在營裡。

他又咬了一小口鼠肉，感覺得到亮心正盯著他看，她就坐在半邊石那兒和塵皮聊天，但目光不時移到他身上。他感覺得到她對他的失望就像刺一樣扎在他身上。她到底要他怎樣啊？難道要他眉開眼笑地去清理臥鋪嗎？他應該去學習狩獵和戰鬥才對！就算被禁足在營地裡，如果她願意，還是可以找到空地來教他戰鬥技巧啊。但她似乎存心只要他做跑腿的工作，難道她以為他最在行的就是這個嗎？

「吃快一點，松鴉掌，」亮心喊道。「我已經答應蕨雲，等你清完灰紋的臥鋪就會陪她的小貓玩，好讓她出去透透氣，狩個獵，她已經有兩個月沒離開營地了。」

松鴉掌甩著自己的尾巴。「那我什麼時候才可以出去狩獵？」

「等你學會心甘情願地為族貓服務，就可以去了。」亮心語氣溫和地告訴他。

松鴉掌聽到塵皮喉嚨裡發出憋不住的咕噥笑聲。「亮心，我看妳還是帶他出去吧，」他喵聲說道。「不然這傢伙早晚會把我們逼瘋。」

「是火星不准他出去的。」亮心指正道。

「我相信妳可以說服火星。」塵皮反駁她。

松鴉掌的心裡又燃起一線希望。

「想要當一名戰士，除了狩獵和戰技之外，也得學會其他事情。」亮心答道。

營地前面的荊棘入口沙沙作響，黎明巡邏隊回來了。林子的誘人氣味被白翅、灰毛、獅掌、蛛足和鼠掌給帶進了空地。但松鴉掌感覺到他們的焦慮，灰毛正甩著尾巴，白翅激動地繞著圈子。

棘爪從戰士窩裡衝了出來，後面跟著松鼠飛。「有事回報嗎？」

「影族在邊界的每棵樹上都做了氣味記號。」灰毛答道，那聲音因憤怒而顯得異常尖銳。

灰紋突然跳了起來，松鴉掌感覺得到一股能量的爆發。「影族又在玩他們的老把戲了嗎？」那位戰士罵道。「如果他們敢在我巡邏的時候把腳爪伸進雷族領地裡，我一定拔了他們的耳朵。」

「他們還沒有越過邊界。」棘爪告知他。「所以我們決定暫時不理會。」

灰紋哼了一聲。「不理會影族？那不等於身上都淋溼了，還假裝沒刮風下雨嗎？」

「以前在森林裡，或許可以這樣說，」棘爪喵聲說道。「但現在已經不可同日而語。」

「自從大遷移之後，很多事情都不一樣了。」松鼠飛補充道

「但影族的卑劣，可從來都沒變！」灰毛咆哮道。「有些貓兒就是愛得寸進尺。」

松鴉掌感覺到他母親身子縮了一下，像被刺到了什麼，灰毛這句話到底什麼意思？

「影族就是貪得無饜。」塵皮同意道。

松鴉掌頰鬚抽了抽，他知道一直有貓兒私下抱怨火星不該割讓領地給影族，現在這些戰士又公開支持灰紋的言論，難道他們不知道應該效忠自己的族長嗎？

「火星決定暫時先不理會影族。」棘爪穩住語調，但松鴉掌感覺得出來他正小心觀察族貓們有沒有造反的意圖。

這時擎天架那兒有碎石掉落，火星跟著跳進空地裡。「發生什麼事了？」他問道。

「灰紋認為我們不應該再忽略影族的事了。」棘爪回答。

「我認為灰紋說得沒錯。」火星喵聲說道。

松鴉掌以為他父親會出言反對，但棘爪悶不吭聲。

「灰紋也許才回到新家沒多久，」火星繼續說道。「但他從以前就對影族瞭若指掌，所以我同意他的說法——影族一定會在邊界不斷挑釁，除非我們採取行動。」

「你在大集會之前不是這麼說的。」棘爪低聲說道。

「但這次在大集會上，影族擺明要找我們麻煩。」火星提醒他。「我之前是不想過度反應，但現在，我認為我們必須以行動向他們證明，我們已經準備要捍衛自己的領土。」

你之前為什麼不告訴我？松鴉掌感覺得到他父親的疑問正在心裡擴大。

「我們會和他們打起來嗎？」灰毛問道。

「除非必要。」火星回答。

「但我們得先增派邊界的巡邏隊。」塵皮插嘴。

火星點點頭。「從現在起，我們得開始和影族的氣味記號較量，哪一棵樹有他們的記號，我們就依樣畫葫蘆，留下我們的。要是他們認為我們會被他們嚇到，那他們就錯了。」

「這方法很好，火星，」棘爪喵聲說道。「暴毛和溪兒可以沿著影族邊界留下氣味記號，松鼠飛就照原訂計畫帶隊去狩獵。」

塵皮卻覺得不妥，忍不住糾正他：「由松鼠飛帶隊去影族邊界標氣味記號，效果是不是會更好？畢竟他們的氣味才是真正的雷族氣味，可以把訊息更強烈地傳遞給影族知道。」

松鴉掌感覺得到暴毛一股一閃即逝的恨意。他幾乎以為這位灰色戰士會撲向塵皮，用利爪劃他，但溪兒趕在暴毛發作之前，站了起來。

「塵皮的話有道理。」她退讓道。

「如果要爭奪邊界，這種事還是愈清楚愈好。」灰毛喵聲說道。

一股不安的沉默氣氛籠罩山谷，直到火星下達命令：「那就交由松鼠飛帶隊到影族邊界標氣味記號，暴毛和溪兒負責狩獵。」

正當巡邏隊在集合時，松鴉掌趕緊囫圇吞下剩下的食物，然後站了起來。他不想待在這裡感覺他們走進林子，他很想跟他們一起去。但他最好還是先去把灰紋的窩打掃乾淨。他搜尋營地，想知道亮心在哪裡，結果發現她正和葉池站在巫醫窩的外面。

「如果我不能離開營地，那要從哪裡拿新鮮的苔蘚呢？」他打斷她們的談話，然後轉身面對葉池。「你還有多餘的苔蘚嗎？」他知道如果營裡有受傷的貓兒，她常會幫他們更換臥鋪。

「我窩裡還有一些，」葉池告訴他。「你自己去拿，冬青掌出去找琉璃苣了，回來時會再順道帶一些回來。」

當他從亮心的身邊經過時，後者毛髮不禁豎得筆直，然後就聽見她對葉池低聲說道：「我想他最近對我很不滿，我真不知道該怎麼教這個孩子。」

現在妳總該知道，比我多一隻眼睛，並不代表妳比我高竿多少了吧。

乾淨的苔蘚很容易聞得出來，它們就堆在洞穴的角落。松鴉掌用下顎叼了一大團，新鮮的青草氣味令他不由得想起那天他到風族領地的探險之旅。雖然差點淹死在湖裡，但至少曾自由自在過一整個早上。

他還沒走到長滿藤蔓的入口處，就聽見外頭火星低沉的嗓音。亮心已經離開，火星正在和葉池說話。松鴉掌擱下苔蘚，豎直耳朵。

「我需要妳去找星族談一談。」火星對巫醫輕聲說道。

「你在擔心灰紋的事嗎？」葉池揣測道。

「我必須知道誰才是真正的雷族副族長。」火星解釋道。「不管有沒有守過靈，問題是我在任命棘爪當副族長時，灰紋的確是活著的。」

葉池停頓了一下。「不管祂們給你什麼答案，你都會接受嗎？」

「灰紋是我的老朋友，我欠他很多。但棘爪是位勇敢又忠心的戰士。」火星嘆口氣。「不管星族的答案是什麼，都得有個決定。」

「要是星族沒有答案呢？」

「那我就得自己為部族做出最好的決定。」

「我會去一趟月池。」葉池承諾道。

松鴉掌的頰鬚好奇地抽了抽。他曾聽過月池的傳說，那是個神祕的地方，只有巫醫可以去那裡與星族溝通。今晚冬青掌會跟葉池一起去嗎?

火星轉身走開，松鴉掌聽到冬青掌往巫醫洞方向跑來的聲響，她停在葉池旁邊。「這些葉子對不對？」

松鴉掌聞到熟悉的琉璃苣氣味。

「沒錯，」葉池快樂地喵嗚道。「妳做得很好，冬青掌。」

「我就知道我總有一天會做對的。」冬青掌快樂地說道。

松鴉掌拾起那塊苔蘚，鑽到藤蔓外面。

「你怎麼花了這麼久的時間？」葉池叨唸他一下。難道她在懷疑他偷聽她和火星的談話？不過就算她懷疑，也沒在聲色上表現出來。「冬青掌，」她轉身對她徒弟喵聲說道：「妳得自己把這些葉子整理好，記得只能留下新鮮完好的葉子哦，因為那些壞的會在還沒乾燥之前就先腐爛掉了。」

「妳不幫我忙嗎？」冬青掌問道。

「我得去趟月池。」葉池解釋道。

「可是妳也不必現在就走啊，才中午而已。」

「這個季節，月亮很快就會出來了。」葉池解釋道。「我得及時趕到那裡。」

「那要是有貓兒需要治療呢？」冬青掌緊張地問道。

「不會有問題的，亮心略懂一點藥草和莓果的用法，」葉池安慰她，「如果需要幫忙，妳可以去找她。」

「那妳可以再教我一次那些藥草的用途各是什麼嗎？」冬青掌懇求道。

「好，」葉池同意道。「但是教完之後，我就得走囉。」

於是兩隻貓兒消失在巫醫洞裡，留下松鴉掌獨自在洞口。他的腦袋嗡嗡作響，他才不要一個早上都待在營裡清理臥鋪呢，如果葉池要去月池，那他也要跟去。

他趕緊叼起苔蘚，跑過空地，先把它放在灰紋窩的外面，然後又往葉池的巫醫窩走去，就好像自己正要去她那裡再拿什麼東西似的，只是這一次他急忙越過洞口，溜進旁邊的刺藤叢裡。這是山谷裡的一個隱蔽的角落，松鴉掌知道這後面的岩壁是由碎石組成，很容易爬到岩頂。這是從林子外面進到營裡的最快一條路，上次巡邏隊找到那隻被陷阱捕獲的狐狸時，棘爪就是從這條路進來的。這路很陡，但松鴉掌希望能從這裡，偷偷離開營地。

他的心臟撲通撲通跳得厲害，他鑽進刺藤裡，來到崖壁邊，一邊聞一邊用爪子去感覺。岩石上方大約一條尾巴距離的地方長了一株灌木，他伸出腳爪，戳進灌木裡，再將自己的身子從刺藤叢裡拉出來，然後再嗅出另一個攀附物，就這樣慢慢的，他爪子一路抓著一簇又一簇的草葉往上爬，暗自祈禱千萬別有落石掉進營裡，那他就功虧一簣了。

清涼的微風迎面拂過他的耳朵，他爬到山谷頂端，爪子緊緊攀住柔軟的綠草，小心將身子越過崖頂邊緣。他循著林子邊坡，往營地入口走下去，來到熟悉的地面，然後在距谷底一條狐狸身長的地方停住腳步，再倒退身子，藏進蕨叢裡。

過了一會兒，葉池啪嗒啪嗒地走過林地，松鴉掌先等她經過，才追了上去，他故意繞著路走，不敢直接走在她後面。樹林是很棒的遮蔽物，他在林木之間穿梭，直覺與頰鬚並用。沒多久，風族的氣味開始瀰漫空氣。葉池往丘陵起伏的高地走去，但沒有穿過邊界，反而改變方向，朝太陽的方向走去，一直走一直走，直到路面愈來愈陡，林木開始稀疏。

松鴉掌聽見溪流聲，於是追蹤葉池的氣味，就這樣一路走過柔軟的草地，再爬上沿溪嶙峋而立的大小岩石。他腳程有點落後，身子在冷冽的寒風裡發抖。這裡沒有什麼植物可以遮蔽，還好這兒水聲隆隆，多少掩蓋了他蹣跚的腳步聲。他腳下的石頭忽高忽低，害他必須慢下腳步，幸好葉池的氣味一直很強烈。

這時腳下的觸覺突然讓他認出了這條路，夢境裡的景象頓時淹沒了他。這條狹窄溪谷正是他夢中曾經來過的地方——所以他知道這溪谷的樣子。他想像得出路上到處都如狐狸牙齒一樣尖銳的石頭，他也知道有一條溪流從山裡奔竄而來，在陽光下熠熠閃爍。他正跟著葉池走向溪的源頭，他霎時興奮起來，因為他知道那個源頭就是月池。

前方石子咯咯作響，松鴉掌停下腳步。他猜八成是葉池正爬過陡岩，往山脊走去。他一直等到聲音都沒了，確定她已經爬過去了，才趕著跟上去，越過一座又一座的岩石，他的腳底都被銳利的花崗岩給磨破了，最後氣喘吁吁地停在山頂。西沉的太陽大概被附近的岩石給擋住，他正站立在山谷的邊緣處。葉池的氣味緩緩飄升上來，與潮溼的岩石、汙濁的地衣及池水等陌生味道混在一起，形成一股清新鮮明的山間氣味。涓流的溪水不時濺灑而出，水聲在環山而立的岩石間不停迴盪。

他小心地往前走，這時竟發現有其他貓兒從他身邊經過，一下子這邊，一下子那邊，差點害他跌倒。

別推我！他撞回去，又差點絆了一跤，這才知道四周根本沒有貓兒。

但山谷裡明明有聲音在低語。

「他們來了。」

「我們得快點，月亮升起來了。」

這裡還有誰？

松鴉掌舔聞空氣，但只聞到葉池的氣味。他穩住正在發抖的尾巴，用聽覺去搜尋她的位置。水邊的呼吸聲被四周環繞的岩石給放大了聲響，她均勻的鼻息徐徐吐在水面上，形成一波波漣漪。從那輕柔的吐納聲中，他知道她睡著了。

松鴉掌小心翼翼地下了斜坡，往池邊走去。腳下的石子光滑平坦，像是在經年累月下被無數個腳印給踏出來的小徑，一路引領他前進，直到冰冷的池水如冷滑的舌頭舔上他的腳爪。他離沉睡中的葉池有一個狐狸身的距離，於是坐了下來，也閉上眼睛。

就在他的鼻頭剛碰到月池的那一瞬間，他突然看見好多星星，就像是誰伸出巨大的腳掌將他掃入墨色夜空一樣，他整個身子浮盪在無數個藍白閃爍的光源裡。

在他下方，可以遠遠看見星光輝映下的山谷坡地，一路往瑩瑩閃爍的月池蜿蜒。他凝神望去。山谷裡擠滿了貓兒，祂們沿著山脊排列，毛皮沐浴在月光下。

星族！

他很仔細地看，想看清每隻貓兒的毛色與五官。這些貓兒都看著水邊的葉池，他也看見了他自己，正蜷伏在水邊睡覺。

我靈魂出竅了！

松鴉掌掃視山谷，突然腳下觸到冰冷的石頭，原來他已經站在山脊上，而不是浮在天空。

葉池站了起來，開始像老朋友一樣和星族貓兒打起招呼，她繞著邊坡走，不時停下來和貓兒碰碰鼻子。松鴉掌一個也不認得，唯一熟悉的是祂們身上的部族氣味。他躲進陰暗處，自認這裡不會有貓兒看見他，然後偷偷張望。

「歡迎妳，葉池。」藍星低聲說道。「我們早就猜到妳可能會來。」

她身旁坐著一隻灰白色的公貓，眼裡有溫柔的光。「很高興再見到妳。」他喵聲說道。

「我也是，獅心。」葉池答道。

藍星的眼睛閃閃發亮。「妳帶來了好消息。」

「是啊，灰紋回來了。」葉池快樂地喵嗚說道。

欣喜的喵嗚聲頓時在貓兒間迴盪。

「可是有個問題，」葉池繼續說道。「火星不知道誰才是雷族真正的副族長。灰紋和棘爪都是依據戰士守則任命的。」

山谷間有個低沉的聲音響起。「兩隻貓兒都有同等的權利。」

葉池猛地回頭，在她身後，一隻毛色如暗沉夜空的公貓正輕甩著那條又細又長的尾巴。松鴉掌嗅聞空氣，原來祂以前是風族的貓。

「如果火星夠明智，」公貓喵聲說道，「就應該選擇最瞭解雷族的戰士來擔任副族長。」

「高星，這是一個很棘手的決定。」藍星出聲警告風族貓兒。「從以前到現在，從來沒有一個族長必須面對這種抉擇。」

獅心甩甩尾巴。「要是我們知道灰紋還活著，就可以早點通知葉池了。」

「他的方位超出我們能看見的範圍，」藍星提醒祂。「更何況雷族也需要一位副族長。」

「所以妳才讓我夢到營地四周被長滿尖刺的荊棘所環繞？」葉池問道。

「我們必須讓火星知道，該是任命副族長的時候了。」藍星喵聲說道。

獅心點點頭。「當時我們之所以在夢境裡營造那個畫面，是因為棘爪最適合輔佐火星。」

這時葉池抬起眼來，語鋒犀利地問道：「那現在還是嗎？」

藍星和獅心互看一眼，沒有回答。

「祢們是不是後悔當初不該給我那個啟示？」葉池追問道。

「棘爪做得很好，」藍星再度向她保證。「當初的選擇是正確的，因為大家都不知道灰紋會回來，而那時火星也不能沒有副族長輔佐。」

「可是現在誰才是副族長呢？」

「這問題沒有標準的答案。」藍星警告她。

葉池眨眨眼睛。「所以火星必須自己做決定囉？」

「是的，」她嘆口氣。「可是高星說得對，火星是應該選擇最瞭解部族的戰士來當副族長。他必須理智判斷，不能感情用事。」

「我應該把這句話告訴他嗎？」

「只要告訴他，他得自己做決定就行了。」

葉池垂下頭。「我會告訴他的。」她允諾道，然後從星族那兒退了出來，走回月池。

松鴉掌瞪大眼睛，看著這些貓兒。一隻肌肉結實的公貓正和旁邊一隻母貓低聲交談。松鴉掌從他光滑的毛色大致可以猜出他應該是河族的貓兒。另外還有一群體型瘦小的貓兒坐在某塊岩石旁的陰影處低語，**是風族吧？**松鴉掌的目光往斜坡處搜尋，同時嗅聞空氣，心想哪些貓兒屬於雷族呢？但身子卻在這時一僵，腳爪動都不敢動。

原來有一隻母貓正瞪著他看。她的毛很長，顏色很淡，臉部很寬，留下了一條又一條過去作戰打鬥的傷疤。她的樣子讓他猜不出她屬於哪個部族，但她眼裡有種咄咄逼人的氣勢，嚇得他趕緊往陰暗處退後幾步，就像有什麼聲音在警告他，不准在這裡偷看。

葉池正徘徊池邊。「煤皮？」她語帶盼望地喚著這個名字，頻頻回頭張望山谷裡的貓兒，但都沒有回應。她憂傷地眨眨眼睛，最後躺了下來，平放腳爪，將鼻頭靠近水邊，閉上眼睛。

「松鴉掌！」葉池的驚叫聲將他從冰冷的石頭上喚醒。他費力爬了起來。小石子磨到他的腳，害他差點跌了一跤。他又再度成了瞎子。

葉池的憤怒聲刷地一聲穿透他毛髮。「你在這裡做什麼？」

「我……我……」

「這是巫醫來的地方，我是專程來這裡跟星族溝通的。」

「我知道，」松鴉掌大氣不敢喘。「我看到妳了。」

「你看到我和星族在一起？」

「我是從山頂上看到的，那時你正和藍星及獅心說話。」

葉池一臉驚愕。「你看到了？怎麼可能？」

「我一閉上眼睛就看到了，就這樣而已。」

葉池瞇起眼睛。「祂們說了什麼？」

「藍星說火星得自己做決定，」松鴉掌喵聲說道。「可是他必須理智判斷，不能感情用事，所以我想這意思是說他應該選……」

「你聽得懂？」葉池插話，她的喵嗚聲帶著驚訝的語氣。

松鴉掌覺得奇怪，他怎麼可能聽不懂？就因為他不是巫醫嗎？還是因為他是瞎子？

「你怎麼找到這兒來的？」葉池問道。

松鴉掌感覺到這位巫醫身上傳來的緊張氣味。「我一路跟著妳來的……」

「你是說你跟著我的氣味來的？從山谷那裡一路跟來？」

「算是啦，不過我以前夢過這條路，所以大概知道怎麼走。」

葉池倒抽一口氣。

「我又沒辦法控制我的夢。」松鴉掌抗議道。

葉池轉過身。「太奇怪了。」她的話不像抱怨，反倒像是自言自語，但尾音不斷在水面之上迴盪。「我真希望我懂這些事情的背後含意。」

「會有什麼含意？」松鴉掌喵聲說。在這裡做夢有這麼奇怪嗎？這不就是月池的功能嗎？

「走吧，」葉池命令道。「我們該回營地了。」她試圖用輕鬆的語氣掩飾心裡的疑惑。她步上小路，往山脊頂端走去，松鴉掌跟在後面，雖然他現在已經很清楚這條路該怎麼走，但還是跟著她慢慢走下布滿石塊的斜坡。

「妳會把星族的建議，全都告訴火星嗎？」他喵聲道。

「我會告訴他，他必須自己做決定。」

「就這樣？」

「你這話什麼意思？」

「我認為高星和藍星都在暗示火星應該選棘爪，他才是最瞭解部族的戰士。」松鴉掌的鼻頭動了動，他聞到老鼠的味道。

「你的意思是，我應該影響火星的決定？」

「妳只是把他們的話詮釋給他聽而已。」那隻老鼠很近。「這不是妳的職責嗎？」

松鴉掌感覺得到葉池的驚訝目光就像刺眼的陽光探向他身上。「你會這麼做？」

「我會做最有利於部族的事。」一顆小石子掉到他面前，他趕緊撲上前去，前爪一壓，卻發現那隻老鼠已經逃進洞裡。他舉起鼻子，表情失望。

葉池停下腳步，恐懼像烏雲一樣籠罩著她。他是不是做錯什麼了？

「怎麼了？」

「沒事。」她回答，又繼續往前走。

松鴉掌匆匆跟在她後面。

「你知道嗎？你剛剛做的夢很讓我驚訝。」她喵聲說道，語氣雖然平淡，卻掩飾不了話中的焦慮——或者說是興奮？她為什麼那麼緊張？

松鴉掌聳聳肩。「妳不也常夢到像月池這種夢嗎？」

「但這和以前的夢不一樣，你是實際進入我的夢裡，而且看到了我所看到的一切。」

「那又怎樣？」

「進入別隻貓兒的夢裡，這種經驗我只有一次。」

「是什麼時候的事啊？」松鴉掌問道。

「羽尾曾帶我進入柳掌的夢裡，好讓我告訴她可以到哪裡找到貓薄荷。」葉池解釋道。

「可是羽尾那時已經和星族在一起了，是她邀我進入那個夢裡的，而你卻是在星族不知情的情況下自行進入我夢裡，並沒有得到星族的允許。」

松鴉掌突然全身發抖，他想起那位寬臉戰士的凌厲目光。「妳確定祂們都不知道嗎？」

「如果知道，應該會告訴我。」葉池喵聲說道。

「妳為什麼要喊煤皮的名字？」松鴉掌問道。「妳想問祂什麼事嗎？」

「我想知道她是不是在那裡。」葉池輕聲說道。

「她沒有回答。」

「她沒有。」

「可是她死了，不是嗎？那她到哪裡去了？」

松鴉掌聽見葉池突然停下腳步，像懷著某種殷切的盼望，這感覺如空氣裡的雨絲一樣。

「你看見星族時，有什麼感覺？」她問道。「你會害怕嗎？」

「害怕一群作古的貓？」

「祂們都是戰士祖靈，」她提醒他。「祂們的見識比你所能想像得多太多了。」

「祂們的見識當然比我多——我是瞎子，妳忘了嗎？」

「松鴉掌，你在夢裡並不瞎。告訴我，你除了夢到去月池之外，還做過什麼夢，後來真的都發生了嗎？」

松鴉掌聳聳肩。「也不見得，不過就是夢而已，不是嗎？」

「不是每隻貓兒都能做可以成真的夢。」

「有時候我會夢到小時候在雪地旅行，」他坦誠道。「是大遷移那時候嗎？」

葉池突然情緒緊張起來。「不是，大遷移早在你出生前就結束了，但你的……你的母親的確在你很小的時候帶你在雪地上旅行了很久。你們是在山谷外頭出生的，所以得等到你們都夠強壯了，才能帶回來。」

松鴉掌感覺到葉池正瞪著他看，好像有什麼事在她心裡頭翻攪，彷彿有條大魚，大到很難從水裡釣出來。「妳在想什麼啊？」他問道。

「我覺得你天生就是要當巫醫。」她喵聲說道。

「別傻了，」松鴉掌反駁。「我要當戰士。」

「可是你進到我夢裡來。」葉池直言道。

松鴉掌憤憤不平地抬起尾巴。「我才不想成天待在營裡瞎操心一堆雞毛蒜皮的小事。」

葉池發怒了。「巫醫的工作不只是這樣而已，還有別的使命。」

「如果有，」松鴉掌頂撞道，「那就讓別的貓兒去承擔這使命吧！我只想到林子裡為我的部族狩獵和作戰，妳就像亮心一樣看準我是瞎子，就對我有差別待遇。」

「我之所以對你有差別待遇，是因為你可以在我的夢裡看見星族！我從沒見過任何巫醫擁有像你這麼強的能力。」

但松鴉掌不想再聽下去，他生氣地往前走。「我才不管那些愚蠢的夢呢，」他回頭大聲喊道。「反正我就是要當戰士，再說，妳忘了妳已經有冬青掌了嗎？妳不可以有兩個見習生。」

第十四章

「請所有已成年的貓兒都到擎天架下方集合。」

獅掌猛地抬頭，火星的呼喊聲將他從溫暖的臥鋪裡吵醒。天才剛破曉，他感覺到身旁的莓掌也醒了。

松鴉掌已經在伸懶腰，尾巴往後彎曲，尾尖輕刷自己的背脊。「火星一大早要做什麼啊？」他呵欠說道。

「部族集會啊！」獅掌跳了起來，趕在夥伴之前，想第一個衝出洞外。

「不要擠我啦！」莓掌抱怨。

「行動最敏捷的狩獵者才能捉到最多老鼠啊。」獅掌開心說道。

洞外的冷空氣像樺樹枝一樣突地抽打在他身上。營地邊緣的灌木叢全因結了霜而瑩瑩閃爍，結冰的地面凍痛了獅掌的腳掌。他吐出像白煙一樣的空氣，快步走進空地裡，許多貓兒已經聚在那裡，互相依偎取暖。

火星坐在擎天架上，左右兩邊各坐著棘爪和灰紋。棘爪的毛皮閃閃發亮，肌肉繃得很緊。灰紋的毛髮已經梳整乾淨，不再打結，但毛色仍然暗無光澤，肋骨清晰可見。

「他一定是決定好誰來當副族長了。」冬青掌喵聲說道，急忙從巫醫洞裡出來，坐在獅掌旁邊，全身發抖地挨著他身子。

松鴉掌也緩步走來加入他們，坐在冬青掌旁邊。

「灰紋和棘爪都和火星一起坐在擎天架上欸。」冬青掌告訴他。

「我知道。」松鴉掌猶帶睡意地說道。獅掌覺得奇怪，他怎麼看起來這麼累啊，他這幾天都待在營裡沒出去啊。

火星俯視族貓，毛皮在冷冽的曙光中如火焰一般閃閃發亮。蜜妮坐在蕨雲旁邊，好奇地睜大眼睛。栗尾、白翅和雲尾坐在她前面，後面是蕨毛和刺爪。這隻灰色的寵物貓四周雖然都是戰士，但已經不再害怕，反而冷靜地看著火星。

灰紋將毛絨絨的尾巴收妥在前面，棘爪其中一隻耳朵抽動了一下。

「當初我們離開森林時，我以為我再也見不到灰紋了，」火星承認道。「曾有許多個夜晚，我會抬頭望向銀毛星群，想從祖靈裡頭尋找他。」

獅掌看看冬青掌，不免好奇要是自己失去了她會怎樣？心裡突然覺得刺痛。

雷族族長繼續說道，「灰紋曾是我的副族長，也是我的老朋友，我和他一起受訓、一起狩獵。我最信任的貓兒就是他。這次他回來，有如我的生命又重新活了過來。」

「他一定會再讓灰紋當副族長的！」冬青掌低聲說道。

「別太早下結論。」松鴉掌出聲警告。

獅掌看他弟弟一眼，他的語氣怎麼那麼篤定啊？

「可是棘爪曾幫忙帶領部族渡過一些最艱難的挑戰，他對部族非常忠心。現在的雷族並不需要再做任何變動。」他停下來，看看兩位戰士。「所以我決定讓棘爪繼續擔任副族長。」

「可是……」蕨毛倒抽一口氣，不自覺脫口而出那兩個字。栗尾也應和他，驚訝聲在族貓之間響起。獅掌搜尋灰紋臉上的表情，想知道他是不是很懊惱，但看不出他的情緒。

松鼠飛拉開嗓門，高興地喊道：「棘爪！」

「棘爪！棘爪！」灰毛也很快呼應。

松鼠飛突然轉頭看他。

她的表情為什麼這麼驚訝？獅掌覺得納悶。

塵皮和刺爪也開始高喊棘爪的名字。灰紋站了起來，跟著附和。棘爪恭敬地向前任副族長垂頭致意。

「早就告訴過你們了吧。」松鴉掌低聲說道。

獅掌一臉疑色地看著他弟弟。「你怎麼知道？」

松鴉掌聳聳肩。「這是最明智的選擇。」

「你覺得灰紋會在意嗎？」冬青掌低語道。

「這有關係嗎？」松鴉掌問道。

「他一定是知道部族有了很大的改變。」獅掌答道。

「可是等到他完全康復了呢？」冬青掌堅持道。「他會願意只當戰士嗎？」

「我認為火星的決定很對。」

這聲音讓獅掌嚇了一大跳。他抬頭一看，只見灰毛朝他走來。

「你應該很高興你父親還是副族長。」這位戰士喵嗚說道。

「棘爪當然應該是副族長，」獅掌語氣堅定地告訴他。「灰紋又不熟這裡的環境，他就像個住在影族育兒室裡的風族小貓一樣。」

「沒錯。」灰毛點點頭。

「而且灰紋起碼得花一個月才能完全康復，」松鴉掌插嘴道。「他現在聞起來還是很臭。」

「他很快就會恢復當年英姿了。」冬青掌卻幫他說話。

「就算很快也不行，」獅掌辯道。「我們現在就需要有個強壯的副族長。禿葉季還沒結束，影族不可能輕易放過我們，我們根本沒時間等灰紋完全康復。」

「可是是他先當上副族長的，」冬青掌駁斥道。「你們難道忘了嗎？霧足被兩腳獸抓走時，鷹霜代理她當副族長，可是她一回來，位置就還給她了。因為根據戰士守則，她本來就是副族長啊。」

「冬青掌說得也有道理。」灰毛評論道。

「我知道，只是……」獅掌對冬青掌的犀利說法非常驚訝——「火星必須務實。」

「如果我們都對戰士守則視若無睹，那我們就不配當戰士了！」冬青掌大聲說道。她背脊的毛髮豎得筆直，神情焦慮。

「如果是星族告訴火星，要他選棘爪呢？」松鴉掌輕聲說道。

棘爪正朝他們緩步走來，旁邊跟著莓掌。「我們正要去狩獵。」

「我們可以加入你們嗎？」灰毛問道。

「當然可以，如果你不介意貓兒很多的話，亮心和松鴉掌也可以一起來……」

「當然不會，」灰毛瞇起眼睛。「我還在想，也許該讓獅掌和莓掌較量一下狩獵技術。」

棘爪的眼睛一亮。「這主意不錯。」

莓掌興奮地刨著地面。「好欸！」

「太棒了！」獅掌喵聲說道。

「好，」棘爪決定。「最先抓到三隻老鼠的見習生，今晚可以優先挑選自己喜歡吃的。」

獅掌看著莓掌。這個夥伴的體型比他大，也比他有經驗。如果想贏，恐怕得靠靈敏的感官才行。

亮心和松鴉掌過來加入他們。

「我們為什麼非得跟他們一起去？」松鴉掌抱怨。「我自己就可以狩獵了。」

同情的目光在亮心眼裡一閃即逝，獅掌的臉部肌肉抽搐了一下。松鴉掌怒目瞪著他導師，好像他很清楚她腦袋在想什麼。

「我們待會兒就走，」棘爪喵聲說道。「我先去找塵皮和樺落，請他們去巡邏影族邊界，等一下在入口見囉。」他走之前，看了冬青掌一眼。「妳不是應該去幫葉池忙嗎？」

「呃……是啊。」冬青掌趕緊答應，轉身離開，黑色尾巴拖在結冰的白色地面上。

「你認為你能打敗我，是不是？」莓掌在獅掌的耳邊嘶聲挑釁。

「我第一次狩獵就抓到一隻田鼠。」獅掌提醒他。

「很好，」莓掌喵聲道。「反正我也不想贏得太輕鬆。」

「要想贏我，得憑你的運氣才行。」獅掌叫嚣。

「像你這種小不點兒，怎麼可能一個早上就抓到三隻獵物？」

獅掌可沒被他挑釁到，於是擺好攻勢，扭著後臀。「你敢再說一遍看看！」他挑釁道。

「你根本比一隻老鼠大不了多少！」莓掌開他玩笑。

獅掌立刻撲上這隻年輕公貓，兩個見習生扭打成團，往營地入口的荊棘叢滾去。莓掌的體重讓獅掌大感吃不消。他只好伸爪一陣亂抓，想把體型龐大的見習生推開，莓掌卻妄想把他往多刺的荊棘叢那兒扔過去，獅掌靈機一動，故意癱軟身子，溜出莓掌的箝制，再快如閃電地跳上莓掌的背，張嘴咬住對方頸背。莓掌想甩掉他，但獅掌即便爪子沒有出鞘，也仍有足夠力量緊緊抓住莓掌的後背。

「獅掌！」

他抬頭一望，只見他姊姊又回頭往他們這兒跑來，這時，莓掌猛地將他甩掉，壓在地上。

「你是我今天早上抓到的第一個獵物！」莓掌得意洋洋地說道。

「是冬青掌害我分心的！」獅掌抱怨道。

「優秀的戰士絕對不會分心。」灰毛喵聲說道。這位毛色灰白的戰士剛剛就站在旁邊觀賞這場打鬥。

獅掌爬了起來，覺得好丟臉。

冬青掌繞著他們跑。「葉池要我去採集艾菊，免得天氣一冷，又有誰患了白咳症。」她興奮地上氣不接下氣。「她說在舊的轟雷路那裡，有一大叢艾菊，所以她要我問你們，我可不可以跟你們一起去？」她轉過身。「棘爪在哪裡？」

「他在跟塵皮交代任務。」灰毛答道。

他還沒說完，棘爪就從半邊石那兒跳了過來，灰紋跟著他。

「我可以一起去嗎？」灰色戰士問灰毛。「我想熟悉領地，看看獵物都藏在哪裡。」

「我沒問題，」灰毛同意道，然後朝冬青掌示個意。「反正我們也得多帶一個見習生。」

自從上次獨自追蹤狐狸窩之後，獅掌就再也沒跟冬青掌及松鴉掌一塊出去過了。他們三個很快排成以前習慣的隊伍：冬青掌走在最前面，獅掌站在松鴉掌旁邊，毛髮與他的輕觸，好方便松鴉掌知道行走的方向，帶他穿越林子。

他們往林子深處走去，沿著舊的轟雷路，往比較好走的那條小徑前進。獅掌之前因灰毛曾帶他巡視過雷族領地，所以已經走過這條路，但從沒到過被廢棄的兩腳獸巢穴那裡。

冬青掌正在掃視路邊兩旁的矮木叢。

「它聞起來像蓍草，」松鴉掌向她低聲說道，「那味道嚐起來像草，不像老鼠膽汁。」

「我知道啦！」冬青掌打斷他。

松鴉掌為什麼要幫她？獅掌覺得奇怪。巫醫見習生是冬青掌，又不是松鴉掌。

她用尾巴指指一叢莖幹細長的針狀葉植物。「是那個，對不對？」

「妳已經找到了嗎？」棘爪停在路中央

貓兒們全都停下來等冬青掌試咬葉子。只見她小心瞇起眼睛，把葉子吞了下去。

「一點也不苦，」她回報道。「真的是艾菊。」

「妳最好現在就摘一些下來，送回營裡。」棘爪喵聲說道。

冬青掌露出失望的神情。「葉池又不是立刻就要。」

「讓她自己回營，可能不太安全吧。」獅掌直言道，他猜他姊姊一定是想在外頭待久一點。「小狐狸現在還在這附近。」

「而且別忘了還要比賽呢，」灰毛喵聲說道。「專程送她回去太浪費時間了。」

「如果妳確定葉池不急著要的話……」

她的眼睛頓時一亮。「這些藥材是做為庫存用的。」

「那就等我們回程時再順道摘好了。」棘爪同意道，然後身子一跳，往幽暗的林子走去。

獅掌站在轟雷路旁，等到松鴉掌和亮心也都和其他貓兒進到林子裡，才跟上去。即便是禿葉季，這裡的矮樹叢很多，但因葉子不茂盛，看起來像是林子裡的骷髏一樣毛骨悚然。

獅掌跟著巡邏隊靜靜走在結冰的地面，吐納出來的空氣全是白煙。灰紋轉身看著他們。

「這裡沒有狐狸的氣味，」他喵聲說道。「也沒有太多隱祕的地方供獵物藏匿，應該很適合舉辦狩獵比賽。」

灰毛看看莓掌和獅掌。「誰先開始？」

「那裡有隻老鼠。」松鴉掌若無其事地大聲說道。獅掌這才想到，不知道他弟弟會不會高興被排拒在狩獵比賽之外。可是松鴉掌下巴抬得高高的，用尾巴指著一棵離他們好幾個狐狸身距離的橡樹底部。灰毛驚訝地轉頭看他。

「牠就藏在結冰的落葉底下，正朝地裡頭挖洞。」松鴉掌告訴他們。

獅掌豎起耳朵，真的聽見小爪子刨抓地面的聲響，不過那聲音很微弱，而且空氣裡還瀰漫著落葉枯黃的腐敗味道。

「獅掌，」棘爪小聲說道。「你去試試看。」

獅掌躡腳走過去，慢慢往那個窸窣聲響匍匐前進。他每一步都踩得很輕，幾乎一點聲響也沒有。那個窸窣聲還在持續，獅掌愈靠愈近，最後蹲下，擺好狩獵姿勢，伸長鼻頭，尾巴垂在後面地上，他現在聞得到那隻老鼠的氣味，也看得到葉堆底下的動靜。

「棘爪！」

老鼠倏地衝出葉堆，消失在樹根之間，獅掌氣得嘶聲作響，旋身一跳，想知道到底是誰壞了他的好事？

樺落從矮木叢裡衝了出來，及時煞住腳步。「影族已經擅自更動邊界！他們在雷族領地裡做了新的氣味記號！」

「在哪裡？」棘爪質問。

「我帶你去看！」樺落二話不說，立刻往林子裡衝。

「塵皮呢？」棘爪在後面喊道。

「他回營裡去向火星報告了。」對方這樣回答。

棘爪轉頭對亮心說：「你們最好跟我一起來，小狐狸還在附近，我不能單獨留下你們。」亮心瞇起眼睛。「那松鴉掌怎麼辦？他跟得上嗎？」

「別讓他離開妳的視線，盡量跟緊我們。」棘爪命令道，然後看了灰毛一眼。「你跟緊他們，」然後又向灰紋點個頭，「你快跟我來。」

棘爪跟在樺落後面，灰紋也跟了上去。獅掌隨後跟上，完全忘了老鼠的事，冬青掌跑在他旁邊。他聽得到後頭灰毛、亮心和松鴉掌的腳步聲。他回頭看，發現他弟弟在林子裡的穿梭動作，就像明眼貓一樣從容。一定是有星族為他帶路！他非常驚訝，又轉頭回去注意前方，邁開大步，奮力向前跑，毛髮豎得筆直。影族真的敢膽大包天地擅自更動邊界嗎？

樺落領著他們回到轟雷路附近，穿過林子，爬上通往影族邊界的斜坡，然後在坡頂嘎然止住。「就是這裡！」他上氣不接下氣，用尾巴指指山脊後方的那排樺樹。

獅掌嗅聞最近一棵樹幹，皺起鼻子。是真的！影族在雷族的樹上留下氣味記號了。

「這不是原來的邊界？」灰紋問道。

「不是！」棘爪嘶聲作響。「邊界在那邊。」他用鼻頭指山坡頂端樹木和草原的交界處。

「他們以為我們聞不到嗎？」冬青掌罵道。

灰毛從他們後方的蕨叢裡衝了出來，後面跟著亮心和松鴉掌。

松鴉掌揚起鼻頭。「附近有影族戰士！」他出聲警告。

他話才說完，三名影族戰士已經趾高氣昂地站在坡頂，從上方瞪視著雷族巡邏隊。

「橡毛！」棘爪嘶聲說道，兩眼瞪著那隻為首的棕色公貓。獅掌立刻認出大集會裡看到的另外兩隻貓——鴞掌和他的導師煙足。

「一隻瞎眼的小貓竟然比雷族副族長更早察覺到我們，」橡毛冷笑道。「真是丟臉。」

「難道雷族的戰士已經少到得把最沒用的小貓也抓出來訓練嗎？」煙足咆哮諷刺。

松鴉掌衝上前去，粗口對罵。亮心趕緊用牙齒咬住他的尾巴，將他拉了回來。

「獨眼戰士救瞎眼的小貓？」橡毛嘲笑道。「雷族真是大不如前啦，不是寵物貓，就是殘障貓，再加一個沒什麼用的副族長。」他瞪著灰紋。

「你們擅自更動了邊界。」棘爪怒斥道。

「我們拿回本該屬於我們的東西，而且還要再拿更多。」煙足告訴他。

「雷族已經不再是個真正的部族了……幾乎有一半都是寵物貓，」橡毛插嘴道。「我相信星族會同意只有真正的戰士才有權利在貓族的領地上狩獵。」

「雷族的戰士都是貨真價實的！」棘爪吼道。他雙耳平貼，跨過新的邊界，向前走去，直到離橡毛只剩一條尾巴遠。「有本事就先決鬥看看，別妄想占領我們任何一吋土地。」

獅掌的毛豎得筆直。這將是他生平第一場戰役！他的爪子將腳下的土當作影族的毛皮，狠狠戳了進去。

「你就這麼篤定我們贏不了你們？」橡毛的眼睛發出兇光，更多影族戰士現身高地，排成長長一列。獅掌的心跳差點止住，看樣子所有影族戰士都上場了，他們的結實肌肉在毛皮下賁張，爪子閃閃發亮，戳著地面。

獅掌突然覺察到有毛髮從他身邊輕輕刷過，冬青掌和松鴉掌挨了上來。

「我們三個一起合作，共同作戰。」冬青掌誓言道。

獅掌突然想到他們三個——都是半大不小的見習生，其中一個眼睛看不到，卻得迎戰整個影族的來勢洶洶。

星族，快救救我們吧！

第十五章

「快回營裡告訴火星，找救兵過來。」灰紋嘶聲對獅掌耳語。「現在就去！」

獅掌轉身就往林子跑去。他不想離開松鴉掌和冬青掌，但沒有救兵，這場仗根本打不贏。

「攔住他！」

他聽見枯毛厲聲一吼，雜沓的腳步聲瞬間響起。

獅掌回頭一看，兩個影族戰士朝他追來。這時一個灰色影子以迅雷不及掩耳的速度衝過來。原來是灰紋，他擋下其中一隻，影族戰士怒聲一吼，劃破空氣，兩族戰士開始廝殺。

獅掌加足馬力往前衝，心臟像要爆裂開來。腳步聲在他身後緊追不捨，還好有灰紋阻擋，現在只剩一個追兵。獅掌快速鑽進茂密的有刺灌木叢裡，希望能靠體型之便躲過影族戰士。但沒想到當他從另一頭鑽出來時，一隻粗壯的公貓竟猛地往他衝過來。

獅掌趕緊奔下斜坡，飛也似地通過訓練場，穿過林子，往營地入口狂奔而去。影族戰士的腳步聲在後面緊追不捨，節節近逼，這時獅掌看見營地入口的荊棘叢就在眼前。

「救命啊！」他放聲大喊。

影族戰士的爪子掃過他的尾巴，一路緊追在後。獅掌發狂似地拔足狂奔，向前猛衝。

荊棘隧道裡突然衝出一條影子，飛過獅掌身邊。

「我來攔住他！」松鼠飛大吼一聲，就往影族戰士撲去。

公貓發出一聲痛苦哀嚎，獅掌總算可以慢下腳步，他上氣不接下氣，轉身看見松鼠飛正把影族戰士追上邊坡，一路咆哮，彷彿星族戰士全都助她一臂之力。

獅掌衝進營地。「影族入侵了！」

火星正和塵皮在空地上，他一看見獅掌，立刻跳了過來。「塵皮告訴我，他們已經入侵邊界了。」他喵聲說道。

「棘爪已經帶著狩獵隊前去勘查，」獅掌氣喘吁吁。「可是遭到埋伏。」

火星警覺地瞪大眼睛。「他們打起來了嗎？」

獅掌點點頭，他想到松鴉掌和冬青掌正在和狠毒的影族戰士決鬥，就不禁全身發抖。

「沙暴、蛛足、白翅、暴毛、溪兒！」火星向那群已經在空地邊緣急躁踱步甩尾的戰士們喊道。「影族已經越過邊界，棘爪正在想辦法攔住他們，但急需救兵。」

「我帶鼠掌去，好嗎？」蛛足問道。

「如果他已經可以上戰場，就帶去。」火星回答。

松鼠飛從入口跑了進來。「已經擺平一個影族戰士了。」她大聲說道。「他今天不敢再來挑釁了。」

「很好，我要妳待在這裡，保護營地，」火星告訴她。

松鼠飛點點頭。「遵命，火星。」

蜜妮從戰士窩後方出來。「我跟你們一起去。」

獅掌驚訝地瞪著她。**她是隻寵物貓欸！**

「好，」火星同意。「但不要太逞強。」

獅掌仍然餘悸猶存，全身抖個不停。火星看著他：「你還可以作戰嗎？」獅掌點點頭。

「很好，」火星咆哮道。「你姊姊和弟弟都需要你。」說完和其他戰士衝出營地。

獅掌也跟著隊伍跑出去。**影族竟然敢入侵我們的領地！**他一定要把這群狐心鼠膽的戰士通通轟走。他的爪子不再顫抖，一心急著加入戰場。

「作戰時，一定要隨時警覺後方動靜！」白翅放慢腳步，氣喘吁吁地給他建言。「影族作戰時，最愛耍些下三濫的招數，你個子雖然小，但速度夠快也夠強壯，比他們的戰士來得更靈活，所以要善用這個優點。」

快到邊界時，他聽見了各種尖聲號叫。

「走這裡！」火星大喊。他們衝過林子，獅掌終於看見前方林子缺口有利牙尖爪戰鬥著。

影族戰士團團圍住棘爪的巡邏隊，但雷族戰士站穩腳步，哪隻貓兒敢越雷池一步，就狠狠擊退。

「攻擊他們！」火星大喊，雷族戰士立刻散開，加入戰局。

「到那裡去！」蛛足朝獅掌大喊。他朝戰場邊緣揮著尾巴。「去找松鴉掌，盡全力保護他。」

獅掌往前衝去，急忙搜尋冬青掌和松鴉掌的蹤跡。灰毛和樺落正和亮心並肩作戰，擊退四名影族戰士。松鴉掌蹲在他們後面，生氣地豎直毛髮，一有影族戰士突破防線、趁隙而入，他便用力揮爪戳趕他們，看起來一點也不需要幫忙。

獅掌的心狂跳不已，四處尋找冬青掌的黑色身影。她受傷了嗎？這時他看見她和灰紋在一起並肩抗敵，這才放下心中石頭。灰色戰士平貼雙耳，收縮下顎，發出惡狠的嗥叫聲，狠狠撲抓正要撲向冬青掌的影族戰士，那是一隻暗薑色的貓兒。

枯毛！獅掌認出了影族的副族長。

冬青掌就躲在灰紋底下，從下方襲擊對手，狠咬影族副族長的後腿，痛得那個戰士猛地轉身，伸出利爪，朝冬青掌撲來。獅掌本能地衝過去保護他姊姊，他撲上枯毛，往她鼻子猛揮一掌。影族副族長痛得大叫，眼睛底下流出腥紅色的汩汩鮮血。

「做得好！」灰紋喊道。

他話還沒說完，兩隻影族的貓兒突然將他撞倒在地。比較大的那隻是黑色公貓，死命將他壓在地上，體型較小的白色母貓後腿站起來，伸出長爪，準備往灰紋的頭扒下去。

這時一個橘紅色的身影像火焰似地衝過獅掌身邊，原來是火星，他瞄準白色戰士，猛地一撲，將她往後一摔，再結實地朝對方臉上賞了一掌。

黑色公貓仍把灰紋壓在地上，獅掌跳上對方的背，爪子一戳，利牙就往他的肩膀狠咬下去。戰士痛得放開灰紋，往後跳開。冬青掌立刻由後方衝上去，從下面攻擊公貓的腳爪，戰士一個不穩，跌倒在地，獅掌趕緊趁機跳了下來。

「幹得好！」獅掌對冬青掌大聲叫好。

黑色公貓又站了起來，兇狠地對著他們嘶聲怒吼，但獅掌和冬青掌並肩迎戰，不斷揮著前掌，死命戳他，將他節節逼回邊界，對方氣喘吁吁，身上血跡斑斑。

獅掌這時突然看見橡毛正偷偷摸摸地鑽進離火星只有一隻狐狸身遠的蕨叢裡。雷族族長正與白色戰士在地上纏鬥，根本沒察覺橡毛的鬼祟之舉。獅掌還來不及出聲警告，橡毛已經一躍而上火星的背，用下顎緊緊咬住雷族族長的頸背。

白色戰士好不容易逃離火星的箝制，張嘴回咬他的前爪，火星倒在地上，被這兩隻不斷咆哮的影族戰士給壓制在地上。

「你自己應付得過來嗎？」獅掌對著冬青掌尖聲喊道。

「我來幫她。」灰紋跳了進來，站在她身邊。

獅掌於是往橡毛衝了過去，張嘴咬住影族戰士的尾巴。**這是為松鴉掌報的一箭之仇，看你下次還敢不敢說他沒用！**他一邊想，一邊死命地咬。橡毛痛得哇哇大叫，只好放開火星。火星立刻跳了起來，轉身咬住橡毛的頸背。他用有力的下顎箝制住橡毛，同時抬起後腿猛力一踢，將白色戰士給踢進蕨叢裡，再大力一甩，將橡毛摔到一棵樹幹上，力道之大，連樹枝都震得微微作響，橡毛跌在地上，滿眼金星。

獅掌看見火星安全了，才又跑回冬青掌旁邊。他以為會看見她跟在灰紋身邊一起作戰，沒想到她竟獨自站在一群正在互相廝殺的貓兒裡頭，灰紋根本沒在旁邊保護她。

「小心！」獅掌倒抽一口氣，心臟差點跳了出來，因為他看見煙足正從後方往他姊姊撲過去。灰紋離她有兩條尾巴遠，正忙著從蜜妮身上拉開一隻影族貓兒。這隻曾當過寵物貓的母貓立刻跳了起來。

「快回去幫冬青掌！」蜜妮對灰紋吼道。「我自己會當心！」她伸出前爪，往影族戰士一揮，對方被這一掌擊得嘶聲慘叫，血濺地上。

煙足正壓在冬青掌上面，爪子扒過她的脅腹，但灰紋立即將他扳倒在地，用鋒利的後爪猛擊他腹部。獅掌衝向冬青掌身邊，煙足這時正痛苦嚎叫，灰紋於是放開這隻公貓，讓他逃回邊界對面。

「快把其他的貓兒趕進有刺灌木裡！」灰紋下令道。

「你說什麼？」蛛足不敢相信地吼了回來。

「這會不利於我們的作戰欸！」樺落喊道。

「只會不利於影族！」冬青掌在獅掌耳邊嘶聲說道。「他們的松木林沒有灌木叢。」

火星嚴肅地點點頭。「他們不習慣在矮木叢裡作戰！」他喊道。「就照灰紋的話做！」

「大家跟在我後面散開！」棘爪一聲命令，劃破空氣，他轉身一跳，背對著影族邊界。

雷族貓兒也開始拉開與對手的距離，全都圍著他們的副族長，重新擺好戰鬥位置。影族戰士一頭霧水地瞪著他們，這才發現自己被困在邊界的另一邊，這時棘爪一聲令下，開始步步逼進，戰士們從兩側包抄而上，將影族戰士逼進雷族領地裡，也就是長滿刺藤叢的林地裡。

獅掌看見松鴉掌正朝著鴞掌不斷揮掌，那個影族見習生故意戲弄松鴉掌，一邊用腳爪戳他，一邊嘲笑。

獅掌衝到他弟弟身邊。「你這個懦夫！」他對著鴞掌咆哮。

鴞掌甩著尾巴。「我會讓你瞧瞧誰才是懦夫！」他往前一撲，用爪子去抓松鴉掌的口鼻。松鴉掌痛得倒抽一口氣，但他沒有退縮，反而用出鞘的利爪更用力地回敬對方。

「他身子低下來了。」獅掌斬聲對他弟弟說道。

松鴉掌立刻往下揮掌，扒過鴞掌的耳朵。松鴉掌發出得意的吼聲。

「他想跑到你後面去。」獅掌看見鴞掌穩住腳步，掠過松鴉掌身邊，準備由後偷襲，趕緊出聲警告。獅掌旋身一轉，很想衝上前去直接把鴞掌解決掉，但他知道如果他上場幫忙，松鴉掌絕對不會原諒他。再說，松鴉掌已經敏捷地轉過身，用前爪猛捶鴞掌。鴞掌試圖低下身子，但松鴉掌已經摸熟他的伎倆，因此鴞掌一低下頭，松鴉掌立刻跳了上去，讓影族見習生摔個四腳朝天。他抓住對方的毛，拿後爪狠刮他的背脊，直到對方出聲求饒。

「你快放開我！」他尖聲喊道，於是松鴉掌放了他。

鴞掌爬了起來，朝松鴉掌呸了一口，還想捲土重來，卻見獅掌用威嚇的目光怒瞪著他，他自知寡不敵眾，咆哮一吼，退了回去。

影族戰士開始被困進刺藤叢的陷阱裡，既要防扎人的尖刺，又要抵禦雷族戰士的攻擊，他們就這樣被逐步趕進灌木叢裡頭。沙暴得意地揮打尾巴，一名影族戰士為了躲她，縮起身子。

在她旁邊，白翅張嘴狠咬一個正想從荊棘叢裡逃出來，身上帶有斑點的見習生。溪兒和暴毛一起合力揮爪攻擊煙足，煙足為了躲開他們，反而更深陷刺藤。

枯毛驚慌地看著自己的戰士在矮樹叢裡束手無策，只好喝令大喊：「撤退！」影族貓兒紛紛爬出刺藤叢，從雷族戰士旁邊衝過去，想逃回自己的領地，結果都被他們扯下了成團的毛髮。

獅掌掃視眼前傷痕累累的雷族戰士。「冬青掌！」

「我在這裡！」冬青掌從矮木叢裡倒退爬出來，毛絨絨的尾巴全沾滿了刺。

「大家都沒事吧？」火星搖搖晃晃的，他的口鼻染上鮮紅的血。

「沙暴扭傷腳掌了。」棘爪站在那隻薑黃色戰士的旁邊，她正在舔其中一隻前掌。

「只是扭傷而已。」她要他放心。

「暴毛呢？」火星看著灰色戰士。「你的肩膀受傷不輕。」

「馬上就會好了。」暴毛答道。

「我的尾巴掉了一大撮毛，」蛛足罵道。「不過這倒是很值得，至少能讓影族以後不敢再輕舉妄動。」

「我們必須確定他們都已經走了。」火星喵聲說道。

「我去巡視看看。」溪兒提議道。

「妳有受傷嗎？」

「只有一隻耳朵破了。」

「那就帶蛛足一起去，刺藤叢的另一頭也要搜搜看，」火星交代道。「務必確定沒有貓兒逗留在我們的領地。」

蛛足和溪兒立刻領命離開，往林子走去。

灰毛用尾巴彈彈獅掌的肩膀。「還好星族保佑你及早討救兵回來。」

「你們也是功不可沒，努力撐到我們趕來。」火星讚美他。

「冬青掌打起架來跟戰士一樣。」樺落評論道。

「松鴉掌也是。」亮心補充道。

「我們絕不能讓影族占領我們的領地。」灰紋咆哮道。

棘爪往影族逃竄的空地望去。「我們得在下次大集會召開前，先採取一些行動才行。」他誓言道。

「那就先從標出正確的邊界線開始，」火星下令道。「棘爪你和灰毛還有樺落待在這裡，沿著邊界將每一棵樹都標上雙倍的氣味記號。」

棘爪點點頭。

「我帶其他貓兒回營地去。」

「我可以陪灰毛嗎？」獅掌懇求道。

灰毛搖搖頭。「你回營地去，先幫傷口上點藥，我希望你能盡快再上場接受訓練。」

獅掌心不甘情不願地轉身跟著族貓離開。沙暴走得一跛一跛的，暴毛不時停下腳步，舔舔肩上傷口汩汩流出來的鮮血。蜜妮的背上少了一坨毛髮，但腦袋卻因這場勝仗而興奮得嗡嗡作響，她的耳朵豎得筆直，尾巴不斷抽動。

獅掌趕上松鴉掌和冬青掌。「你們有看到我跳上橡毛的背嗎？」他得意地說道。「真希望我有看到！」冬青掌的興奮遠超出他想像。「我自己忙到根本沒空注意那個虎斑戰士。」她的眼睛閃閃發亮。「我用的是煤掌那天教我的那一招，能實際活用在戰鬥中，感覺好棒哦。」

「你也狠狠教訓了鴞掌，讓他知道他根本不是雷族見習生的對手！」獅掌對松鴉掌說道。這位斑色見習生一路上都很沉默，尾巴拖在地上。

「是哦。」他喃喃答道。

「冬青掌！」葉池跑出來迎接作戰歸來的戰士們。「有沒有誰受傷很嚴重？」

冬青掌眨眨眼睛。「暴……暴毛受傷了……」她結結巴巴。

「妳沒先檢查一下嗎？」葉池焦急地問道。

「大家都還能走路啊。」冬青掌自圓其說。

「那艾菊呢？」葉池追問。「妳找到了嗎？」

「找到了。」冬青掌喵聲說道。

葉池疑色看她。「在哪裡？」

冬青掌一臉羞愧。「我們本來打算狩獵完，回程時再一起帶回來，可是那時候樺落跑來警告我們影族擅自更動了邊界，棘爪就命令我們……」

「沒關係，」葉池喵聲說道。「我很高興妳能和族貓們一起並肩作戰，只是妳在回營的時候，應該在路上注意一下有沒有可用的藥草，因為回到營地，一定會有很多傷患等我們治療。我先去看看其他貓兒的傷勢。」

冬青掌看看矮樹叢。「你覺得杜松可以用嗎？」當他們經過一大叢長著黑色莓果的灌木時，她這樣問道。

「長在旁邊的那個木賊，會比較適合。」松鴉掌建議道。

冬青掌閉上眼睛。「木賊──對傷口感染很有效。」她複誦一遍，然後就匆匆走到那株細長的植物前，將它連根拔起。

獅掌感覺到自己的傷口已經開始疼痛，肌肉也因久戰的關係微微痠痛。回到營地時，他立刻走到半邊石那裡，靠在旁邊，躺了下來。松鴉掌爬上平滑的矮石，頭顱垂靠在邊緣。冬青掌丟下一路拖回來的木賊，也撲通一聲癱倒在他們身邊。

「我到現在還不敢相信，我們竟然和真正的戰士打過架了。」她低聲說道。

松鴉掌茫然瞪著地面。

「你為什麼看起來一副可憐兮兮的樣子？」獅掌問他。「你剛剛打得很好啊！」

「那是因為你在旁邊幫我。」松鴉掌直言道。

「每個戰士都需要互相幫忙──這就是部族存在的意義。」冬青掌提醒他。

「我們必須合力作戰才能擊退影族戰士。」獅掌補充道。

「可是我連一個見習生都對付不了。」松鴉掌喵聲說道，輕輕彈著自己的尾尖。「他們笑我是沒用的小貓，也許他們說得沒錯，我只是在欺騙自己，自以為可以成為真正的戰士。」

「冬青掌！」葉池從空地那兒向她喊道。從戰場上回來的貓兒都坐在空地上舔著傷口。「受傷的戰士這麼多，我忙不過來。」

冬青掌趕緊跳起來。「我來了，葉池。」她喵聲說道。「對不起！」她趕緊咬下木賊的葉子，跑到蜜妮和灰紋那兒。

獅掌想要鼓勵松鴉掌，但這是他弟弟必須獨自面對的現實，不管他如何向星族祈求，也無法幫松鴉掌求到他想要的正常視力。

至少冬青掌有機會跟影族一戰。獅掌想讓痠疼的腳爪好好休息一下，他遠遠看著冬青掌，發現她正在嚼爛木賊的葉子，準備將葉泥塗在蜜妮的傷口上，但只要蜜妮身子一縮，冬青掌就嚇得往後彈，表情驚慌。獅掌不免覺得擔心，而這種擔心就像肚子裡藏了一隻被陷阱抓住的小鳥，正不斷拍打翅膀，惶惶不安。冬青掌看起來極不自在，她那笨拙的樣子完全不像剛剛作戰時的敏捷身姿。當時她衝鋒陷陣，毫無懼怕，兩眼閃閃發亮，對照此刻身處受傷戰友中的她，卻顯得笨拙無比，絲毫看不見她眼裡的自信。一種奇怪的感覺像刺一樣扎得他難過：**冬青掌真的想當巫醫嗎？**

第十六章

「松鼠飛，快帶著雲尾、煤掌、刺爪和罌掌去抓些新鮮獵物回來，愈多愈好。」松鴉掌躺在半邊石上，聽見火星下令道。「我們的戰士今晚需要飽餐一頓。」

松鴉掌將疲累的腳爪垂放在半邊石的邊緣，冰涼的岩面多少撫平了他身上的疼痛。這場戰役讓他遍體鱗傷，但他可以自己療傷。

葉池正走過去想幫暴毛的傷口敷藥，所經之處，都聞得到淡淡的金盞菊氣味。冬青掌正忙著幫蜜妮敷藥，但讓松鴉掌覺得奇怪的是，他絲毫察覺不到他姊姊對傷者的悲憫關懷，反而有作嘔的感覺，不過他自己都自身難保了，所以也沒空多想她的問題。

他不斷回想要是沒有獅掌幫忙，他打得過鴉掌嗎？他頑固地告訴自己，一定可以。他可以憑氣味和聲音，感覺到影族見習生的位置，但心裡仍不免多少懷疑。這場戰鬥的速度快到他根本就跟不上。他可以用一隻耳朵去聽鴉掌的呼吸聲，卻來不及警告自己，對方正出掌扒過他的另一隻耳朵。影族見習生腳爪的落地聲響完全被其他戰士的叫囂聲給蓋住，松鴉掌也曾扭身一轉，卻發現鴞掌早就繞了過來，從後面用爪子扒他。

他永遠也當不了戰士。

他最大夢想就是當戰士。但他必須承認，他沒辦法獨力作戰。憤怒如野火燎原，在他體內肆虐。**我從沒見過任何巫醫擁有像你這麼強的能力**，葉池的話言猶在耳，**我覺得你天生就是要當巫醫**。從他出生以來，就一直想要趕快長大當戰士，要是星族對他另有安排，為什麼他會有這種念頭呢？

「棘爪！」火星上前迎接回到營地的副族長。松鴉掌沉浸在自己的思緒裡，根本沒注意到他父親回來了。

「我們已經把每棵樹都作過氣味記號，完全蓋過影族的臭味。」棘爪回報道。

他好像在煩惱什麼，松鴉掌感覺得出來他父親吞吞吐吐，有話想說。

「橡毛叫囂著，影族有權占領我們的領地，原因是雷族有很多貓兒都不是……」棘爪有點尷尬，「都不是在部族裡出生的。」

「所以影族還是認為，在部族裡出生的貓兒才能當戰士囉。」火星咆哮道。

「我告訴他，雷族的每隻貓兒都是真正的戰士。」棘爪喵聲說道。

「說得好。」火星抬高音量，好讓空地上的每隻貓兒都聽得到。「雷族裡的每隻貓兒都有權待在這裡。」

塵皮的神情焦慮。「可是影族說得也沒錯。」這位虎斑戰士的聲音劃破空氣，像尖銳的石頭砸在冰面上。「雷族的確比其他部族接納更多外來的貓，所以才會屢遭其他部族的批評。」

暴毛站了起來。「我們就那麼在乎其他部族的想法嗎？」他吼道。「我是河族長大的，但有誰敢質疑我對雷族的忠誠？」

「你父親是雷族戰士，」塵皮指道。「你有雷族的血統。」

「那像我們這些沒有雷族血統的貓兒，又怎麼說呢？」榛掌抗議道，她那一身灰白相間的柔軟毛髮豎得筆直。「我和莓掌、鼠掌是在馬場出生的，難道你們認為我們沒有資格受訓成為戰士嗎？」

「當然沒有誰會這樣想！」灰紋大吼道。「是不是真正雷族的貓兒，這件事的認定與血統無關，我擁有純正的雷族血統，但今天在雷族裡，我卻比你們更像是外來的貓。蜜妮幾個月前還是寵物貓，但今天她就像火星一樣奮勇逐退影族貓兒——溪兒也是！」他的眼神掃了那隻部落貓一眼，後者眨眨眼，表示感謝。

栗尾大聲同意道：「忠誠度是由我們的作為決定，而不是我們的出身。」

松鴉掌猛地抬頭，他感覺得到冬青掌很想質疑，木賊葉的汁液味仍留在她掌間。「可是戰士守則要求我們必須將陌生者驅離領地啊。」她的語氣不太確定。

「只要有貓兒需要我們幫忙，我們都會大方接納，」火星喵聲說道。「難道戰士守則不准我們行善嗎？」

「沒……沒有。」冬青掌低聲說道。

「而且我們所接納的貓兒，都成為雷族強大的背後助力。」火星繼續說道。其他貓兒也都發出同意聲。

「不過，」火星補充道，「棘爪的確該把影族說的話轉告給我知道。」

「打從什麼時候起，我們雷族的事竟要別族來插嘴了？」灰紋挑釁道。

「當然輪不到他們來插嘴，等到下次大集會時，我會清楚宣示，雷族的事情不勞他們費神。」火星承諾道。「我們會捍衛自己的領土，別的部族別妄想替我們做任何決定。」

同意的聲浪在山谷間蔓延開來，但松鴉掌還是感覺得到其中的緊張。他知道仍有貓兒鬼祟低語他們的憂慮，而他也和他們一樣懷疑，雷族的混血貓兒這麼多，其他部族會怎麼看待這個部族？星族又會怎麼想？

⁂

其他見習生都睡了，空氣裡盡是他們酣睡的聲響。可是松鴉掌睡不著。葉池的話仍在他腦海裡迴響。他一直想說服自己，他一定能當上戰士，他的戰鬥技術一定會進步，但每想一次，希望就愈渺茫。

他應該去月池一趟，也許那裡會有答案。於是他悄悄溜出見習生的窩，冷冽的寒風拂動林間的光禿枝椏，他躡腳走著，因為一點聲響就能傳得很遠。

蕨毛正守在營地入口，松鴉掌聞得到他的氣味。要是這位戰士不准他出去，那他就得找別的路偷溜出去。

「你現在出去，太晚了吧。」蕨毛說道。

「我睡不著。」

「剛作戰回來，都會這樣。」蕨毛喵聲說道。

「我想去林子裡走走。」松鴉掌原以為蕨毛會覺得驚訝，沒想到對方沒有表示。

「你要我陪你去嗎？」他提議道。「溪兒不會介意早點出來值班的。」

「不用了，謝謝。」

「你想自己靜一靜？」蕨毛揣測道。

松鴉掌點點頭，蕨毛繼續說道。「至少今夜很平靜，不過我會幫你注意動靜，以防萬一。」

「謝謝你，蕨毛，」松鴉掌鬆了口氣，至少他沒大驚小怪，把他當成剛出生的小貓一樣來看待。「我會盡快回來。」他離開入口時，回頭這樣喊道。

他爬上斜坡，腳下的落葉因結霜的關係變得很滑。焦慮的思緒不再緊緊纏繞著他。他循著那條曾跟葉池結伴走過的小路，往風族的方向慢慢走去。他對這條路的記憶似乎已經深深刻印在腳底下，自然而然地踏上那條環著風族邊界的小徑，往丘陵前行。

他的耳朵敏銳到腳都還沒踏上岩面，便聽見隆隆的溪水竄流聲。他安穩地沿著溪流往上走，爬上石堆，來到山谷邊緣的灌木林。這時他開始聽見窸窸窣窣的低語聲，身邊再度被那些腳步輕盈、來無影去無蹤的貓兒所圍繞，奇怪的是，祂們的現身竟讓他莫名心安，彷彿祂們是來歡迎他似的。

松鴉掌停在小徑的最高點位置，雖然什麼都看不到，卻能在腦海裡清楚勾勒出山谷四周的陡壁，以及下方水池裡月影的搖曳姿態。低語聲愈來愈響亮，終於變成嗡嗡的喵嗚聲迴盪在岩壁間。他順著小路走下月池，耳朵不斷抽動，試圖從這些低語驚嘆聲中聽出一些端倪。

「歡迎你來，松鴉掌。」

「快過來，松鴉掌。」

各種氣味在他身邊環繞，有些氣味不在他的記憶裡，有些氣味很熟悉。

「歡迎來到夢裡，松鴉掌。」

不知是誰從他身邊輕輕刷過，然後是另一個，就這樣他被這些貓兒慢慢引導到月池邊。他隱約想起那白雪紛飛的漫長之旅，他母親曾出聲安慰他，還有兩個溫暖的身影在催他前進。

松鴉掌在月池前停了下來，躺在光滑的岩岸上，閉上眼睛，鼻頭輕觸池水。

他睜開眼睛，發現自己身處在青翠的林地裡，仰頭只見參天樹木，羊齒植物在他上方肆意伸展。空氣很溫暖，清新的森林氣味盈滿他的毛髮，放眼望去，盡是綠意盎然。

「藍星？」他喊道。「獅心？煤皮？」他想或許他可以幫葉池找到她導師。

可是沒有回應。

松鴉掌沮喪地站起身來，走進林子裡。為什麼剛剛山谷裡有那麼多聲音在歡迎他，現在又避不見面了？他不由得怨恨起來。為什麼星族老愛把事情搞得那麼複雜？他只是想知道他適不適合當巫醫而已。

但至少在這裡很溫暖，也很安全，而且他看得到。他開始邁開步伐，跑了起來，發現自己在林子裡跑得飛快，像在飛一樣。他在羊齒植物間奔馳，傾聽林間草葉的低語，嗅聞森林的氣味，每吋感官都在飛舞。

這時他突然感覺到前方的空無，沒有味道，沒有聲音。

他不安地慢下腳步。前方有團濃霧阻斷了去向，他慢慢前進，並注意到周遭的矮樹叢愈來愈稀疏，樹木筆直，一點生氣也沒有，枝椏高到他根本構不著。

「松鴉掌？」

他的毛髮嚇得倒豎，趕緊掃視前方陰鬱的林子，好不容易看到一個熟悉的身影，粗壯的肩膀和寬闊的口鼻讓他想起他的父親棘爪。

「松鴉掌！」那個聲音又喚了他一次。

又有第二個身影從陰影處逼近，就站在第一個身影的旁邊。濃霧依稀勾勒出他們的輪廓，兩隻貓都有著粗壯的肩膀和寬闊的口鼻。

「你叫我做什麼？」松鴉掌喵聲說道，那聲音在林子裡顯得渺小。

兩隻貓兒往他走來，然後停住。他們的虎斑毛色都跟林子深處的陰影一樣暗沉。

「歡迎你來，別害怕，我們是親戚，」體型較大的那隻貓兒喵聲說道。「我是虎星，你父親的父親，這是他的弟弟鷹霜。」

松鴉掌驚訝地瞪著他們。他曾在育兒室聽過虎星和他的惡行。他們在這裡做什麼？為什麼他們會找上他？

「我很高興，終於見到你了。」虎星喵聲說道，眼睛閃閃發亮。

「棘爪何其有幸，能有三隻這麼棒的小貓。」鷹霜也說道。

「我們看過你在打鬥的表現，」虎星高興地說道。「很高興你繼承了你父親的本領。」

鷹霜看著他父親，「也繼承你的，虎星。」喵聲說道。

松鴉掌瞇起眼睛。他們為什麼這樣恭維他？他們又不是不知道他根本不會作戰。

虎星彷彿讀出他的心思，又繼續說道：「如果你願意的話，我們可以教你戰鬥技巧。」他提議道，聲音像蜜糖一樣甜。

松鴉掌細看那隻大公貓的眼睛，想搜出他話裡的真正含意，卻出乎意料地嗅出某種陰鬱幽暗的意圖。他不安地蠕動腳爪。「我……我不確定自己是不是想當戰士。」他自承道。

「我的孫子怎麼可以這麼想呢？」虎星怒斥道。「看到蛾翅把才華浪費在巫醫工作上，已經讓我覺得夠窩囊了。」他的頰鬚抽了抽。「至少冬青掌已經開始覺醒，不該把生命浪費在那些老弱的病貓身上。」

「冬青掌？」松鴉掌重複道。虎星怎麼知道他姊姊的未來命運是什麼？

「我們教你一些戰鬥技巧好不好？」鷹霜慫恿道。「一旦你發現這些技巧不難學，就會知道你生來就是要帶領部族作戰，而不是一天到晚待在營裡跟那些藥草和藥膏為伍。」

松鴉掌彈彈尾巴。亮心還沒教過他任何戰鬥技巧，顯然她認為不必把時間浪費在一隻瞎眼貓身上。如果她早點教他幾招，當初和影族作戰時，他就能表現得更好了。或許這兩隻貓兒真能幫上一點忙。

這時在他後方遠處的羊齒植物叢裡，傳來一陣窸窣聲響，松鴉掌轉頭去看。

「誰在那裡？」虎星喊道。

「我是來帶松鴉掌回到屬於他的地方。」

松鴉掌立刻認出那個聲音。聲音的主人剛從霧裡現身，他就認出那身雜黃褐色的漂亮毛皮。

「斑葉？」他喵聲說道。

斑葉點點頭，但目光依舊緊盯虎星和鷹霜。

「你認識祂？」虎星問松鴉掌。

「我跌進懸崖時，祂救過我一命。」松鴉掌解釋道。

「你不應該跑這麼遠的，松鴉掌。」斑葉警告他。

「祢也不應該啊。」虎星瞪著祂。「祢怎麼可以跨過邊界？」

「我是得到星族允許才過來的。」斑葉答道，同時以一種挑釁的目光看向虎星。

「祂們也允許松鴉掌過來嗎？」虎星偏著頭質問道。

斑葉沒有回答，反而看著松鴉掌。「跟我回去。」她命令道。

「那虎星和鷹霜怎麼辦？他們可以一起來嗎？」

「他們已經選擇自己的路。」斑葉答道，然後轉身，等松鴉掌過來。

但松鴉掌猶豫了。虎星和鷹霜答應要傳授他最想學的戰技。

「松鴉掌！」斑葉這次喊得有點心急。

他必須在他們之間作個抉擇——到底該選他認識的這隻貓兒（也是他直覺相信的貓兒）還是該選擇另外兩隻貓兒？最後他轉身，決定跟斑葉走。

於是祂領著他穿過濃霧。但他還是忍不住回頭去看，只見虎星的身影正被黑暗慢慢吞沒，但那雙目光仍像火焰一樣熊熊燃燒。

斑葉突然跑了起來，松鴉掌也跟在後面跑，腳爪輕盈越過陰暗的林子，周遭樹木終於又變得綠意盎然。羊齒植物的葉尖輕輕撫過他的背脊，自由安全的感覺再度包覆著他。

斑葉停下腳步。「你千萬別再去那裡了。」祂告訴他。

「為什麼不行？」松鴉掌問道。

「告訴我，你為什麼來找星族？」斑葉反問他。

松鴉掌突然很惱怒，如果祂不打算回答他的問題，那他也不會回答祂的問題。「因為我有本事來。」他怒聲說道。

斑葉瞇起眼睛。「你來這裡是想知道自己的命運究竟是什麼？」

松鴉掌眨眨眼。「祢怎麼知道？」

「你眼睛又看不見，是怎麼找到月池的？」祂又反問他。

「祢一定要用更多問題來回答我的問題嗎？」

斑葉嘆口氣。「對不起，」祂喵聲說道。「因為你都知道答案了，還有什麼好說的？」

「我就是通通都想知道！」松鴉掌執拗說道。「要星族給個答案，有這麼難嗎？」

「因為祂們很擔心你。」斑葉答道，眼神暗了下來。

松鴉掌鼻子哼了一聲。就連星族也拿他當無助的小貓看！「虎星和鷹霜倒是不擔心我，」他怒聲說道。「他們認為我生來就是當戰士的命。」

「你相信他們？」

松鴉掌想起那兩位戰士，總覺得他們真正的意圖被濃霧所掩蓋，難以看透。「應該不相信吧。」他猶豫地說道。

「那你相信我嗎？」

「我相信。」他低聲說道，只是他感覺得到，祂心裡仍藏有某種心事，好像是種感情，但帶有淡淡的哀愁。他集中心緒，想追出那份感情的源頭：他看見一隻火焰色的貓兒，綠色眼睛有濃濃的憂傷……是火星！星族的這隻貓兒愛上了雷族族長！可是這怎麼可能？斑葉很久以前就死了，火星也有了伴侶貓。松鴉掌想再追探下去，他相信應該不只這樣，好像還有什麼陰影在，但他形容不出來……

「你有很棒的天賦，」祂喵聲說道，眼神顯得小心翼翼，像是察覺到他正在細讀祂的心思。「你可以看到別的貓兒看不見的東西，也可以去星族不能去的地方。你一定要善用這股力量來幫助自己的部族。」

「可是怎麼幫呢？」松鴉掌問道。

「你必須成為巫醫。」斑葉喵聲說道。

不！他不想聽到這個答案，他情願相信虎星和鷹霜的話。

「我想當戰士！」

「可是你天賦異秉！」

「祢是說可以在夢裡看見一切？那才不是什麼天賦異能呢，族裡的其他貓兒只要睜開眼睛就能看見。」

「可是他們不像你可以看見這裡的一切，也不能去你可以去的地方。」

「就算我來過星族，又有什麼了不起？」

「是很了不起！」斑葉不悅地說道。

「但這對我有什麼好處？」松鴉掌駁斥道。「其他族貓都認為我一無是處。」

「他們並不知道你所擁有的力量。」

「力量？」松鴉掌重複道。

斑葉這時竟開始發起抖來。「松鴉掌，你的力量大到足以改變整個部族的未來命運。」

松鴉掌瞪著祂看。「可是我只想當戰士！」

「接受你的命運吧！」

「不公平！」

「我知道。」巫醫的聲音突然變得溫柔，祂用尾巴輕拂他的口鼻，要他不要說話。松鴉掌突然覺得四肢無力，睡意上身。「你的天賦不會成為你的負擔，」祂低聲說道。「只是你必須勇敢，因為它的力量比最尖銳的利爪還要厲害……」

松鴉掌想趕走睡意，他還有問題想問。「不。」他疲累地出聲抱怨，四隻腿癱軟在地上。

等到松鴉掌睜開眼睛，世界又成了黑暗一片，他的身體躺在月池邊，因寒冷而感到痠痛。

他慢慢站了起來，伸個懶腰，循原路回去，只是星族的那片狩獵林場仍在他腦海裡清楚迴盪。

比最尖銳的利爪還要厲害……

他抵達山頂，直覺回頭。

山谷裡有星光熠熠閃爍——他很確定這一點，就彷彿他看得見一樣。星光下，月池光華耀眼，每座岩石都像水晶一樣閃閃發亮。曾陪著他走到月池邊的低語聲再度響起，最後化成一陣風盤旋四周。

接受你的命運吧，松鴉掌！

就在這一瞬間，他恍然大悟，不管他花多久時間去尋找，也不管他逃得多遠，這一輩子他都躲不開那個他早就知道的答案。

第十七章

冬青掌天還沒亮就醒了。她一整個晚上都輾轉難眠，滿腦子想的都是那場戰役有多刺激，還有為什麼她的治療竟會讓傷者看起來更痛苦？

她爬出臥鋪，全身都在痠痛，縱然遍體鱗傷，她還是覺得能親眼見到影族戰士像老鼠一樣逃之夭夭，這點傷也是值得的。她看看葉池，對方還在睡覺。巫醫的均勻鼻息吐納在空氣裡，化作白煙。冬青掌躡手躡腳地鑽出巫醫窩。入口的藤蔓因結冰而變得硬梆梆的，因此鑽出洞時，便聽見它們在身後劈啪作響。

山谷頂端霜白的樹椏後方，才剛翻出魚肚白的天色。她滿懷希望地看向獵物堆，卻發現那裡是空的。突如其來的寒冷讓戰士抓不到獵物，或許她可以自己到營外找點東西吃。反正太陽出來之後，蕨雲和兩隻小貓也都需要吃點東西。於是她慢慢走過空地，鑽進荊棘通道，走了出去。

溪兒正在門口守衛，鋼硬的毛髮因蒙上了一層白霜而瑩瑩發亮。她聽見冬青掌的腳步聲，扭頭過來。

「妳起得很早啊。」

「我睡不著。」冬青掌打了個呵欠。「黎明巡邏隊走了嗎？」

「還沒。」

「我想幫蕨雲抓點獵物。」冬青掌解釋道。

溪兒好奇地看著她。「妳真體貼，可是葉池早上會需要妳幫忙啊。」

冬青掌嘆口氣。

「年紀這麼小就會嘆氣啦？」溪兒喵聲，灰色眼眸變得溫柔，帶著關切的神情。

「葉池沒有我幫忙，搞不好還做得比較順手一點。」冬青掌喃喃說道。

「誰說的，」溪兒喵聲說道。「昨天要是沒有妳幫忙，她根本忙不過來。」

「她還應付得來，」冬青掌承認道。「昨天作戰回來後，我就興奮到根本忘了自己是巫醫見習生這回事，等到我想幫忙時，更是弄得一團糟。我必須叫他們吞下很臭的葉子，而且塗上去的藥膏好像只會讓他們的傷口更痛。感覺上我一點忙也幫不上。」她可憐兮兮地坐了下來。「我以為當了巫醫，就能真正幫助族貓。所以我才會主動要求葉池收我為見習生，因為她的工作好重要哦。」

「妳希望自己變得很重要？」溪兒問她。

冬青掌想了一下，覺得不光是「重要」這麼簡單。「大家都很尊敬葉池，很聽她的話。」

「可是難道一定要先得到尊敬，妳才願意報效自己的部族嗎？」

冬青掌抬頭看著這隻山貓。溪兒眼睛睜得圓圓大大的，面露同情。「應該不是吧，」她喵聲說道。「我以為這會是最好的報效方法。」

「但現在妳的想法不一樣了？」

「我想我根本沒辦法靠當巫醫來報效部族，」冬青掌小聲說道。「我記不住藥草的名稱，我喜歡和影族作戰，勝過於和疾病作戰。而且我情願去抓老鼠，也不要去摘琉璃苣或艾菊。」

她的挫折感好重好重。「打從一開始我就錯了，我再也得不到大家的尊敬了。」

溪兒用尾尖輕輕撫過冬青掌背脊。「貓兒是靠忠誠和勇敢來贏得族貓的尊敬，不是靠重要的職位。」她喵聲說道。「當妳昨天和灰紋一起並肩作戰時，你會認為灰紋比棘爪來得不重要嗎？或者說當獅掌幫妳擊退那隻影族公貓時，妳會覺得獅掌不重要嗎？」

冬青掌搖搖頭。

「年紀這麼小，就得做這麼重大的決定，的確不容易，」這隻部落貓繼續說道，「當年我還在急水部落時，像我這種狩獵貓都是又瘦又小，護穴貓則必須高大強壯。這些決定早在我們一出生時就做好了，你適合做什麼，便分配什麼工作給你。」

冬青掌一臉驚訝。「你們都沒有自己的選擇嗎？」

「護穴貓是不可以當狩獵貓的，同樣的，狩獵貓也不可以當護穴貓。但總的來說，這套方法卻能確保每隻貓都能發揮與生俱來的長才。」

「我天生就不擅長藥草這種東西。」冬青掌嘆口氣。

「多想想妳自己的長處，別老想著短處，」溪兒鼓勵道。「妳是部族貓，對自己的命運擁有自主權，這是高山的部落貓不可能有的權利，妳要好好運用它。」

冬青掌想起她和煤掌一起接受戰鬥訓練的情景，每個招數對她來說都輕而易舉，就連雲尾也對她刮目相看。當她在戰場上，從下方攻擊影族戰士的腳爪時，她很清楚自己在做什麼。

「我很會作戰。」她喵聲說道，屈屈腳爪。

「妳的確有當戰士的天分，」溪兒同意道。「要想報效部族，還有什麼方法比當個稱職的戰士來得更好呢？」

冬青掌終於一掃幾天來的陰霾，心情變得好多了。

「但別忘了，妳得先跟葉池談一談哦。」

冬青掌神情頓時沮喪。「我知道，」她看著自己的腳爪。「她會覺得我讓她失望了。」

「葉池很有智慧，她看得出來妳的長才是什麼。」溪兒喵聲說道。「如果妳現在就告訴她，別為了面子不敢說，她反而會覺得妳很勇敢。」

「妳真的這樣認為？」

「妳的目的是發揮自己的長才，報效部族，葉池一定會明白的。」

荊棘後面的腳步聲提醒他們黎明巡邏隊正要出發。冬青掌對著溪兒感激地眨眨眼。「謝謝妳。」她低語道。

溪兒點點頭，繼續監看林子。冬青掌知道自己該做什麼了。她要像獅掌及松鴉掌一樣成為一名戰士見習生，努力學習當戰士，好好報效部族。

她挺直肩膀，低著頭，鑽進巫醫窩裡。

葉池正把蜂蜜塗在一片葉子上。「我們得祈禱嚴寒的天氣趕快結束，」她喵聲說道。「長尾和小冰都在喉嚨痛了。」

冬青掌突然覺得胸口梗著什麼，她就要放棄自己最初的目標了，只因她根本不在行。她覺得好傷心。她應該這樣輕易放棄嗎？

「什麼事，冬青掌？」葉池抬起頭來。「妳的樣子好像弄丟了我們所有的罌粟籽！」她的神情突然緊張起來。「妳不會真的弄丟了吧？」

冬青掌搖搖頭。「沒有，只是我有很重要的事要告訴妳。」她強迫自己看著導師的眼睛。「我不能再當巫醫見習生了。」她喵聲說道。

葉池眨眨眼。「為什麼不能？」

「我必須根據自己的才能來選擇未來的道路。」冬青掌喵聲說道。「我真的不適合當巫醫，妳應該知道。」

「妳很聰明，也很用功，妳一定學得會的。」

「可是感覺就是不對，」冬青掌試圖解釋。她偏頭問道：「妳懂我的意思嗎？」

「妳覺得自己就像是一條在溪裡逆流而游的小魚？」葉池形容道。

「沒錯，」冬青掌點頭，她的心在痛。「如果我改個方向，順流而游，我會游得更快。」

「所以妳想接受訓練，成為一名戰士？」

「我認為這樣做，對部族來說會比較好。」

葉池的眼裡有愁雲。「我總覺得是我教得不夠好。」

「不是的！」冬青掌心上非常不安。「妳一直很有耐心，對我很好，只是這不適合我。」

「妳本來可以成為很好的巫醫。」葉池彈彈尾巴。「但我看得出來妳希望發揮所長。」

「為了部族，我一定會努力的。」

葉池上前一步，用鼻頭輕觸冬青掌的面頰。「冬青掌，妳一定會成為優秀的戰士。」她喵嗚說道：「妳具備戰士應有的精神——我親眼見識過妳的勇猛與忠誠，如今我又看到妳為了部族著想，寧願放棄原有的理想。」她的眼睛閃閃發亮。「我真的很以妳為榮。」

葉池的這番話撫平了冬青掌心裡的疙瘩。「我得去告訴火星，請他幫我找個新的導師。」

「別急，」葉池提醒她。「妳也許想再考慮一下。」

「我已經想了很久了。」冬青掌堅持道。「我要盡快解決這件事。」

「我跟妳一起去。」葉池提議道。

「謝謝妳。」一想到要面對火星，她就頭皮發麻。要是他覺得她是在胡鬧，該怎麼辦？

她們一起穿過覆滿白霜的空地。葉池先讓冬青掌爬上岩石，然後才跟上去。冬青掌緊張地站在洞口，大聲報告自己有事商量。

「進來吧。」

冬青掌走進洞裡。晨曦微光從她後方滲入洞內，驅走陰暗。沙暴正在梳洗火星的耳朵。冬青掌和葉池走進洞裡時，她抬頭看了她們一眼。

火星調好坐姿。「長尾的喉嚨好一點沒？」他問道。

「他沒有得到白咳症。」葉池回報道。「鼠毛說是因為長尾打呼太用力，傷到喉嚨。」

火星轉頭去看冬青掌。「妳有什麼事嗎？」他的綠色眼睛睜得大大的，神情關切。「妳看起來好像有什麼煩惱。」

冬青掌站好身子。她不會破壞了什麼戰士守則吧？葉池應該會幫她說點話，她趕緊深吸口氣，她必須跟著直覺走。部族需要的是一名可以信賴的巫醫，而她知道那絕不是她。

「我想成為戰士見習生，」她脫口而出。「我認為我不適合當巫醫。」

「妳認為妳比較適合當戰士？」火星揣測道，瞇起眼睛。

「沒錯！」

火星看著葉池。「妳認為她說得對不對？」

「我相信這是她想要的。」葉池用尾巴搓搓冬青掌的毛髮。「她工作很認真，我也樂於訓練她，但她覺得她的長處不在這裡，如果她有這種想法，那麼一定可以成為一名好戰士。」

「我會記得葉池教過我的每一件事，」冬青掌承諾道。「因為或許有一天會派上用場。」

火星點點頭。「很好，既然葉池同意，那妳就接受訓練，準備當戰士吧，我會盡快再幫妳找個導師的。」

冬青掌抬頭看看火星，心想他是不是還有話要說，但他只是靜靜看著她。他一定是在思考誰適合當她導師。於是她轉過身，經過葉池身邊，走出洞外。

「妳一定是鼓足勇氣才做出這個決定。」火星在她身後喊道。「我很以妳為榮。」

她回頭看雷族族長一眼。「謝謝你。」

她跳下空地，覺得肩頭卸下了重擔。這時她看見松鴉掌從荊棘隧道那裡鑽進來，溪兒跟在他後面，神情看來像是鬆了口氣。從松鴉掌跌跌撞撞進到空地裡的樣子來看，他一定是整晚都在外頭遊蕩，冬青掌於是趕緊衝到他身邊。這時溪兒正往戰士窩走去，打算去補眠。

「你看起來很累的樣子。」她喵聲說道。「你去哪裡了？」

松鴉掌兩眼無神，毛髮凌亂。「我等一下再解釋，」他喵聲說道。「我得先去見火星。」

「你應該先去睡覺，」冬青掌勸他道。「再說，火星正在和葉池說話。」

「我正好也要找她。」

他在說什麼啊？發生什麼事了？冬青掌緊張地豎起尾巴，不停抽動。

松鴉掌想要爬上岩石堆，到火星的洞裡去，但不小心絆了一跤。

「我幫你，」冬青掌提議道。「你太累了，自己爬不上去的。」

松鴉掌竟然沒有反對，這讓冬青掌更緊張了，但她沒吭氣，他看起來就是一定得找火星談的模樣，所以她也不想浪費時間與他爭辯，反而把尾巴搭在他肩上，引他爬上岩坡。

冬青掌站在族長窩洞口外的突岩上，大聲報告她又回來了。

「怎麼又回來了？」火星喚她進來。

他看見松鴉掌和她一起走進來，顯然很驚訝，但他還沒來得及說話，松鴉掌已經跌跌撞撞地走到族長窩的中央。他那雙盲眼鎖在火星身上，目光之殷切，彷彿就像其他貓兒一樣也能看見雷族族長。

「我要接受巫醫訓練。」他喵聲說道。

第十八章

冬青掌一臉訝異地瞪著她弟弟。松鴉掌從會跑會跳開始，就一心想當真正的戰士。

火星看著冬青掌。「這件事妳知道嗎？」

「我不知道！」冬青掌倒抽口氣。火星的語氣彷彿懷疑他們倆串通好似的。

松鴉掌轉頭看她，藍色眼睛瞪得圓圓大大的，滿臉焦慮。「對不起，冬青掌。」

「沒關係。」葉池走向松鴉掌，用鼻頭搓著他的耳朵。「冬青掌已經告訴火星，她想改當戰士見習生了。」

松鴉掌眨眨眼。「真的？」

冬青掌點點頭。她不免燃起一線希望，也許這是最好的解決方法，畢竟松鴉掌的藥草知識一向比她多，但火星會同意嗎？

火星看著葉池。「妳已經決定馬上再收另一個見習生了嗎？」

葉池坐下來，用尾巴圈住自己的腳爪，「能當松鴉掌的導師，是我的榮幸。」她垂下頭。「我認為部族若能有他當巫醫，實屬萬幸。」

冬青掌看著葉池。**為什麼她的表情好像在隱瞞什麼？**

「可是他的眼睛看不見，怎麼當巫醫呢？」火星問道。

冬青掌緊張地豎起毛髮，心想松鴉掌肯定會生氣火星對他的質疑。「他比我更瞭解藥草的知識。」她立刻幫他說話。

「他的嗅覺非常靈敏。」葉池同意道。「可以從一條尾巴之遠的地方，聞出傷口有沒有感染。」

冬青掌本來以為松鴉掌會出聲指正火星，眼睛看不看得見並不重要，但只聽見他喃喃說道：「我會盡我全力，葉池很快就會知道我有沒有資格。」

「很好，」火星點點頭，表情看起來有點不解。「就讓葉池當你的新導師吧。」

松鴉掌垂頭同意。

「可是，」火星繼續說道：「這件事得先告訴亮心。」

松鴉掌的耳朵抽了抽。「她會很難過的。」冬青掌聽得出來他的掛慮。她弟弟和他導師一直處得不太愉快，而他顯然很擔心他導師的感受。

「那就讓亮心當我的導師好了。」她提議道。

火星搖搖頭。「她比較適合用來訓練松鴉掌，並不適合妳。」他動了動腳爪。「別擔心，她很快就會收新的見習生了。」

「要是她無法諒解我的決定呢？」松鴉掌喵聲說道。

「你的責任就是去取得她的諒解，」火星回答道。「我可以告訴族貓該做什麼，但無法左右他們的真正想法。」

「我一定會讓她明白這不是針對她，」松鴉掌承諾道。「而是一件我不得不做的決定。」他的聲音異常冷靜。冬青掌心裡很不安，總覺得松鴉掌不當亮心的見習生，不是他自己選擇的，而是被逼的。

葉池看著火星和沙暴，那種眼神像在暗示冬青掌，他們需要私下談一談。她立刻心領意會，低頭說道：「要不要我找亮心來？」

火星點點頭。「好啊，拜託妳了。」

「她在戰士窩。」松鴉掌告訴她。

冬青掌頰鬚抽了抽。很奇怪，松鴉掌總能清楚知道營裡的大小事情。她跳下空地，走到戰士窩，把頭伸進洞口，大聲喊著亮心的名字。

亮心坐在臥鋪裡，在幽暗中呼出白煙一樣的空氣。

「火星要妳到他窩裡去。」冬青掌告訴她。

亮心停住不動，舌頭半吐在外頭，兩眼看著冬青掌，那樣子好像想問為什麼。

冬青掌趕緊鑽出洞外，沒給她機會問。她知道自己一定會藏不住話，但她也知道這事得由松鴉掌親口告訴他導師。於是她趕在亮心出洞之前，先溜進見習生的窩裡。這時候拜訪新家正是時候。窩裡的紫杉木氣味很奇怪，臥鋪上一隻貓兒也沒有。她猜松鴉掌的臥鋪以後應該就是她的了。她用聞的找到那個臥鋪，然後環顧洞內，很高興從今以後終於可以和同齡夥伴們一起睡覺。從育兒室出來之後，她就獨自睡在巫醫窩的臥鋪裡，感覺很冷清。她本來希望這裡會有夥伴歡迎她的到來。**大家都出去受訓了吧**。這念頭令她興奮了起來。她希望盡快加入他們。

冬青掌從洞裡出來時，剛好看見亮心爬上岩坡，往火星的洞穴走去。棘爪躺在半邊石的旁邊，正和白翅說話。蛛足在擎天架下方，享受清晨的陽光，同時打著盹兒。

小狐和小冰乒乒乓乓地從育兒室裡衝出來。

「別跑到空地裡，」蕨雲的聲音從洞裡傳出。「我可不想看見你們被誰給冒失踩到。」

「我們不會的。」小冰回答。

小冰用她的尾巴去打她弟弟毛色赤紅的口鼻，小狐撲上去回敬她，害她滾到冬青掌那兒。

冬青掌用腳爪扶住毛色雪白的小貓。

「嗨，冬青掌！」小冰抬頭看她，隨即轉身又往她弟弟撲上去，將他絆倒在地，並從後面抓住他，不斷用後腳踢他。

「把頭低下去，小狐，咬她一口。」冬青掌大喊道。

小冰尖聲一叫，鬆開她弟弟。「不公平，」她哀號道。「妳偷幫他。」

「妳看起來不需要幫忙啊！」冬青掌喵聲說道。

小狐往他姊姊身上一撲。

「快躲開！」冬青掌警告白色小貓。

小冰及時閃開，小狐煞不住腳步，滑過她身邊，跌進見習生窩外的草地裡。但他馬上轉身過來，蹲低身子，往小冰那兒潛行過去。

「別太快，」冬青掌建議道。小冰前胸貼在地上，伺機等候，尾巴興奮地甩來甩去。「等她自己過來。」

小狐瞪著他姊姊，眼神挑釁。「她才不敢過來呢！」

小冰往前更近一步，無法忍受她弟弟的言語挑釁。小狐靜靜等候，直到近到對方鼻息噴在他臉上。

「現在繞到她後面去。」冬青掌催促道。

小狐立時跳到後面，由後方進攻。小冰才要轉身，他已經跳上她的背，把她扳倒在地。

「你們兩個以後一定能成為很厲害的戰士！」冬青掌喵聲說道。

這時她的眼角瞄到一個黃白相間的身影，原來是亮心正跳下亂石堆。冬青掌有些同情她。松鴉掌是她的第一個見習生，她一定很想向大家證明，她也像其他戰士一樣能做個稱職的導師。冬青掌希望松鴉掌已經讓她明白這決定與她的訓練技巧無關。

「再教我們一招戰鬥的技巧！」小狐把前掌搭在冬青掌肩上，戳著她的毛皮。

冬青掌立刻低下身子，像蛇一樣翻了一圈。

「哇嗚！」小冰深吸口氣。「妳動作好快哦！」白色小貓的目光掃過空地，神情突然緊張起來。「火星來了！」她低聲說道。

「我已經為妳找到新的導師了。」火星停在冬青掌前面，大聲說道。

「妳要換導師啦？」小狐驚訝地問道。

火星低頭看著小貓。「她要接受戰士訓練。」他解釋道。

「我還以為她要接受巫醫訓練呢。」小冰尖聲說道。

冬青掌有點尷尬，她還是憂心自己是不是破壞了戰士守則。

「冬青掌很清楚自己的方向。」火星喵聲說道。

沒錯，冬青掌心想。

雲尾穿過營地入口，匆匆跑來。「我告訴他了，」他向火星喊道。「他已經在回來的路上了。」

「待會兒我們要辦一個簡單的儀式，」火星告訴冬青掌。「我已經叫妳的新導師先從狩獵隊那兒趕回來，如果他同意訓練，妳就能馬上展開訓練，妳得快點趕上進度才行。」

冬青掌點點頭，說不出話來，因為她興奮到喉嚨像被塞住似的。

入口處的荊棘叢一陣窸窣作響。

「火星？」蕨毛衝到雷族族長身邊，氣喘吁吁。他一定是一路跑回來的。「什麼事？」

冬青掌開心地彈著尾巴，因為蕨毛不只戰鬥技術高超，而且腦筋聰明，思慮慎密。她向來欣賞他的判斷力和戰鬥實力。

「你願意收冬青掌為見習生嗎？」火星問道。

蕨毛目光射向冬青掌。「這是怎麼回事？」

冬青掌心情好緊張。他會拒絕嗎？畢竟她曾經讓另一個導師失望過。「我……我只是覺得我不適合當巫醫。」

蕨毛盯著她看了好一會兒，轉身對火星說：「我很樂意訓練她。」冬青掌總算鬆了口氣。

「很好，」火星喵聲說道。「那我就把她交給你了。」他轉身走開。

蕨毛上上下下打量冬青掌。「妳有一些進度得趕哦。」他警告道。

「我知道，我一定會很努力的。」

「很好，」蕨毛彈彈尾巴。「那我們就從每天的戰鬥訓練開始。」

「太好了！」

蕨毛偏頭看她。「我不想問妳是什麼改變了妳的決定，但如果妳真的想成為戰士，我希望妳專注於現在，別再去想過去的事，既然已經做了決定，就要堅持下去。」

「我會的！」冬青掌鄭重說道。

「很好，那現在就去加入我們的狩獵隊吧！」他往荊棘叢走去，跑出營地。冬青掌欣喜地緊跟在後，尾巴的毛蓬鬆散開，這是她生平第一次狩獵欸！

蕨毛沒有因她的腿較短而慢下腳步，因此冬青掌跑的速度得比平常快兩倍，才能趕上蕨毛的腳程。蕨毛跑上斜坡，穿過林子。一直以來，冬青掌大多把時間花在藥草知識的學習和藥草的整理上，疏於鍛鍊體力。如今她才恍然大悟，其他見習生的體能一定比她強健多了。

就在她努力跟上她導師的腳步時，蕨毛回頭看了她一眼。「就快到了。」他鼓勵道。

冬青掌的腳爪戳進結霜的地面，拚命想要迎頭趕上。地上有棵坍倒的樹橫擋了去路，蕨毛輕鬆地一躍而過，冬青掌卻趕緊煞住腳步，從底下的窄縫鑽過去。

蕨毛在另一頭等她。灰紋和蜜妮正在矮樹叢旁的小空地上緩步行走，灰毛和蛛足在附近小聲說話，至於他們的見習生獅掌和鼠掌則在鋪滿落葉的林地上比賽誰能滑得最遠。

獅掌一臉驚訝地看著冬青掌。「妳來這裡做什麼?」

「她是我的新見習生。」蕨毛喵聲說道。

獅掌的尾巴彈了彈。「太棒了!」

灰紋慢慢走了過來,和她互觸鼻頭。「恭喜妳。」

「我離開的這段時間,你們有抓到什麼獵物嗎?」蕨毛問道。

「天氣太冷,獵物都躲起來了。」灰毛抱怨道。

「一定有什麼方法可以引牠們出來。」蕨毛喵聲道。「牠們就像我們一樣飢餓難耐。」

「我們可以把牠們挖出來。」獅掌提議道。「如果是淺一點的洞,應該很容易聞得出來。」

「地面恐怕都結冰了。」灰毛指出。

「靠近轟雷路的那棵山毛櫸怎麼樣?」蛛足提議道。「那裡有很多山毛櫸的堅果掉在地上,即便是這麼冷的禿葉季也一樣。」

「那兒的獵物可能比其他地方的獵物更常出來找食物。」蕨毛同意道。

說完,他又開始跑了起來。整個狩獵隊也都跟著他跑。冬青掌深吸一口氣,趕緊跟上去。

等她遠遠看見前方山毛櫸的蹤影時,腳步也跟著輕盈起來。樹葉迎風沙沙作響,金黃澄亮,如同蕨毛身上的毛色。狩獵隊還沒到達目的地,就先煞住腳步,然後悄聲走過去。他們在蕨叢之間穿梭,往樹幹前的空地前進。冬青掌仔細觀察他們的動作,也有樣學樣。

蕨毛伸長脖子,從蕨叢邊緣往外探看,貓兒們都安靜不語,他們排排站好,冬青掌鑽到她導師旁邊。

「尾巴別亂動。」他低聲說道。

冬青掌這才發現她的尾尖正興奮地不停抽動。「對不起。」她低聲致歉，不再亂動尾巴，頭上的乾枯蕨葉終於停止窸窣作響。

其他狩獵隊員沿著蕨叢邊緣排隊站好，目光全都看向樹幹四周鋪滿落葉的林地上。

「我看到了！」獅掌小聲說道。

冬青掌仔細掃視林地，卻什麼也沒看到。她看看獅掌，順著他的目光望過去，原來他鎖定的是樹根旁正微微顫動的一片枯葉。那真的是獵物嗎？她嗅聞空氣，起初只聞到枯葉的辛辣霉味，後來就聞到老鼠的氣味了。

她不小心甩了一下尾巴，蕨葉又被她搞得窸窣作響。前方那片葉子突然被掀開，獅掌立時從蕨叢裡衝了出去，撲向牠。

「沒抓到！」他氣得用腳爪搥著空地，狠瞪了冬青掌一眼。「妳把牠嚇跑了！」

冬青掌耳朵臊熱。「對不起啦！」她趕忙道歉。

「別怪她了。」灰毛反過來責罵獅掌。「這是她第一次出來狩獵。」

獅掌聳聳肩。「沒關係啦，冬青掌，我只是懊惱自己速度不夠快。」

「我覺得你已經夠快了！」冬青掌告訴他。

「只有抓到老鼠，才能說速度夠快。」鼠掌直言道。

「安靜點，別把洞裡的獵物嚇得不敢出來了。」蕨毛下令道。

獅掌又回到蕨叢裡，於是狩獵隊再次回到原來的守勢位置。蹲了很久，冬青掌的背已經開始隱隱作痛。獅掌終於抓到他的老鼠，灰毛也抓到一隻田鼠。至於鼠掌因為看見樹上有隻麻雀飛到另一棵樹上，於是跑進矮樹叢裡去追那隻麻雀去了。

「輪到妳了。」蕨毛在冬青掌耳邊說道。

她的肩膀一僵。「你確定？」她心想她八成只會嚇跑獵物，根本不可能抓得到。

「光看不做，是學不到東西的。」蕨毛回答她。

冬青掌專注看著眼前的山毛櫸。空地上仍有血腥味殘留。在經過獅掌和灰毛的獵殺之後，應該不會再有獵物笨到跑出來了吧？

「我們是不是應該換別的地方？」她提議道。

「這裡到處都是山毛櫸的堅果，」蕨毛提醒她。「如果獵物真的很餓，就會冒險出來。」

冬青掌的目光在樹根之間搜尋。沒一會兒功夫，就看到地上有片葉子微微顫動。她立刻從蕨叢裡衝了出來，撲將上去，卻發現底下是平的，腳下什麼也沒有，害她好失望。原來那根本不是獵物，只是一片被風吹得啪啪作響的枯葉而已。

她回頭看看隊友，覺得尷尬。灰紋的頰鬚微微抽動。

蜜妮狠狠瞪了她的伴侶貓一眼，灰紋的頰鬚才沒敢再繼續抽動。「每隻貓兒剛開始狩獵都是這樣，」寵物貓這樣說道。「再試一次吧。」

冬青掌閉上眼睛，深吸一口氣，然後睜開眼，環顧空地四周。她突然想通了，**我速度還不夠快，不應該躲在蕨叢這裡伺機守候**。她研究了一下眼前的那棵樹，發現蒼白的樹皮到了樹根部位就顯得陰暗，樹根先在底部蜿蜒盤生，然後才埋入土裡。而她幽黑的毛色正好可以隱身其中，於是她偷偷摸摸地爬到最粗的樹根旁，蹲在那裡伺機守候。她看看蕨毛，心想不知道自己這樣做對不對，卻見蕨毛讚許地對她點點頭。

冬青掌總算放下心來，專注看著眼前林地，動也不動，就算覺得癢，也絕不抽動耳朵。遠處有隻麻雀發出警告的吱喳聲響，隨即安靜下來，但她還是一樣動也不動。

這時，就在她藏身處的樹根正下方，有堆落葉出現了小小的動靜，她繃緊後腿肌肉，耐心等候。沒錯，那片葉子又動了一下，一粒粉色的小鼻子探出來嗅了嗅。是隻老鼠！冬青掌屏住呼吸，伺機不動。老鼠往一顆堅果走去。冬青掌很清楚牠完全不知道她在這裡。

她瞬間往前一撲，前爪直接逮住老鼠。

「做得好！」蕨毛喊道。

冬青掌抬起頭來，那隻溫熱的老鼠就叼在她嘴裡。這是她的第一次獵殺行動！她閉上眼睛，想起獅掌和灰毛在捕到獵物時，是如何向星族感恩。

「感謝星族賜予獵物，溫飽我的部族，我只取我想取的……」她停頓一下，趕緊改口：「哦，不，我是說我只取我該取的，而且會盡我所能地回報。」

她終於可以當戰士了！

第十九章

「鼠毛大半夜咳個不停，害我都不能睡。」長尾抱怨道。

「你打呼那麼大聲，竟然還能聽到我咳嗽，真是不容易啊。」鼠毛回嘴道。

松鴉掌嘆了口氣，他正在長老窩裡聽這兩隻同窩貓像小貓一樣鬥著嘴。他不懂他們為什麼誰也不讓誰。其實長尾只是用抱怨的方式告訴松鴉掌，他很擔心鼠毛。

「我感覺不到她的喉嚨有腫脹，」松鴉掌告訴他。「不過她一定要吃我帶來的款冬，葉池說這可以改善她的呼吸。」

「我不需要吃藥草。」鼠毛咕噥說道。

「我不管，妳一定要吃，」長尾催促道。「至少這能讓妳吞點東西到肚子裡，妳從昨天中午之後，就沒吃東西了。」

「食物這麼短缺，我不想吃獵物，」鼠毛喵聲說道。「小貓比我更需要食物。」

「那妳就把款冬吃下去，」長尾喵聲說

道。「就算是為了讓我耳根清靜一點，可以嗎？」

鼠毛嘀嘀咕咕地用尾巴將那堆碎葉掃到自己臥鋪裡。

松鴉掌嘆了口氣，耳裡聽著長老們的絮絮叨叨，他就快被這種分發藥草的工作給悶死了。他等一下還得去戰士窩看暴毛，幫他的肩傷塗抹木賊和蜂蜜調成的藥膏。這位戰士老是不肯多休息，所以每次才剛敷藥上去，就很快被他給不小心地磨掉。

葉池出現在入口的忍冬樹叢那裡。「鼠毛的喉嚨好點了沒？」她問道。

「我是覺得沒什麼大礙啦，」松鴉掌草草回答。「只要她不要這樣喋喋不休，我想我就會診斷得更精確一點。」

葉池突然發怒。「要是你不能對自己的族貓有點禮貌，那你就回巫醫洞去整理冬青掌昨天好心幫我們摘回來的艾菊！」她厲聲說道。

松鴉掌轉動眼珠。如果又要他待在巫醫洞裡，他一定會發瘋的！原來巫醫的工作不過如此而已。斑葉可沒警告過他，所謂的巫醫，就是每天有做不完的無聊差事。

葉池領著他走回巫醫窩，肩膀繃得死緊。松鴉掌可憐兮兮地跟在她後面。他知道她有一肚子的話想訓他，於是心不甘情不願地從藤蔓叢鑽了進去，一屁股坐在地上。

「你簡直就像一顆炸彈，在營地裡漫無目的地晃來晃去，誰碰到你，誰倒楣。」葉池厲聲說道。

「我覺得很無聊啊！」松鴉掌抱怨道。

他的導師發飆了。「別的貓兒還以為是我逼你當我見習生呢。」

「不是妳逼我。」松鴉掌說道。「不過妳本來也希望我當巫醫，不是嗎？」他甩打著尾巴，「妳現在高興了吧！」

「我聽起來很高興嗎？」葉池嘶聲說道。松鴉掌感覺得到她頭上一團怒火滋滋作響。

「對妳來說，當然沒關係，」他回嘴道，「反正妳本來就想當巫醫。」

「你意思是你不想囉？」

「這是我的命，」他嘀咕說道。「不是我想不想的問題。」

「那你就認命吧！」葉池毫不留情地怒聲斥道。

松鴉掌一臉不悅地走到冬青掌送來的那堆艾菊前，開始動口撕下莖上的葉子。他做得漫不經心，結果還漏撕了好多葉子。葉池嘆口氣，坐在他旁邊，一聲不吭地自己張嘴咬下他漏撕的葉子。她對他的失望明顯表現在每一個動作上。罪惡感像針一樣不斷扎著松鴉掌。他多希望能找到適當的言語來表達他的沮喪，但他知道無論他說什麼，都只會愈描愈黑。是他自願放棄夢想的，要是她知道他當時的心裡有多痛，她會怎麼說？難道換來的就是這一切？一輩子都只能忙著整理藥草，擔心誰受傷？

「葉池！」暴毛鑽進窩裡。松鴉掌聞得到他肩上傷口化膿的酸腐味。他剛才忘了去幫他敷藥了，於是趕緊轉頭去看，心裡的罪惡感更深了。

「你剛剛沒幫暴毛敷藥嗎？」葉池質問道。

「是你要我跟你回窩裡來的啊。」他頂回去。

「是啊，」她嘆口氣。「算了，我自己來吧，你把剩下的事情做完。今夜是月亮半圓的日子，我們得去月池和其他巫醫碰面。」

亮心正靠著半邊石，躺在雲尾身邊，專心梳洗自己。松鴉掌在營地入口等葉池，他感覺得到亮心受傷的自尊，就像他腳下扎了根刺一樣難受。火星已經答應亮心，等小冰或小狐長大，就讓其中一個小貓拜她為師。可是這位戰士還是耿耿於懷。

「你就算瞪著她看，她也不會原諒你的。」葉池突然出聲，害松鴉掌嚇了一跳，他一直在想亮心的事，根本沒注意到他導師已經來了。

「就算我想跟她說話，她也不理我。」松鴉掌喵聲說道。「她只會改變話題，不然就找藉口離開。」

「等她想聽你解釋時，自然就會靜下心來聽。」葉池建議道。「她一直很努力地想向其他族貓證明她和他們一樣優秀，所以這件事對她來說，就像在戰場上被打敗了一樣。」

「我又不是故意要傷害她。」松鴉掌喵聲說道。

「有些貓兒得花久一點的時間來克服心理障礙，然後才能學會欣賞自己的長處。」葉池喵聲說道。「在那之前，他們會覺得每一次傷害都像在傷口上灑鹽。」

松鴉掌感覺到葉池的話中有話，不光是指亮心的憤怒而已，但他現在沒時間去想，他只急著要離開營地，他的腳早就迫不及待地想要踏上通往月池的路。

葉池一定是感覺到他的不耐。「來吧。」她喵聲說道，帶著他穿過入口的荊棘隧道。

當他們接近風族邊界時，松鴉掌開始焦慮起來，要是其他巫醫都認為瞎眼貓沒有資格當巫醫，那該怎麼辦？

「其他貓兒應該在等我們了。」葉池說道，一路嗅聞氣味。

松鴉掌跟在她後面走出林子，爬上開闊的草原。高地就在眼前，他聞到一種混雜的氣味，有金雀花、石楠和其他貓兒的味道。因為柳掌和蛾翅一個月前曾來過他們營裡，所以他認得出她們的味道，但影族的臭味卻讓他想起那場可怕的戰役。

「嗨，蛾翅。」葉池的聲音聽起來像是很開心見到她的河族朋友。

「哈囉，葉池。」蛾翅喵嗚道。

「河族領地裡的霜害有像這裡這麼嚴重嗎？」葉池問道。

「我們那裡還算好，只是天氣太冷，長老們只能躲在洞裡抱怨全身痠痛。」

「妳有夠多的罌粟籽嗎？」

「有，謝謝。」

「嗨，小雲，」葉池向影族巫醫打招呼。「你那兒還好嗎？」

松鴉掌突然很生氣。不久之前，影族才入侵雷族領地，她幹嘛對敵營的貓兒那麼友善啊？

「還好，」小雲答道。「妳的族貓都痊癒了嗎？」他一定是指那些被影族戰士所傷的雷族戰士。松鴉掌滿臉狐疑地仔細聽這隻影族貓兒的話中語氣，以為對方會洋洋得意，卻只聽見真誠的關懷。

「還有一個傷勢還沒完全痊癒，」葉池告訴對方。「那你們呢？」

「橡毛現在走路還一跛一跛的。」他告訴她。

「試試看每天睡覺前，把紫草裹在腳爪上。」葉池建議道。

「我的紫草用完了。」小雲承認道。

「你應該來找我要的。」葉池喵聲說道。

「黑星不讓我去。」

「那我明天一早把紫草放在邊界上。」葉池承諾道。

松鴉掌簡直不敢相信自己聽見什麼。火星知不知道葉池正暗中幫助雷族的仇敵？

這時他感覺到不知誰的毛髮從他身邊輕輕刷過，原來是河族的柳掌。「冬青掌呢？」她小聲問道。

她的語氣好像很失望，難道她希望看見冬青掌，而不是我？松鴉掌彈彈尾巴。「妳不知道嗎？」他嘶聲回道。「冬青掌發現做巫醫太無聊了，所以決定找她那可憐又沒用的弟弟來代替。」

柳掌的身子縮了回去。

「看來妳已經領教過我的新見習生了。」葉池喵聲說道。

松鴉掌感覺到四隻貓兒的眼睛全都灼灼看他。

「這位是松鴉掌。」葉池大聲說道。

松鴉掌回瞪回去，心想只要有誰敢質疑他的眼盲問題，他就要他們好看。

「嗨，松鴉掌。」蛾翅喵聲說道。

「當見習生的感覺如何啊？」小雲問道。

松鴉掌從他導師的脈搏跳動上感覺到某種焦慮。**她八成是怕我說很無聊吧！**「感覺很棒！」他回答道。

「松鴉掌學得很快。」葉池的聲音聽起來像鬆了一口氣。「他已經認識所有藥草了。」

「真的？」小雲顯然很訝異。

一股新的氣味突然抓住松鴉掌的注意。有隻貓兒正穿過風族領地，朝他們這兒匆匆走來。

「吠臉！」小雲喚著那位正朝他們走來的風族巫醫。「隼掌呢？」

「他患了白咳症。」吠臉氣喘吁吁地說道。

「應該不嚴重吧？」葉池喵聲說道。

「他年輕力壯，」吠臉答道。「不會有事的，我只是怕他傳染給你們。現在獵物稀少，大家都吃不飽，更容易傳染疾病。」

蛾翅喵聲同意。

「月亮要升起來了。」小雲說道。

「如果我們要及時趕到月池，最好快一點。」葉池催促道。

於是松鴉掌跟著他們爬上斜坡。

「柳掌！」蛾翅出聲喚她見習生。「妳陪松鴉掌一起走，我相信他對月池一定很好奇。」

我早就去過了！但松鴉掌閉上嘴巴，沒把這句話說出來。柳掌慢下腳步等他，陪他一起走，不過還是小心保持距離，不敢碰到他的身子。

「葉池帶你來過這裡嗎？」她喵聲說道，但從語氣裡聽得出來，她不是很想跟他說話。

松鴉掌正要告訴她，他早就自己去過了，卻沒想到柳掌突然猛地抓住他的頸背，拉到一旁，他甩掉她，轉過身來，伸出利爪，撲向她。

「松鴉掌！你在幹什麼？」葉池尖聲喝止。

「他差點掉進兔子洞裡！」柳掌哭訴道。「我只是想幫他忙而已。」

松鴉掌放開柳掌，兩耳赤紅。「我又不知道！」他怒聲頂了回去。她幹嘛雞婆啊？他又不是小貓！

「趕快道歉！」葉池命令道。

「可是我本來就知道那裡有個洞啊！」松鴉掌反駁。這是真的，他早就聞到兔子的強烈氣味，腳掌也察覺到地面有點塌陷。「我又不需要她幫忙！」

「不要找藉口，」葉池斷聲說道。「快道歉！」

「對不起。」松鴉掌低聲說道。

「沒關係，」柳掌咆哮回道。「希望你下次跌到洞裡去！」然後就跑到他前面，尾巴一甩，掃到他鼻子。

「快跟上來，松鴉掌！」他感覺得到葉池回頭看他時，那雙眼睛所射出來的兇光。又不是他的錯！是柳掌先惹他的！他走在柳掌後面，盡量不去理會她滿肚子的怨氣，只把注意力放在前方巫醫們的對話上。

「最近一次霜害，害很多剛長出來的葉子都凍死了。」吠臉說道。

「我本來已經準備要重新補充藥材，」小雲附和道。「沒想到現在又得再多等一個月，那些植物才會再長出來。」

「河族領地有些地方的藥草躲過了這次的霜害。」蛾翅告訴他們。

松鴉掌繃緊神經，想聽得更清楚一點。只要是對部族有利的植物，他都想知道它們的生長位置。他聽得太仔細了，以致於沒聽見流水聲，或者說沒注意到腳下地面已經從草地變成了岩面，冰冷的空氣早就讓石頭結了冰，結果害他的腳突然一滑。

柳掌立刻衝了過來，但像是尾巴被誰抓住似地及時煞住腳步。她看著松鴉掌笨拙地滑倒在地，卻一句話也不吭地等在一旁。松鴉掌滿臉通紅，好尷尬，費力爬了起來。柳掌於是繼續往前走，腳步絲毫沒有放慢，根本不管後面的他正一跛一跛地走著。松鴉掌不禁佩服起她的執拗，看來她是鐵了心不肯再幫他的忙。

就連他在爬陡峭的山脊時，她也不肯幫忙，不過他還是感覺得到，當她看著他費力攀過危聳的岩石時，心裡其實是擔心的。他很慶幸自己以前曾爬過這些岩石，所以很清楚這條路。

他停在脊頂，想聽見上次引領他前來的那些聲音，但只有風聲在山谷中呼嘯，以及岩間迴盪的潺潺水聲。他循著凹陷的岩面，走向月池，直到冰冷的池水觸到他的腳爪，才停下來。其他貓兒排排站在月池邊，附近的空氣溫度因他們的呼吸而略為升高一點。

「星族！」葉池向夜空大喊。「我把我的見習生松鴉掌帶來了，祈求星族接納他，一如祢們曾接納我一樣。」

貓兒們在水邊各就其位，松鴉掌聽見岩面上有毛髮磨擦的聲音，於是也在葉池旁邊躺下來，將腳爪塞進胸前。他的鼻頭沒有立刻去碰水，反而先仔細聆聽，等到其他貓兒的呼吸聲全都變成熟睡時的均勻起落聲，他才閉上眼睛，讓冰冷的池水碰上他的鼻頭。

才一瞬間，他就置身於星族的狩獵場裡，這裡的矮樹叢輕輕刷過他的毛髮，他眨眨眼，想適應眼前景色，先讓眼睛習慣這裡的色彩，直到它們全都具體成形，他看見四周樹木昂揚挺立，翠綠的葉子在水藍天空下微微顫動。

柳掌也會看到同樣景色嗎？他很好奇，於是豎起耳朵，想聽出她在哪裡。做夢時，我們會身處在同一座森林嗎？他努力嗅聞，尋找她的氣味，那味道竟瞬間出現在風裡，彷彿是他把它吸過來似的。他靜悄悄地往她那兒走去，壓低身子，覺得自己好像在偷窺。

「泥毛？」柳掌的聲音溫柔地喚著。

松鴉掌從橡樹底下向外窺看，只見柳掌站在空地上張望，體型看起來比他原先想像得嬌小。她的身形光滑輕盈，毛皮上有細緻的虎斑條紋。

「什麼事啊？小東西。」一隻雜色公貓從蕨叢裡出來跟她打招呼，鼻頭與她的互觸。

松鴉掌壓低身子。

「真高興見到祢，泥毛。」柳掌喵聲說道。

「妳把斑掌的胃痛治療得很好。」

「我沒給她藥草，只是要她別擔心，這樣做對嗎？」柳掌的聲音聽起來有點緊張。

「妳做得很對，她已經靠自己的力量好起來了。藥草可以用在真正有需要的貓兒身上。」泥毛稱讚她。

樹根後方的松鴉掌又偷看了一次，只見柳掌開心地搖著尾巴。「祢有消息要轉告河族嗎？」她問道。

「小心兩腳獸的上游處。牠們的小孩想把河族賴以為生的水源堵起來。」

「我會警告蛾翅的。」柳掌承諾道。

松鴉掌的頰鬚微微刺痛，為什麼泥毛不自己告訴蛾翅呢？他們吵架嗎？還是祂只願意告訴柳掌？

他從橡樹那裡退了出來。要是柳掌夢見泥毛？那蛾翅會夢到誰呢？他張開嘴巴嗅聞空氣，想嗅出蛾翅的氣味。

但什麼也沒聞到，柳掌的氣味已經消散，就像她的夢從他足下悄悄溜走一樣。他試圖把蛾翅的氣味吸過來，但沒有用。他閉上眼睛，讓自己的意識離開森林，回到山谷裡。等他再度睜開眼睛，月池就在他正下方閃閃發亮。他看見其他貓兒仍圍著池邊而眠——包括他自己在內。蛾翅的呼吸比其他貓兒都來得沉重，身體不斷抽動，其他貓兒則是一動也不動。

他閉上眼睛，專注在她的意識裡，靠著念力進入她的思緒。他聞到獵物的味道，然後是水聲，於是睜開眼睛，發現自己身處在湖邊的蘆葦叢裡，蛾翅就在他前方，只離他幾條尾巴遠，正在追一隻青蛙。青蛙剛要跳開，她突然一撲而上，然後又放開牠，讓牠跳走。她興味地看著那隻青蛙在蘆葦叢裡笨拙掙扎，頰鬚不禁抽了抽。這時一隻蝴蝶飛了過來，在她頭上翩翩起舞，她一躍而起，想抓住牠，差一點就抓住了，牠近到翅膀就在她鼻頭撲撲拍打。

松鴉掌恍然大悟，終於明白這裡不是星族的狩獵場，而是雷族與河族之間的連綿湖岸，這位河族的巫醫就像普通貓兒一樣正在做普通的夢。

第二十章

難道其他巫醫也都是做很普通的夢嗎？松鴉掌又讓他自己的幻覺一下子飛回星族的狩獵場。他想看看其他貓兒，他想知道還有哪些貓兒會夢見星族？陽光再次穿透傘狀的林間枝葉，照在他身上，感覺暖烘烘的。

他又回來了。

「斑葉說得對。」一個粗嘎的聲音從他旁邊蔓生的雜草堆裡傳了出來，接著窸窣作響，一隻毛髮凌亂的母貓慢慢走了出來，祂一身凌亂不堪的灰白長毛，將每個步伐都踏得很沉重。松鴉掌立刻認出那張寬而平板的臉。他第一次在山谷裡見到星族時，就是祂瞪著他看。

「斑葉說了什麼？」他問道。

「祂警告我別讓你太濫用自己的能力。」

「我又沒做什麼壞事。」他出於自衛地說道。

「我已經夠老了，老到一眼就能從小貓的表情裡看出他做過什麼壞事。」祂咕噥說道。

「我不是小貓。」松鴉掌反駁。

「以我這把年紀來看，你們都是小貓。」這隻老貓以調侃的語氣沙啞說道。

「祢是誰？」他問道。

「黃牙。我在煤皮之前，曾做過雷族的巫醫，你應該聽過煤皮吧？」

「當然聽過，」松鴉掌抬高下巴，喵聲說道。「葉池一直在星族裡找祂，可是都找不到。」他瞇起眼睛。「祢看過祂嗎？」

「看過啊。」黃牙回答道。「但我不是來這裡跟你討論煤皮的。」祂清清喉嚨。「你是想進入別隻貓兒的夢裡，對不對？」

「是又怎樣？」

「你應該小心點，」祂警告道。「愛偷聽的貓兒，有時候會聽到不該聽到的。」

「誰有那個資格決定我不該聽到什麼？」松鴉掌反駁道。

「你啊。」黃牙的目光射向他。「不過你太年輕，太好奇是很危險的，小心踩到線哦。」

松鴉掌有些火大。憑什麼要這隻老貓來告訴他該怎麼做？「葉池知道我能進入其他貓的夢裡啊，她說這是一種天賦異能。」

「的確是。」黃牙同意道。

「那我為什麼不能用它？」

「你有爪子嗎？」黃牙在問這個問題時，眼裡有一閃即逝的銳光。

「當然有。」

「那你為什麼不用你的爪子把我撕成兩半，讓我閉上嘴巴？」

這是什麼笨問題啊？「祢是星族的成員！」他反駁道。「我才不會攻擊祢呢。」

「為什麼不會？」

「因為這是不對的事情！」祂把他當成什麼啦？黃鼠狼嗎？「祢是我的祖靈，是我的長……」

「而且我的體型比你大三倍。」黃牙又露出那種調侃的語氣。

松鴉掌瞪著祂，祂到底想說什麼？

「我們之所以不把所有力量都發揮出來，其實有很多理由，有時候是因為要遵守戰士守則，有時候是因為直覺使然，有時候只是因為常識判斷。」祂往松鴉掌那兒靠過去。松鴉掌只得忍住，才不會被祂的口臭給嚇跑。「松鴉掌，你的確天賦異能，但在使用之前，一定要三思。」

祂是認為他很笨嗎？松鴉掌很不高興地甩甩尾巴。

黃牙瞇起眼睛，嘆口氣。「唉，小貓一隻！」祂咕噥說道。「我只是浪費力氣而已。」祂轉身，準備離去。

「等一下！」松鴉掌不想就這樣失去和星族溝通的機會，他想弄清楚蛾翅的問題。「祢常常和巫醫在夢中溝通嗎？」

黃牙回頭看他，眼裡有種疑色。「有時候會啊，為什麼這樣問？」

「祢會和蛾翅說話嗎？」

黃牙的耳朵抽了抽。「我不想再回答你的問題，反正你也聽不懂。」

「我只是想知道祢有沒有跟她說過話？」

「你是出於好奇才問的，」黃牙嘶聲說道。「這個理由不夠正當。」

松鴉掌氣得用爪子扒著地上的泥土。「祢為什麼不告訴我？」

「因為……」黃牙咆哮道，「如果有答案的話，你自己也會找出來。」

他還沒來得及反應，那隻老貓就走進草叢裡，然後一陣窸窣作響，一切又歸於平靜，她的氣味就像風中的薄霧，瞬間消失無蹤。

松鴉掌的心裡癢癢的，有好多事情他想知道，為什麼星族就是不肯對他開誠布公呢？**好吧**，他決定了，**如果答案要我自己找，我就一定要把它們找出來。**

他緩步走進林子裡，試圖將另一隻巫醫的氣味吸過來，風族的氣味迎面襲來，就像高原上的空氣一樣。

是吠臉。

松鴉掌趕緊跟蹤上去，他壓低身子，爬進蕨叢裡，小心在裡頭穿梭，不讓它們發出沙沙聲響。他往外窺看，看到吠臉。那隻巫醫的眼裡有憂慮的陰影。一隻公貓站在他面前——從氣味可以得知，他以前是風族的貓兒，毛色黑白相間。

「高星，有多少狗會來？」吠臉惶恐問道。

「我不知道。」高星答道。

「牠們什麼時候會到？」

「等兩腳獸帶羊過來吃新長的嫩草，就會帶牠們來了，」高星告訴他。「你們一定要做好準備。」

「我會警告一星的。」

正當松鴉掌看著吠臉向那位風族族長垂頭致意時，他感覺到自己的毛髮被什麼輕輕刷過。他嚇了一跳，猛地轉頭。

原來是斑葉在他身邊。「這個夢不是你的。」祂厲聲說道。

松鴉掌有點火大。不管他到哪裡，總是有貓兒愛管他的閒事！「我只是看一下而已。」他反駁道。

「你的異能不是拿來刺探他族隱私的。」斑葉斥責道。

「那祢告訴我，給我這種天賦異能的目的到底是什麼？」松鴉掌質問道。

可是斑葉還沒回答，就聽見不知是誰在叫他的名字。

「松鴉掌？」

有個鼻頭正在碰他的肩膀。

「該醒來了。」葉池的溫暖鼻息徐徐吐在他毛上。

他睜開眼睛，又回到黑暗的世界。森林不見了，月池就在腳下。他聽見其他貓兒的聲響，小雲和吠臉正在月池邊走來走去，葉池靜靜站在他身邊。

「妳做夢了嗎？」他問她。

「嗯。」

松鴉掌的頰鬚好奇地動了動。葉池的思緒似乎正被一團烏雲籠罩。「妳夢到什麼？」

「除非必要，否則巫醫不會公開討論和星族的談話內容。」她告訴他。

莫非這話的意思是，他不能告訴她，高星對吠臉的警告嗎？那麼等他回到營裡，一定要直接告訴火星。因為這是他的職責。他滿心期待火星的嘉許，尾巴興奮地甩來甩去。

蛾翅正在月池的另一頭打著呵欠，彷彿睡得很飽。松鴉掌傾身向前，專注在她的思緒上，但只感應到一種刻意掩飾的空白意識。

柳掌的亢奮情緒在月池四處飛竄，像溫暖的和風騷動落葉，干擾了他的注意力。**我想她一定是等不及想傳達泥毛的訊息。**他感覺得到她的好奇目光落在他身上，心想她是不是察覺到他偷偷跑到她夢裡偷聽？他心虛地趕緊轉過身去。

「走吧，柳掌！」蛾翅喊道。「這裡太冷了，別待太久。」

「我們該回去了。」葉池喵聲說道

「妳有重要的事要告訴火星嗎？」蛾翅問道。

「我想趕在黎明巡邏隊離開之前，趕回營裡。」她答道。「免得他們得在巡邏邊界之前，先花時間找我們兩個。」她轉身跟著吠臉和小雲爬上山脊。松鴉掌緊跟在後。他站在脊頂回頭一望，只覺得一片死寂。

「你先走。」蛾翅喵聲說道，她先等他跟其他貓兒爬下去之後，才跟了上去，與他並肩而行，循著狹窄的溪谷一路往下走。

「你訓練得怎麼樣了？」她問道。

「還好吧，我想。」松鴉掌答道，然後想了一下，故意這樣說：「我覺得最棒的地方是可以和星族溝通。」他屏住呼吸，等看她的反應。

「是啊，」但她的答案不如他所願。「有遇過什麼棘手的事嗎？」松鴉掌注意到她故意改變話題。

他想起暴毛。「有個戰士的傷口一直無法癒合。」

「你用什麼來治療？」

「蜂蜜加木賊混成的藥膏，」他答道。「可是每次我塗上去沒多久，他就不小心磨掉了，結果害他的臥鋪到處都是黏黏的，就連營地裡也沾得到處都是蜂蜜。」

「你有沒有試過把藥膏塗上去後，再用茜草包住？」

松鴉掌想起那些毛絨絨的球狀花苞，應該黏得住暴毛的厚重毛皮吧，至少不會讓他覺得痛，也能防止藥膏被不小心磨掉。「謝了，」他喵聲說道。「我會試試看的。」

「經驗分享，總是好的。」蛾翅結論道。

「星族給妳什麼建議？」他故作無知地問，但蛾翅裝作沒聽見，加快腳步，追上柳掌。

他們往風族的邊界走去，松鴉掌的腦袋因好奇心作祟下而不斷嗡嗡作響。蛾翅一直走在他前面，和他保持好幾步的距離，直到抵達最初的碰面處，才停下來。

「再見了。」小雲喵聲說道，然後朝湖的方向轉身。

「大集會上見囉。」蛾翅說道，向葉池點個頭。

「一路上小心。」葉池眼見小雲、蛾翅和柳掌結伴離去，這樣喊道。「小雲，我會記得把藥草放在邊界的。」

「謝謝妳，葉池。」影族貓兒回頭道謝。

吠臉也穿過邊界，進入自家領地。「保重了。」他喵聲說道。

你也保重，風族貓兒匆匆往回家路上走去，松鴉掌聽見石楠叢的窸窣聲響。

現在只剩他和葉池了，松鴉掌這才發現空氣愈來愈冷。他蓬起身上的毛髮，現在正要結霜，腳下的草地變硬了，馬上就要黎明破曉。

他跟在葉池旁邊，走進森林。「你知道其他貓兒都做了什麼夢嗎？」他問道，語氣故意裝得漫不經心。

「我告訴過你，」她答道。「我們不討論這種事。」

「可是所有巫醫都會做夢，不是嗎？」他追問道。她知道蛾翅的祕密嗎？

「每個巫醫都有他自己跟星族溝通的方法。」葉池小心翼翼地說，就好像有隻貓兒正小心穿過長滿荊棘的林地似的。

「但如果想當巫醫，最重要的條件就是要能和星族面對面說話，不是嗎？任何貓兒都能學會如何治療族貓，唯有真正的巫醫，才能為星族傳達訊息。」

「好的巫醫不是只會詮釋星族的訊息而已，」葉池語氣堅定地告訴他。「來吧，」她邁開步伐，跑了起來。「黎明巡邏隊馬上就要出發了。」後面這段路，她都是用跑的，一路穿過林子，不時回頭看他有沒有跟上，速度快到他根本沒時間說話。

她一定有什麼事瞞著我。他在矮木叢裡追著她的氣味跑，心裡這樣想道。

等他們抵達營地時，黎明巡邏隊正準備出發。棘爪不安地走來走去，灰毛伸出腳爪刨著地面，蕨毛坐在地上梳洗自己的腳爪，從快速的舔食動作來看，他一定也急著出發。棘爪一見到葉池和松鴉掌穿過荊棘隧道進來，立刻停下腳步。松鴉掌感覺到他父親寬了心，因為他們平安回來了。「還順利嗎？」他問葉池。

「很順利。」她邊回答，邊往自己窩裡走去。

松鴉掌現在終於有機會可以報告他所探聽到的消息了，他爬上通往擎天架的亂石堆。「火星！」他放聲大喊，衝進族長窩裡。

火星驚訝地動了動身子。「松鴉掌？」他喵聲道。

在洞穴另一頭的沙暴也被他吵醒。「發生什麼事了？」

「我夢到星族了。」松鴉掌開始說道。「風族會被狗攻擊。」他感覺到火星的尾巴豎了起來，於是繼續說道。「這是我們占領風族領土的大好機會！他們會在山脊的另一頭忙著對付狗，不會有巡邏隊來攔阻我們，這樣我們可以趁機接管一些林子、河流……從此變得比其他部族強大。到時影族再也不敢侵犯我們了。」

「星族是這樣告訴你的嗎？」

為什麼火星的語氣顯得很不信任他？

松鴉掌用力點頭。「是啊，星族的確說狗會來攻擊啊。」

沙暴一臉鎮定地看著松鴉掌。「你確定星族的意思是要我們利用狗兒攻擊的機會去占領其他部族？」

「不然祂們為什麼要讓我聽見高星的警語?」

這時火星說話了。「我們不會趁風族之危去占他們的便宜。」他喵聲說道。

「可是星族讓我知道這件事,一定是要我們利用這個機會啊!」松鴉掌反駁道。

「你確定祂們的意思不是在警告我們,附近有狗兒出沒?」

松鴉掌憤怒地甩甩尾巴。「你又不在那裡,」他怒聲道。「怎麼知道星族的意思?」

他大步走出洞外,跳下亂石堆,回到巫醫窩裡。**為什麼他們都不相信我?**他氣憤難平。**能和星族說話的貓兒是我欸!如果他們都不肯聽我的話,那當巫醫還有什麼意思?**

第二十一章

「有狗來襲！有狗來襲！」

白翅的吼叫聲驚醒獅掌，他立刻醒過來，爬到洞口。莓掌和鼠掌已經衝出洞外。冬青掌從後面不斷推擠他——只見她尾巴蓬亂，兩耳平貼，隨時準備衝出去保衛部族。

「你看得到牠們嗎？」她緊張問道。

「牠們在育兒室附近嗎？」榛掌喊道。

獅掌在雨中眨著眼睛。綿綿細雨將營地弄得到處溼淋淋，早上的天空灰濛濛的，雲層很厚。這裡沒有狗兒的蹤影啊！

空地裡盡是驚慌張望的貓兒，爪子全都出鞘。蛛足和樺落從戰士窩裡跑了出來，灰紋和蜜妮跟在後面，白翅也趕緊跑到擎天架下方。

「牠們在哪裡？」蕨雲倉皇的聲音從育兒室裡傳來。她蹲在入口，保護小冰和小狐，神情驚慌。

「這不等於是獾來襲擊我們嗎？」黛西躲在蕨雲旁邊發抖，哭喪著臉喊道。

火星一個箭步，跳下擎天架，沙暴跟在後面。「狗在哪裡？」

白翅上氣不接下氣地說：「不在雷族領地。」她氣喘吁吁。

「那牠們在哪裡？」火星逼問道。

「在風族領地。」白翅大聲報告。「我和刺爪及雲尾正在邊界附近巡邏，結果聽見高地上傳來狗吠聲和貓兒的尖叫聲。」

「刺爪和雲尾呢？」

「他們前去調查了。」

「星族可得保佑他們啊！」蕨雲抽泣道。

獅掌的心跳加速。「希望石楠掌沒事！」

榛掌的頰鬚刷過他的臉。「火星要派巡邏隊去嗎？」

「他應該要派的！」冬青掌的眼睛瞪得圓圓的。「風族可能會被完全殲滅。」

葉池衝出巫醫窩。「有誰受傷？」

白翅搖搖頭。「我們沒有看見風族，只聽見他們在尖叫，還有狗的……」她的耳朵不斷抽動。「狗的嗜血嗥叫聲。」

松鴉掌對火星露出得意的眼神。「你現在相信我了吧？」他喵聲說道，彈著尾巴。

獅掌驚訝地瞪著弟弟。**難道他早就知道這件事會發生？**

火星瞪著那位盲眼見習生。「現在不是證明你對的時候，有很多貓可能在今天送命！」

獅掌一臉疑色地看著冬青掌，可是她也和他一樣表情茫然。

「我們必須派支隊伍前去協助風族。」火星決定道。

蛛足眨眨眼睛。「你難道忘了我們上次跟狗兒大戰的慘痛經驗嗎？」

「為此，我們失去了一些戰士。」沙暴沉痛地說。

「就讓風族他們自己去解決好了。」松鴉掌怒聲說道。

火星看著亮心。好幾個月前，她曾因力抗一群惡狗而失去半邊臉。「妳的看法呢？」火星溫柔問道。

「當初那群狗的來襲，讓我們幾乎失去了一切。」她頭抬得高高的，但獅掌看得出來她在發抖。「所以我們不能讓風族也有同樣遭遇。」

「如果我們去救援的話，可能會把狗引過來。」塵皮直言道。

「牠們早晚都會找上這裡。」火星說道。

棘爪點點頭。「風族的領地離我們的太近了，恐怕躲不掉。」他同意道。

「沒錯，」火星看著每位戰士。「你們將冒著生命危險去解救風族，但也等於是在保護雷族，奮力抵禦我們的死敵。」

「我們必須幫助他們！」樺落大聲喊道。

蛛足激動地繞著圈子。「我們一定要把狗趕走！」

獅掌腳爪刨著地面。希望我也能去。

「灰毛、灰紋！」棘爪喊道。「你們以前曾和狗正面交鋒過，我需要你們的經驗，樺落和蛛足，你們也一起來。」

獅掌抬高鼻子。「那我呢？」

棘爪看看灰毛：「他可以嗎？」

灰毛立刻點點頭。

「好，」棘爪喵聲說道。「蜜妮！」他轉頭對那隻寵物貓說道。「妳以前在兩腳獸那兒住過，對狗應該也很瞭解，是不是？」

蜜妮點點頭。「牠們根本嚇唬不了我，」她喵聲說道。「而且我知道牠們很好騙。」

「那好，」棘爪點點頭。「跟我們一起來。」他轉身對他的見習生說：「你也是，莓掌。」

莓掌伸出利爪，兩眼發亮。

「我可以去嗎？」白翅問道。

「可以，我們需要妳告訴我們，刺爪和雲尾往哪個方向走。」副族長告訴她。

「那我呢？」冬青掌殷切地看著他父親。

他搖搖頭。獅掌立刻見到他姊姊眼裡的失望。「我要妳待在部族裡，協助蕨毛看守營地，」棘爪解釋道。「入口一定要有戰士看守，萬一我們在邊界抵擋不住，也千萬別讓狗兒進入營裡。」

冬青掌彈彈尾巴。「遵命，棘爪。」

副族長看看火星。「一星會願意接受我們的援助嗎？」

「我想會的，一星也許很驕傲，但不是個笨蛋。」火星喵聲說道。

「灰毛！」從育兒室裡出來的蕨雲往灰毛走去。獅掌知道以前虎星殺害了他們的母親斑臉，拿她的血去引野狗上門。所以蕨雲對於狗這種野獸有很不堪的痛苦回憶。「小心點。」這隻母貓用面頰摩搓灰毛。

「別忘了，我以前曾逃過野狗的攻擊。」他喵聲說道。

「那時候，是我陪在你身邊。」她提醒他。

「所以現在我更要保護妳和妳的小貓。」他舔舔她的前額。「我不會讓妳失望的。」

棘爪往入口跑去，灰毛隨即轉身跟上，跑在灰紋和蜜妮後面。樺落和蛛足也緊跟在後，獅掌同樣追了上去。莓掌的身子從他身邊輕輕刷過，與他一起並肩齊跑。

這支隊伍腳步沉重地走出營地，然後加快步伐，爬上通往風族邊界的斜坡。他們來得及嗎？要是狗兒已經來到邊界，那該怎麼辦？獅掌的腦海不斷出現各種尖牙利齒的可怕畫面，腳掌不覺伸出利爪，用力戳著溼軟的地面。

等他們抵達邊界時，獅掌全身都溼透了，毛髮黏在皮膚上。他掃視眼前高地，救援隊伍已經蜂擁進入風族領地，野風把雨水吹進他的眼睛。

遠處一聲嗥叫，劃破空氣。

一聲驚恐的喵嗚從石楠叢上方傳了過來。「我們必須把牠們引開營地。」

「從這裡走！」白翅在前頭帶路。他們衝上高地，獅掌聞得到刺爪留在石楠叢上的味道。

莓掌越過他，乳白色的毛髮溼淋淋地貼在背脊上。獅掌加大步伐，腳下的草地很有彈性，很容易加快速度。他看得見前方的棘爪在石楠叢間靈活跳躍，粗壯的肩膀不斷上下抖動。

一個黑白相間身影倏地穿過前方草原，在雜草叢生的高地裡飛快奔馳，張嘴吠叫，有兩隻貓兒跑在牠前面，離牠齜牙咧嘴的下顎只有幾條尾巴遠。獅掌當場認出鴉羽的黑色身影，隨即又發現鴉羽旁邊的石楠掌，棕色身影在草原上飛竄著。

「他們打算把牠從營地引開。」棘爪突然明白了。他煞住腳步，援救隊伍全都跟著停下來。獅掌的爪子往地面一戳，緊急煞住。

第二隻狗正往另一個方向衝，肩膀上下抖動，速度奇快地飛奔在草原之上。又有兩個風族戰士——一隻黑、一隻淺棕——從牠前方的石楠叢裡轉了出來。那隻狗看見他們，立刻追著他們衝下岩坡，洋洋得意，眼看就要追上，吠聲更加尖銳。

這時刺爪和塵皮突然從坡底的岩石間衝了出來，他們並肩跑上山坡，越過那兩隻風族貓兒。獅掌驚訝地瞪大眼睛，原來他們正往那隻狗的方向衝過去！

他們離那隻狗愈來愈近，後者的眼睛頓時發亮。但他們卻突然一分為二，像河流遇到岩石般往兩邊竄開。那隻狗一時被搞昏頭，身子轉來轉去，最後決定往刺爪那兒撲。牠的血盆大口離刺爪只有一吋遠，獅掌聽見一旁的白翅發出驚恐的喘息聲。但那位雷族戰士立刻鑽進狹窄的岩縫裡，這時風族貓和雲尾突然從那隻狗的身邊衝過去，害牠團團轉地搞不清楚怎麼回事。

「我就說嘛，狗很笨的，」蜜妮咆哮說道。「牠們的腦袋一次只能思考一件事情。」

「那麼我們就讓牠們的腦袋轉不過來！」棘爪決定道。他將尾巴往堆滿粗礫的地上一甩。「灰毛，你和獅掌去把其中一隻狗引到那裡，我們再從上面偷襲他。」

獅掌既恐懼又興奮，兩種情緒攪和在一起，一顆心扭成一團。

「不行，」灰毛的聲音非常堅定。「在空曠的地方迎戰牠們，比較安全。」

棘爪瞇起眼睛，瞪著那位灰色戰士，肩膀肌肉繃得死緊，但灰毛毫不畏懼地回瞪他。

「我不想帶著獅掌自陷絕境，」灰毛堅持道。「我們需要足夠的空間來閃避狗的攻擊。狗的體型比較大，速度比較快，但我們的動作比牠們靈活。」

獅掌聽見棘爪的喉嚨裡發出低沉的怒吼，但最後還是點頭同意。「好，那你帶樺落和獅掌趕去鴉羽和石楠掌那兒，或許你們可以一起合作。我帶蛛足和莓掌去幫忙夜雲和鴞鬚。」獅掌猜他應該是指黑貓和亮棕色的貓。「灰紋、蜜妮，你們找找看附近還有沒有狗，如果有別的貓兒需要援助，你們再出手。」

灰紋點點頭，和蜜妮一起穿過草原。

戰士們開始往鴉羽和石楠掌的方向跑去，獅掌跟在灰毛後面。兩隻風族的貓兒仍在以身當餌地誘引狗兒遠離營地，牠們的爪子劃過潮溼的地面，不斷濺起成塊的青苔。那隻狗在後面狂追，但鴉羽和石楠掌一下子跑東，一下子跑西，害牠老來不及煞住腳步，方向跟著大亂。

牠們一定筋疲力竭了。獅掌心想，於是加快腳步往前衝去。他的目光一直落在石楠掌身上。她勇敢地跑在她導師身邊，毛皮已被雨水淋溼，腳步絲毫不敢落後。

「鴉羽！」灰毛從旁邊追了上來，向風族戰士喊道。

鴉羽驚訝地看著他。

「我們是來幫忙的！」獅掌向石楠掌喊道。她猛地回頭去看他，結果一不小心一個顛仆，被兔子洞絆了一腳，整個身子往前一摔。獅掌嚇得倒抽口氣，因為狗已經往她那兒衝過去。他想都不想，立刻轉身往狗的方向衝。鴉羽隨即煞住轉身，幫忙他徒弟。樺落跟在獅掌後面，灰毛放聲一喊，也追了過來。

石楠掌好不容易爬起來，正要逃開，那隻狗已經撲上來。獅掌怒聲一吼，往狗的身上一跳，緊緊抓住牠粗糙的毛皮。那隻狗不停吠叫，想咬獅掌，卻咬不到。獅掌死命抓住狗的背，那隻狗想把他甩開，但獅掌硬是不放。鴉羽直接往狗的臉撲過去，爪子朝牠鼻子一扒，旋即轉身跳開。灰毛從牠腳下衝進去，用力咬牠前腿。獅掌只覺得他下方的那隻狗，腿突地軟了下來，於是他又趁機伸爪戳牠。

這隻狗痛苦哀嚎，想要甩掉獅掌，但他還是死抓不放，並轉頭去看石楠掌，急著想知道她是否安全，卻見她淺棕色的身子一路往狗這裡衝過來，心裡陡地一驚。

「妳在幹什麼？」他大吼道。

「幫你啊！」她吼回來，然後從狗的後方衝上來，用爪子扒牠的腿。那隻狗慘叫一聲，跌倒在地，獅掌被牠壓在底下，牠卻一個翻身將他碾過去，還好下方有柔軟的苔蘚墊底。狗又爬了起來，旋身怒吼，朝獅掌撲過來，嘴裡淌著白沫與鮮血。突然一聲慘叫，原來是灰毛揮舞前爪，猛扒牠的鼻子。鴉羽和樺落也跟著加入，石楠掌則從後面咬牠的後腿。獅掌衝過去幫她，他們一起又扒又咬又抓，直到那隻狗夾著尾巴，逃之夭夭。

獅掌正要追上去，灰毛竟喚住他。「我想牠已經知道怕了。」

獅掌停住腳步，看著那隻大狗一路哀號逃走。**另一隻狗呢？**他轉頭張望，驚見牠也已經逃進石楠叢裡，急著去追自己的同伴，矮樹叢上處處可見狗兒一路留下的斑斑血跡。

灰紋從金雀花叢裡走了出來，毛髮凌亂，一隻耳朵仍淌著血，但兩眼炯炯有神。蜜妮出現在他身邊，後面跟著裂耳和兔掌。

「棘爪呢？」灰毛問道。

「在這裡。」棘爪低沉的聲音從斜坡上方的石楠叢裡傳了出來。他一躍而出，後面跟著蛛足、夜雲和鴞鬚。

「風族欠你們一份情。」鴉羽正經說道。

棘爪垂頭致意。「要不要我們陪你們回營裡？我想確定那裡平安無事。」

鴉羽瞇起眼睛，最後點點頭。「請跟我們來。」他喵聲說道，轉身往草原走去。

獅掌慢下腳步，走在石楠掌旁邊，一起跟著他們的導師回到風族營地。

「妳沒事吧？」他低聲問道。

她用溫柔的眼神看著他。「我沒事。」

獅掌的毛皮被金雀花刮傷，感覺有點刺痛，再加上那隻狗曾跌在他身上，害他現在全身痠痛不已，好險當時地上都是柔軟的青苔，才能平安無事。雖然身上留下傷疤，但他覺得很驕傲，因為他是為了保護其他部族才受傷。

「你很勇敢，竟然敢直接撲向那隻狗。」石楠掌喵聲說道。她用鼻頭示意前方。「我們到了。」她告訴他。

那是一大塊凹陷的空地，周圍有金雀花叢、石楠叢和刺藤木交織環繞而成的天然屏障。獅掌跟著石楠掌走進曲折的隧道，眼前突然一亮，只見前方一大片開闊的空地，仰頭可見灰濛的天空。獅掌注意到樹籬裡頭有許多通道，心想通道後面應該就是貓窩所在。

當他們走進空地時，感覺到有許多雙眼睛從貓窩裡向外探看，貓兒們陸續爬進空地裡，一隻小貓正在尖聲哭叫，驚慌失措。

「噓，別哭了，小鷺。」一隻貓后的安慰聲從刺藤深處的角落傳來。

這時一星從某個通道鑽了出來，離小貓啼哭的地方很近。

「我們把牠們都趕跑了。」裂耳報告道。

「很好。」一星喵聲說道。

「小貓都還好嗎？」鴉羽問道。

「受到了驚嚇，不過不會有太大問題。」一星回答。

更多風族貓兒紛紛現身，獅掌認出其中那些曾在大集會上見過的貓兒，他們很提防地看著雷族貓兒。

「火星派了一支救援隊伍過來幫忙。」鴉羽告訴一星。

風族族長目光掃過雷族貓兒。「我代表風族向你們致上感謝之意。」他垂頭說道。

「我們在邊界處聽見狗吠聲，」棘爪解釋道。「希望你別介意我們未經允許就擅入邊界，因為我們真的不知道到底有多少隻狗在攻擊你們。」

「幸好我們早就知道牠們會來，這都多虧吠臉的事先警告。」一星向棕色的巫醫點點頭。「星族警告過他，所以我們早做好準備，要把牠們從營地引開。」

獅掌驚訝地看著吠臉。所以星族警告有狗來襲的這件事，不是只有松鴉掌知情囉。

「你的策略奏效了。」棘爪說道。

「可是要是沒有你們的幫忙，我們根本擺脫不了那兩隻狗，」石楠掌插嘴道。「狗的奔跑速度比我想像的快。」她看了身旁的獅掌一眼。「是獅掌救了我一命。」

鴉羽立刻走到這兩個見習生中間，擋住他們彼此的視線。「獅掌，你很勇敢，只是風族有足夠的能力保護自己的貓兒。」

獅掌突然火冒三丈。那時別的貓兒根本來不及撲上去救她，只有他可以。「可是……」但灰毛抽抽尾巴，警告他住嘴。獅掌只得低頭看著自己的腳爪。

刺藤一陣窸窣作響，風掌衝進營裡。「四周屏障都沒問題。」他大聲報告。

「全都檢查過了？」鴉羽問道。

風掌瞪著他父親。「當然都檢查過了，白尾交代過我。」

夜雲上前一步。「鴉羽，你應該對我們的兒子更有信心才對。」她責備道。

「我的導師是白尾，不是你。」風掌不甘示弱。

「那是寵物貓嗎？」一隻棕色小貓從一星後面的通道爬了出來。

她那雙圓圓大大的眼睛正瞪著蜜妮看。其他族貓也都轉頭去看蜜妮，一臉狐疑。

「我現在正在接受戰士訓練。」蜜妮告訴小貓。

「可是妳永遠不可能成為真正的……」

一隻虎斑貓后從通道裡匆匆出來。「小莎草，快回來。」

小莎草回頭瞪她母親一眼，腳一跺，走回窩裡。

「我們該走了。」棘爪喵聲說道，然後垂頭向一星致意。「那些狗應該不敢再靠近你們的領地了。」

「如果敢再來，我們自己就可以解決牠們。」風掌咕噥說道。

「風掌！」夜雲厲聲說道。「如果沒有這位勇敢的見習生出手相救，石楠掌可能已經受傷了。」她溫柔地對獅掌眨眨眼。

獅掌別開目光，心裡很清楚要不是自己害石楠掌分神，她也不至於跌倒。

「需不需要我拿些藥草來幫你敷傷口？」石楠掌問道。

獅掌搖搖頭。「等我們回到家，葉池會處理的。」

棘爪轉身走出營地，其他成員跟在他後面走了出來。他們穿過蜿蜒的通道，回到高地，這時獅掌想起松鴉掌曾對火星說的話。原來他早就知道狗會來襲，難道火星拒絕相信他弟弟的警告？不過他下次一定不敢再輕忽他的話了——因為松鴉掌的預言完全正確。只是這念頭很快就被腦海中的另一個畫面給取代……那雙顏色如石楠花一樣的眼睛，還有溫柔的喵語。

第二十二章

又過了四分之一個月，厚厚的灰雲密布於林子上方。

松鴉掌在發抖，他的身子都被雨淋溼了。「我要回自己的臥鋪了。」他喵聲說道，向正在半邊石旁吃晚餐的冬青掌和獅掌道聲晚安。

冬青掌抬頭看他。「這麼早就睡啦？」

「我累了。」

「我想真正的理由應該是你不想再淋雨了吧。」獅掌開玩笑道。

松鴉掌怒聲吼回去。他才不是因為身上溼了才想回去呢。獅掌這幾天一直在講他和狗兒格鬥的英勇事蹟，聽得他都煩了。他猜獅掌一定會提早拆掉覆在他傷口上的蜘蛛網，好向貓兒們炫耀他的傷疤。

松鴉掌一臉不悅地穿過藤蔓，鑽進巫醫洞裡。他身上唯一能展示的傷疤，都是跌進兔子洞裡留下來的。為什麼他就不能為他的部族做點真正有意義的事情呢？譬如像獅掌那樣？他們趕走狗之後，他雖然會幫忙上藥，但這種忙畢竟不同於親自上場作戰。

「外面好像還在下雨。」他一走進窩裡，葉池便這樣說道。

「現在還下得不大。」松鴉掌告訴她。

「或許到了滿月的時候，就能採集新長出來的藥草了。」她滿懷希望地說道。

松鴉掌對她的說法存疑。一整天下來，空氣裡一直瀰漫著很濃的山區氣味，他直覺認定在新葉發芽之前，還會再結一次霜。「也許我們應該明天出去採集新藥草。」他將身子蜷伏在臥鋪上，嘴裡這樣提議道。**免得霜害凍傷了那些藥草。**

「或許吧，」葉池喃喃說道，好像快睡著了。「但也別太早採集，總得給它們一點時間完全長好。」

松鴉掌想要反駁，他想把自己從風裡聞到的氣味變化告訴她，但自從上次火星不理會他對狗兒來襲的警告之後，他就心生怨恨。**既然他們不重視我的意見，那也沒必要再警告他們了。**

這次松鴉掌沒有做夢。只是等到黎明時，他抬起鼻子，竟聞到空氣裡刺骨的冰霜氣味。他立即知道林子裡一定是降了厚厚的一層霜。他伸伸懶腰，發現葉池已經醒了，正用腳爪在扒那些庫存的藥草。

「我們應該昨天就去採集藥草的。」她氣惱地說道。

「藥草快用完了嗎？」松鴉掌睡眼惺忪地走到她身邊。他從這些混和的味道裡頭聞得出來，少了一些該有的藥草。

「一年當中就屬這季節最棘手。」葉池嘆口氣。「不僅缺少珍貴的新鮮藥草，族貓在經過漫長的禿葉季之後，身體又都特別虛弱。」

「至少在經過上次霜害之後，獵物又多起來了。」松鴉掌指正道。

「可是現在牠們又躲去洞裡了。」葉池直言道。「今夜又得有好幾位戰士餓著肚皮睡覺。」

洞口結霜的藤蔓叢一陣窸窣作響，松鴉掌聞到長尾正要鑽進來。

他的焦慮心情霎時變成憤怒。難怪藥草的庫存量會不夠，他這陣子老是拿藥草到長老窩裡給鼠毛服用。那位老戰士說自己好的很，但長尾還是一直擔心她，就像個神經兮兮的貓后在擔心自己的小貓似的。

「鼠毛又犯氣喘了。」長尾大聲說道。

她當然會氣喘，松鴉掌煩悶地想道。**她的年紀比天空橡樹還要老，更何況天氣這麼冷！**

他轉身對淺色的虎斑長老說：「我們已經試過各種藥草了。」

「這次試試看杜松果吧。」葉池建議道。

乾脆給她一大口罌粟籽算了。松鴉掌自言自語道。**或許就能讓她睡久一點，別老來煩我。**

「拿去。」葉池掏出幾顆果實給松鴉掌。「把這些拿去給她。」杜松果的香味立時充斥他的鼻腔。他彎下身子，小心地用嘴巴叼起，轉身跟著長尾走回長老窩。

長老窩裡那棵忍冬樹的樹葉已經掉光，風像漩渦一樣在洞裡流竄。

「松鴉掌，」鼠毛和他打招呼。「你又來啦！」她的聲音像有刺梗在喉嚨一樣。「你應該多和同齡的貓兒在一起，別老是每天一早都來我這裡報到。」

松鴉掌沮喪地抽了抽尾巴。**我也想啊。**

「他之所以常來這裡，是因為他擔心妳。」長尾喵聲說道。

「是你在擔心我吧，」鼠毛糾正他，「你真的不必那麼大驚小怪，像我這種年紀的貓，本來就比較怕冷。」

「可是妳的眼淚鼻涕流個不停。」長尾點醒她。

「只是空氣太冷的關係。」鼠毛沙啞說道。

「如果妳不反對的話，我可以請棘爪找戰士來幫你們把牆面補一補。」松鴉掌建議道。

「那太好了。」鼠毛同意。「今天早上我都冷到骨頭裡去了。」

松鴉掌把那些杜松果推到她面前。他感覺得出來她正在發抖，但體溫很熱。真是奇怪。但是他已經來檢查過她很多遍了，還是認為只是長尾在大驚小怪。

「我會跟棘爪說的。」他允諾鼠毛，或許把他們的窩修補一下，這兩位長老就會暫時不再煩他。

他轉身走出洞外，抬起鼻子想聞出棘爪的氣味，於是環顧營地，卻突然愣在那裡，心裡有個小小疑慮像芽一樣冒了出來，他剛剛被那兩個長老給煩到沒去注意這件事……但鼠毛這次答應得太爽快了，而且她的呼吸不太正常。

他趕緊轉頭，朝後方的洞口又聞了一次。辛辣的杜松果味道掩蓋了另一種氣味——疾病的氣味。鼠毛真的病了。

他趕緊衝回去，爪子劃過結冰的地面，急忙鑽進藤蔓後頭的巫醫窩，然後煞住腳步。

葉池被他嚇得毛髮倒豎。「怎麼了？松鴉掌？」

「鼠毛得了綠咳症。」

「你確定？」

松鴉掌逐一說出症狀。「呼吸不正常、眼淚鼻涕流不停，氣喘、發燒……」**發燒！**難怪他覺得她體溫很高。

「我們需要用貓薄荷。」葉池喵聲說道，同時衝出巫醫窩。

松鴉掌知道葉池先前清點藥草時，就發現貓薄荷已經用完了。他也跟著他導師跑出洞外，當她大聲喚雲尾時，他焦急地在旁等候。

「你得去幫我摘些貓薄荷回來，」葉池對跑過來的戰士說道。「現在就要！」

戰士很訝異。「貓薄荷？為什麼？」

葉池的毛髮因不安而豎了起來，顯然不想在族貓之間造成恐慌。她壓低聲量說道：「鼠毛病了。」

雲尾焦躁地用腳爪刨著地面。「去哪裡採集？」

「就在舊的兩腳獸巢穴裡。」葉池告訴他。

「我知道那藥草的味道，」松鴉掌喵聲說道。「我找得到。」

他立刻感覺到雲尾的疑慮。「巫醫又不是不能跑，更何況我可以比你更快聞出它的所在位置。」

「他說得沒錯。」葉池同意道。

「好吧，」雲尾喵聲道。「我們也帶煤掌一起去，她可以幫忙帶一些回來。」他朝空地那頭喚他徒弟。煤掌正在和罌掌聊天，但一聽見雲尾叫她，立刻從結霜的地面小跑步過來。

「什麼事？」她問道。

「我們得出去採集貓薄荷。」松鴉掌告訴她。「鼠毛生病了。」

煤掌倒抽口氣，「貓薄荷是用來治綠咳症的，不是嗎？」

「我們走吧，」雲尾命令道。「別再浪費時間了。」他往荊棘入口跑去，松鴉掌緊跟在後。他們一出了營地，立刻往廢棄的轟雷路走去。

松鴉掌感覺得到雲尾正不斷回頭看他，想確定他有跟上來。松鴉掌非常害怕，腳步走得飛快，一路與煤掌並肩而行。他感覺得到她溫暖的毛皮在他身邊輕輕擺動，於是配合她的腳步前進。

「前面有樹！」她出聲警告。但他早就聞到樹皮的味道，於是轉向躲開。

他一直想著鼠毛的事，怪自己為什麼沒能早點察覺她生病了？長尾好幾天前就不斷提醒他。罪惡感開始啃蝕他的心。只要他們能找到貓薄荷，他一定要親自餵她吃藥，直到她痊癒為止。他們走在廢棄的轟雷路上，地上尖銳的小石子戳進松鴉掌的肉墊裡，但他沒有停下腳步，繼續跟著煤掌走。

雲尾在巢穴外的石牆前停了下來，松鴉掌覺察到一股緊張不安的氛圍。儘管他知道這地方空蕩蕩的，但還是覺得進入兩腳獸的領地是件危險的事。雲尾先跳上牆。

「不會很高。」煤掌說道。

松鴉掌伸出前爪，雲尾往下彈彈尾巴，讓他知道大概得跳多高。於是他縱身一躍，伸出腳爪，緊緊攀住，雲尾趕緊叼住他的頸背，助他翻過這座牆，跳進結霜的草地。

松鴉掌一落地，就嗅聞空氣，尋找貓薄荷。他聞到了，於是開始低頭在草地上搜尋。

「等等我！」煤掌喊道，跟在他後面跳了下來，匆忙趕上他。「雲尾會在矮牆上把風。」她氣喘吁吁。

「就在那裡。」他告訴她。

煤掌跑了過去，松鴉掌聽見她正在拔牆邊的植物。「這裡只有枯死的葉子！」她回頭對他說。「因為降霜的關係，這些葉子都凍死了。」

松鴉掌失望到胃部抽得死緊，只覺得天旋地轉，差點站不住腳，這裡一定還有別的貓薄荷！「讓我再找找看！」他喵聲說道。

他衝到煤掌那兒，嗅聞她腳旁的植物，他聞得到貓薄荷的味道，但全都酸腐了，因為霜害的關係。

「葉子都發黑了。」煤掌嘆氣道。

松鴉掌用舌尖試舔，發現這些葉子都爛爛溼溼的，但仍有一種鮮甜的氣味從植物根部深處滲了出來。他趕緊往下挖，急著想找到可醫治鼠毛的藥草，但又怕傷了那些新長出來的根。就在土壤下方底層，他聞到葉子的鮮嫩氣味，於是小心用爪尖去感覺，終於摸到新生的嫩葉，數量不多，但總比沒有好。他趕緊刨掉旁邊的泥土，用牙齒小心摘下那些嫩葉，含在嘴裡，盡量不吸進它的味道，然後朝煤掌點個頭。

「這樣夠嗎?」她問道。

他沒辦法開口,只好聳聳肩。

她似乎明白他的意思,於是趕緊轉身,走回雲尾等候的地方。然後合力爬過矮牆,回頭往營地走去。

ϟ ϟ ϟ

「只有這些還沒被霜害凍死。」松鴉掌把含在嘴裡的新葉擱在巫醫窩的地板上,但感覺得到葉池掩不住失望。

「總比沒有要好。」她說道,然後用牙齒拾起那些葉子,趕緊走到洞外。

松鴉掌跟著她。鼠毛的病情會惡化嗎?

老母貓費力的喘息聲在忍冬樹叢四周迴盪,空氣裡聞得到苦澀的味道及長尾的焦慮。

「這是貓薄荷嗎?」他滿懷希望地問道。

葉池把它放在鼠毛身邊。「是的。」

「可是太少了吧。」長尾抱怨道。

「多少會有幫助,」葉池告訴他。「其他葉子都被霜害凍死了。」她蹲下來,對鼠毛低聲說道。「我要妳把這些葉子嚼一嚼,盡量全部吞下去。」

鼠毛呻吟著。松鴉掌趕緊鑽到老母貓身邊,用面頰抵住她身子。她全身熱燙,正在發抖,而且不斷咳嗽。他聽見她的呼吸聲像冒泡泡一樣。他抬起頭來,一臉憂心看著葉池。

「她年紀雖大，但還夠強壯。」巫醫向他保證道，然後催促鼠毛，「來，吃一點。」

老貓張嘴咬了一口，開始咀嚼，當她吞嚥時，松鴉掌感覺得到她的痛就像針扎在他身上一樣。她一定是覺察到他身子縮了一下，因為她把頭轉向他，泛著酸味的鼻息吐在他毛髮上。

「你們太大驚小怪了，」她粗聲說道。「別的貓兒還以為我快加入星族了呢。」她故作輕鬆，但松鴉掌感覺到她全身都在痛。「我想祂們還沒打算接我過去，況且，要是我去了，誰來提醒長尾記得檢查身上的蝨子。」

「妳馬上就會好了。」松鴉掌告訴她，暗自期望這句話是真的。

洞外傳來急促的腳步聲，忍冬樹一陣窸窣作響，松鴉掌聞到黛西的氣味正從入口傳來。

「葉池？」寵物貓的語氣憂心忡忡。

葉池抬起頭來。「什麼事？」

「蕨雲身體不舒服。」

松鴉掌心上一驚。

「哪裡不舒服？」葉池問道。

「她有點氣喘，眼淚鼻涕流不停。」

鼠毛發出懊惱的聲音。「我昨天去過育兒室看小貓。」她啞著聲音說道。

「小狐和小冰應該沒事。」黛西立刻說道。

「我去看一下蕨雲。」葉池說道。

「要我在這裡陪鼠毛嗎？」松鴉掌提議道。

「不用了。」鼠毛開始咳起嗽來。「你去看看那些小貓！」她把剩下的貓薄荷推開。「別把時間浪費在我這隻老貓身上。」

「妳要把藥草吃完。」葉池堅持，又把它們推回鼠毛前面。「妳的體力沒蕨雲那麼好。」

「先去看看小貓。」鼠毛固執地說道。

「好，我會的。」葉池鑽出長老窩。

松鴉掌跟著她跑過空地，鑽進育兒室。這是他曾居住的地方，現在卻充斥著疾病的氣味。蕨雲喘得厲害，松鴉掌還沒碰到她，就能感覺到她體內散發出來的高溫。

「的確是綠咳症。」葉池大聲說道。「還好小貓還沒被感染到。」

「我們應該把蕨雲跟他們隔開。」松鴉掌提議道。

「我可以照顧他們。」黛西已經跟著他們進入育兒室。「他們已經差不多斷奶了。」

「謝謝妳。」葉池說道，然後推推蕨雲，要她站起來。

蕨雲聽見小狐和小冰開始哭，也跟著難過起來。「我很快就會回來了。」她虛弱地說道。黛西的毛髮拂過那兩個小小身軀，將他們圈圍起來。「現在這麼大的空間都是我們的了，一定會很好玩的。」她告訴他們。「蕨雲只是到空地的另一頭去，不會離開營地的。」

「那她為什麼不能留在這裡？」小狐哭喊。

「因為我們不希望你們也生病。」黛西解釋道。

「要乖乖聽話哦。」蕨雲開口說話，但有點喘不過氣來，葉池正帶著她慢慢離開育兒室。

「別擔心，我們會乖乖的。」小冰喊道。

松鴉掌感覺得到小冰雖然表現勇敢，卻難掩焦慮。「我會請冬青掌過來，請她教你們一些戰鬥技巧。」

「真的？」小冰尖聲問道，精神一振。

「快去接鼠毛，」葉池從洞外向他喊道。「我們得把她們安置在巫醫窩裡，這樣才能就近一起照顧。」

松鴉掌鑽出育兒室，他的心又開始狂跳。他曾希望自己能有機會保護自己的族貓，但戰士靠的是尖牙和利爪，他卻得靠一堆藥草來幫忙。為什麼他的命運竟是如此？

天亮時，又多了一名病號。松鴉掌被蹣跚走進巫醫窩的白翅給吵醒，後者垂著尾巴，氣喘不止。現在他已經很熟悉綠咳症的可怕氣味了，立刻就從臥鋪裡跳了起來，卻看見葉池早就走到白色戰士身邊仔細在聽她的呼吸聲。

「幫她在蕨雲和鼠毛旁邊鋪個臥鋪。」她命令松鴉掌。

於是他趕緊走到洞穴角落，叼些庫存的苔蘚過來。還好他們有夠多的苔蘚，他自嘲想道。他用最快的速度在鼠毛旁邊鋪了一個臥鋪，鼠毛這時已經睡著，呼吸短而急促。蕨雲似乎好多了，不過還在發燒。

白翅很感激地躺進臥鋪裡。

「我們需要更多的貓薄荷。」葉池聲音小到只有松鴉掌的利耳才聽得到。

松鴉掌感覺得到她聲音裡的恐懼。他能怎麼辦呢？難道要自己種一些出來嗎？

「去檢查一下所有的戰士和見習生。」葉池大聲命令。

他點點頭，轉身走出巫醫窩。為什麼星族不早點警告他們？斑葉和黃牙與其老愛教訓他，倒不如早點告訴他綠咳症就要來襲。那樣他便能趕在降霜之前，多收集點貓薄荷。

塵皮在育兒室外面來回踱步。松鴉掌聽得出他的沉重腳步聲，也感覺得到他心裡的煩憂。

「蕨雲怎麼樣了？」他一看見松鴉掌就追問道。

「沒有惡化。」他安慰他。

「我可以去看她嗎？」

「最好別去。」松鴉掌建議道。「我們不希望這個病傳染開來。」

黛西從育兒室裡鑽了出來。「你的小貓都沒事。」她告訴塵皮。「如果你繼續待在這裡，只會讓他們發愁而已。」這是松鴉掌第一次聽見她用這麼嚴厲的語氣說話。「你應該去林子裡狩獵，這才是幫助他們的最好方法。」

松鴉掌感覺得到塵皮的錯愕。

「我只是想知道蕨雲嚴不嚴重而已。」戰士喵聲說道，然後轉身往荊棘入口慢慢走去，到營外的林子裡。

正當松鴉掌走向見習生的窩時，黎明巡邏隊剛好鑽進空地裡，領頭的是灰紋，冬青掌也在其中，她的身上帶回了森林的氣味。

「那些生病的貓兒都還好嗎？」她朝松鴉掌喊道。

「都在睡覺，」松鴉掌回答她。「獵物多嗎？」如果族貓們能填飽肚子，或許就能抵擋得了這波疾病。

「幾乎看不到什麼獵物，」冬青掌答道。「就連松鼠也躲在洞裡。」

松鴉掌閉上眼睛。**星族，祢們都到哪裡去了？我根本夢不到祢們！祢們為什麼不幫幫我？**

可是他什麼也聽不見，除了葉池的聲音，她正走到他身邊。

「松鴉掌，去看看見習生。」她嚴肅地提醒他。「星族會保佑我們的，只是有些戰役，必須靠我們自己。」

第二十三章

「天快亮了。」葉池對松鴉掌低聲說道。「你該去休息一下了。」

松鴉掌搖搖頭。「還有這麼多貓兒在生病，我不能休息。」

他聞一聞罌掌。這位見習生是因為晚上發燒，才來到巫醫窩裡。如今她正躺在蕨雲旁邊的臥鋪上，眼睛積了厚厚的眼屎，呼吸困難。體溫高到令松鴉掌害怕。

他仔細傾聽，心裡惶恐到毛髮都倒豎起來。巫醫窩裡變得十分擁擠，耳裡聽到的都是氣喘聲和咳嗽聲。他已經盡其所能地協助這些族貓，但病情依舊沒有改善。

「我們要不要把他們挪到長老窩去？」他向葉池提議，後者正在按摩鼠毛，設法舒緩她的呼吸。「那裡的空間比較大。」

「鼠毛和蕨雲的病情不適合移動，」葉池指正道。「再說，這裡有水源可用。」

原來巫醫窩裡有山泉水沿石壁涓流而下，

形成一方小水塘，可以方便他們就近沾溼苔蘚，餵口渴的病患喝水。松鴉掌拾起一球滴著水的苔蘚，遞給罌掌。他推推她，要她喝，但這隻雜黃褐色的母貓卻半閉著眼睛，咕噥呻吟，把他推開。

「如果你不休息，也該到外面去呼吸點新鮮空氣。」葉池催促他。

松鴉掌點點頭，疲倦地走出洞外，和洞內汙濁的氣味比起來，外頭的空氣顯得清新冷冽多了。雖然現在天才剛破曉，火星和棘爪已經站在擎天架下方組織巡邏隊伍了。灰毛和樺落在他們身邊煩躁地走來走去。

「我們必須縮短巡邏的時間。」棘爪對雷族族長說道。

「可是我們也必須確保影族邊界的安全，」灰毛指出。「不能讓他們趁危作亂。」

「多派一些數量精簡的巡邏隊出去，會比較管用一點。」

「沒錯，」火星同意道。「我不希望因為營裡有這麼多貓兒生病，就累垮了健康的戰士，我們必須讓他們保持充沛的體力。」

「我可以一天巡邏兩次。」蜜妮的聲音迴盪在冰冷的山谷裡。這隻灰色的寵物貓從戰士窩後方走了出來，灰紋跟在她旁邊。

「妳確定？」火星問道。

「以前獸醫曾給我服過藥，讓我不會生病，」蜜妮解釋道。「所以每次兩腳獸那兒有貓兒病了，我反而都安然無恙。」

棘爪一臉困惑。「獸醫？」

搓。

「她是指快刀手。」灰紋解釋道。

「好吧，看來快刀手好像幫了我大忙，」火星說道。「至少牠給了我一個健康的戰士。」

火星稱蜜妮是戰士！母貓喜不自勝，松鴉掌聽見灰紋發出驕傲的喵嗚聲，身子不斷與她摩搓。

「可是，」火星繼續說道。「我不希望灰紋跟妳一起去。」

灰紋的快樂喵嗚聲頓時停住。「為什麼不行？」

「你才剛長途跋涉回來，身體還很虛弱，」火星答道。「我可不希望再失去你。就算待在營地裡，還是有很多地方需要你幫忙。」雷族族長的聲音很堅定，即便松鴉掌感覺得到灰紋憤憤不平到毛髮都豎了起來，也沒敢質疑他老朋友的命令。

紫杉叢一陣窸窣作響，冬青掌和獅掌從他們的窩裡鑽了出來。松鴉掌緊張地抬起鼻子，嗅聞他們身上傳來的氣味，還好那味道很乾淨很健康，這才讓他鬆了口氣。

「我們想參加第一次的巡邏隊。」獅掌說道。

「除非你們需要我們在營裡幫忙。」冬青掌跟著說。

「火星你覺得呢？」棘爪看向雷族族長，請他決定。

火星若有所思地用尾巴掃過地上。「獅掌，你可以跟灰毛、蜜妮一起去邊界巡邏，」他喵聲說道。「冬青掌和樺落一起去狩獵。」

「我會盡我最大努力的。」冬青掌保證道。

松鴉掌朝她走去。「記得千萬別跟生病的貓兒在一起，」他提醒她，「還有不要跟任何一隻貓分食獵物。」他看著獅掌。「要喝水的話，也盡量到離營地最遠的水源去喝。」他無法想像要是他們也生病了，他該怎麼辦？如果營裡有更多的貓薄荷就好了。

「走吧，冬青掌！」樺落的聲音顯得不耐，她趕緊跑過去。

「我們勘查完邊界後，就會加入你們，跟你們一起狩獵。」灰毛朝著他們喊道。

「不要耗盡自己的體力。」火星警告道。

「不會的。」獅掌從松鴉掌那兒跑過來，也跟著他的導師往營外走去。

空地裡瀰漫著一股恐怖的幽暗氛圍，像刺骨寒風一樣掃向松鴉掌。他猛地轉頭瞪著火星，

是他！是他在擔心害怕我們！

沉重的腳步聲出現在入口的荊棘叢外，松鼠飛和沙暴正回到營裡。松鴉掌聞到獵物的味道，她們剛剛才狩獵回來。

「你們只能抓到這些嗎？」火星不掩訝異，語氣顯得有些尖銳。

只有一隻老鼠和一隻麻雀。松鴉掌聽見兩個獵物被丟在曾堆滿獵物，但如今已空無一物的那塊地上。

「那我們再出去一次好了？」松鼠飛提議道。

「先去休息，」火星說道。「樺落和冬青掌已經去狩獵了。」

他的身子摩蹭著沙暴，發出沙沙聲響。松鴉掌感覺得到沙暴的撫觸讓火星原本焦慮的心情稍稍緩和了下來。獵物的氣味害他肚子開始咕嚕咕嚕叫，他從昨天起就沒進食，但小冰和小狐比他更需要食物。

「我可以把那隻老鼠拿到育兒室嗎？」他向火星喊道。

「好，拜託你了……」火星的回答被營外斜坡的某個聲響打斷。松鴉掌頓時緊張起來，因為他聞到風族的氣味。

火星走向入口，嗅聞空氣。

「來者只有兩個。」松鴉掌喊道。他聞不出來正走進入口的那兩隻風族貓兒究竟是誰，但他感覺得到對方很焦慮。

其中年紀較長的那隻先開口說話：「請原諒我們擅入雷族領地。」

「鼬毛！」火星的聲音顯得驚訝。「你們來這裡做什麼？」

松鴉掌往他們走近一點。那隻年輕一點的貓，身上有濃濃的藥草味。

「我帶隼掌過來找葉池。」鼬毛說道。

隼掌！松鴉掌想起來他們前陣子去月池時，吠臉曾提過他的徒弟叫隼掌。

「嗨，你好。」他喊道。

隼掌坐立不安，腳爪刨著地面。「你是松鴉掌？」他問道。「我必須和你的導師談一談。」

葉池已經走出洞外，往隼掌這兒走來。「什麼事？」

「綠咳症正在風族肆虐，」隼掌喵聲說道。「吠臉希望你能提供一些貓薄荷。」

葉池嘆口氣。「我們也沒有貓薄荷。霜害凍死了它們。我們也有貓兒生病，同樣束手無策。」

松鼠飛走到她妹妹身邊。「河族有貓薄荷，」她喵聲說。「他們應該會分一點給我們吧，對不對？」

「我不確定。」葉池喵聲說道。

松鴉掌的尾巴豎了起來，為什麼她不早說呢？

「我們去找他們要。」隼掌提議道。

「蛾翅可能需要把藥草留下來給自己的族貓用。」她憂心說道。

「如果她知道我們的族貓病得很嚴重，絕不會袖手旁觀的。」松鼠飛爭辯道。

「她可能已經知道了，」隼掌直言道。「也許星族已經告訴她了。」

才怪！松鴉掌想道。

葉池在地上扭著腳爪。「可是萬一河族也有綠咳症呢？她有可能不願意給我們。」

松鴉掌不懂葉池為什麼這麼猶豫不決。「我們一定得試試看！」他說道。這是他們能救部族的唯一機會。

松鼠飛沮喪到連毛髮都覺得刺痛。「以前生死交關時，各部族都能互相幫忙。」

「如果妳害怕的話，那就由我去找河族好了。」松鴉掌插嘴道。

「我不是害怕！」葉池咆哮道。「我只是不想讓蛾翅為難。」

松鴉掌腳爪戳著地面。「要是她知道有貓兒死了，而妳卻不去找她幫忙，她會怎麼想呢？」他感覺得出來葉池的心開始驚慌——除此之外，還有一種說不出來的情緒，像是在害怕某種深埋的記憶。「到時候，她一定會良心不安的。」

「好吧，」葉池同意道。「我去找她要。」

松鴉掌知道如果是她去的話，腳程一定比他快。「我留在營裡照顧他們。」他提議道。

葉池傾身向前，用口鼻輕觸他的。「謝謝你，松鴉掌。」

「我會盡力的。」他爽快答應。卻在這時突然明白，葉池要是不在營裡，所有病患就得全交由他來負責。一想及此，他的肚子像被誰猛搥了一拳一樣驚駭不已。

葉池的尾巴纏住他的。「松鴉掌，善用你的直覺，在這方面，你比其他貓兒都敏銳多了。」

他點點頭。**我懂所有的藥草**，他提醒自己。**而且這是一個好機會可以證明我是有用的。**

「必要時，亮心會幫你的。」葉池繼續說道。「她以前曾和我共事過。」

松鴉掌的尾巴不免微微刺痛。他就是不想讓亮心看見他忙著照顧族貓的樣子，可是他沒打算告訴葉池。

「我們走吧。」葉池對兩位風族貓兒說道。

火星走了過來，在入口攔住葉池。「我叫刺爪和棘爪跟妳一起去。」他說道。

「我們是巫醫，」葉池直言道。「別族貓兒不會找我們麻煩的。」

「你們會經過影族附近的湖岸，」火星說道。「我不太相信影族。」

「好吧。」葉池喵聲答應，等候火星將刺爪叫出來，然後才加快腳步，奔出營地。

沙暴走向松鴉掌。「需要我幫忙嗎？」

他還不知道從何下手，巫醫窩已經客滿，小白菊快用完了，而他自己也餓到根本無法清楚思考。

「老鼠！」他突然想起來了。「我要拿老鼠到育兒室給小貓吃。」

「我幫你拿去好了。」沙暴說道。「你先回巫醫窩吧。」

她沉穩的語調多少幫忙鎮定他的思緒。「謝謝妳。」他喃喃說道。

於是他回到窩裡，卻發現罌掌的體溫更高了；鼠毛的呼吸淺到他得把口鼻壓在她身上，才感覺得到；蕨雲則哀求著要喝水；至於窩裡的臥鋪也都開始發臭了。

求祢們幫幫我！星族！松鴉掌閉上眼睛，然後睜開，打起精神，去拿沾水的苔蘚給蕨雲喝。

「沙暴告訴我，你需要幫忙。」亮心的聲音從巫醫窩的洞口傳來。

「是啊，」松鴉掌的耳朵緊張地抽動，這麼多天以來，這是他頭一回感覺不到獨眼戰士的憤怒情緒。「妳可以幫忙我一起清理這些舊的臥鋪嗎？」他問道。

「我自己清就行了。」亮心告訴他。「你去照顧你的病患吧。」這時有個味道很香的東西丟在他腳前。「沙暴說你應該把這吃了。」原來亮心丟了一隻老鼠給他。

他搖搖頭。

「你必須補充體力。」亮心堅持道。「現在葉池不在，所有責任都得由你一肩扛起。」意思是說，在葉池帶貓薄荷回來之前，他能做的就是眼睜睜看著自己的病患一個個死掉嗎？松鴉掌感到絕望，就像之前在戰場上與影族鴞掌對決時一樣絕望，因為他根本不知道他的對手下一招會攻擊哪裡。

「把老鼠吃了。」亮心催他。

「好吧。」他不能表現得像隻無助的小貓。難道他希望他們知道他束手無策嗎？他們已經認定他很沒用了，他絕對不能再讓他們認為他很軟弱，很膽小。

松鴉掌囫圇吞下那點食物，然後趁亮心搬移髒臥鋪時，趕緊嚼爛小白菊，說服罌掌吞下。

「來，」他催她道。「只要吃一點就好。」

罌掌卻用那熱燙的腳爪將他一把推開。「我吞不下去。」她粗著聲音說道。

「妳一定得試試看。」

這時松鴉掌突然察覺到身邊有另一隻貓兒挨著他。他聞出栗尾的味道，她是罌掌的母親。

「她病得更嚴重了，是不是？」這隻母貓問道。

「葉池去河族要貓薄荷了。」松鴉掌告訴她。

「可是罌掌能撐到她回來嗎？」栗尾粗啞的聲音滿是憂傷。

「我保證她撐得到。」松鴉掌吼道。他強忍住發抖的腳爪，再次把小白菊推到罌掌嘴邊。他當巫醫見習生還不到一個月，他真能做出這樣的保證嗎？

「來，」亮心推著栗尾。「松鴉掌會盡他全力的。妳還是出去跟蕨毛一起去狩獵，因為獵物愈多，族貓的身體才會愈有抵抗力。」

獨眼戰士帶著母貓出去，松鴉掌則忙著將泥狀的小白菊塗在罌掌的舌頭上。希望她多少吞進去一點。**看在星族的份上，快吞下去，好起來吧！**

松鴉掌突然驚醒，他剛不小心睡著了。深沉的夜色籠罩整片林子，松鴉掌努力想要爬起來，可能是太餓和太疲倦的關係，他只覺得頭昏眼花的，但他一定得起來查看病患。

亮心睡在巫醫窩的洞口，她均勻的呼吸聲讓正在巡視病患的他安心不少。鼠毛還在發抖，不過體溫仍高，於是他拉了些新鮮的苔蘚過來蓋住她身子，幫她保暖。蕨雲嘴裡囈語著小貓的名字，白翅顯然睡得不太安穩。松鴉掌坐了下來，仔細聆聽洞裡的聲音，總覺得不太對勁，於是走到罌掌身邊蹲下來。她的呼吸異常得慢。

松鴉掌的心開始狂跳。他躺在她旁邊的臥鋪，身子緊緊挨著她，她卻反常地動也不動。恐懼當頭罩下，他曾向栗尾保證過不會讓她女兒死掉。他趕緊全神專注在罌掌的呼吸上，放鬆自己的身軀，也放緩自己的呼吸，直到完全配合她的節奏。他閉上眼睛，一個沐浴在月光下，由黑、白、銀三色交織而成的世界在他眼前突地展開。他看見罌掌的淺色身影在林子裡穿梭，於是認出了這片林子與矮樹叢，以及足下這片鋪滿落葉的林地。罌掌不能來這裡！

「罌掌！」他急忙趕上見習生，後者轉頭看他。

「我從來沒來過這座林子欸。」她嗅聞空氣。「聞起來不像我們住的地方，你知道我們在哪裡嗎？」

「我知道。」松鴉掌低聲道。

「好奇怪哦，」罌掌喵聲道。「你給我吃的藥草真有效，因為我的病都好了。」

到。

松鴉掌沒有回答。他怎麼帶罌掌離開這裡？他一語不發地走在她旁邊，很怕會失去她。

「這些樹好高，樹葉也好多哦，連矮樹叢也好茂密。」罌掌顯然不知道松鴉掌自己也看得到。

「你聞得到獵物的味道嗎？這裡好像是綠葉季哦。」

「我們該回去了。」松鴉掌告訴她。

「可是這裡很漂亮欸。」

「妳不應該來這裡！」**我答應過栗尾！**

眼前林子突然開闊起來。

「別動！」罌掌倒抽口氣。「前面是懸崖。」

松鴉掌看得到腳下的山谷，月池就在下方搖曳閃爍，有如液狀的星光體。在這裡，所有景物都連在一起，森林的盡頭就是連綿的山巒。松鴉掌心猛地一沉，因為他看見星族貓兒閃閃發亮的身子正沿著山坡聚集。

「底下有池子欸。」罌掌小聲說道。「四周有好多貓哦……」她的聲音愈說愈小。「祂們是星族，是不是？我是不是死了？」

松鴉掌的喉嚨發乾。

「我死了嗎？」她緊張地又問了一遍。

「還沒。」

松鴉掌猛地轉身，因為他聽見斑葉的聲音。

「你敢跟她一起來這裡，真的很勇敢。」玳瑁色母貓低聲說道。

「我答應她母親，一定會讓她平安無事。」松鴉掌告訴祂。

罌掌看著斑葉，眼裡染上疑色。「祢是誰？祢要來帶我去星族那裡嗎？」

「不可以！」松鴉掌吼道。「罌掌，跟我回雷族去，我帶妳回家。」

「沒關係的，小東西。」斑葉喵聲說道。「妳可以跟松鴉掌回去，這裡雖然已經幫妳準備了一個位置，但還不到時候。」祂伸長身子，先用鼻子碰碰罌掌，再碰碰松鴉掌。「帶她回去吧。」祂低聲說道。

謝謝祢！「跟我回去，」他告訴罌掌，隨即轉身離開閃閃發亮的山谷，帶她走回林子裡。

亮心的聲音劃破空氣。「松鴉掌！」

他立刻張開眼睛，眼前又成了黑暗一片。「亮心？」

「我以為你也病了。」亮心低語。「你的呼吸異常的慢。」

罌掌！

他趕緊跳起來，將耳朵壓在她身上，她還在睡，但呼吸顯然深沉多了，均勻而有生氣。

「她怎麼了？」亮心問道。

「比以前好多了。」松鴉掌嘆口氣，放心地閉上眼睛。

「我醒來時，發現你們兩個好像都沒呼吸了，」松鴉掌感覺得到亮心的目光正灼灼射在他身上。「還好你們沒事。」她的尾巴在地上輕快地拍打。「天快亮了，我要出去找栗尾，通知她這個好消息。」

亮心走了出去，松鴉掌覺得自己的精神好了很多，於是低下身子，在見習生耳邊低語：

「我答應過妳，我一定會讓妳好起來。」

罌掌動了一下。「松鴉掌？」她的聲音很虛弱又小聲。「我做了一個奇怪的夢。」

松鴉掌不由得緊張起來，他不能讓其他貓兒知道是他把罌掌從星族那兒帶回來的。「我想那是因為妳發高燒的關係。」他安慰她。

「也許吧，」罌掌語氣不太肯定。「我在一座森林裡，我從沒見過那座森林，可是感覺好像回到家。那裡有其他的貓——還有你欸，松鴉掌！你說我不能待在那裡……」

松鴉掌轉過身子。「妳只是做夢而已，重要的是妳現在已經好多了。」

「葉池回來了！」蕨毛的聲音響徹山谷，松鴉掌衝出洞外，他已經聞到貓薄荷的味道，而且知道葉池帶了許多回來。

她匆忙走向他，嘴巴裡叼了一堆芳香的葉子。刺爪和棘爪尾隨在後，也叼了許多。他們把藥草擱在洞口，松鴉掌趕緊跟葉池走進洞裡。

「我們是在湖邊和鼬毛及隼掌分手的，」她告訴他。「蛾翅事先儲備了很多，所以她給的分量足夠醫治所有病患了。她還說早知道有貓生病，她就自己先送過來。」

她怎麼可能知道？松鴉掌心想。**星族又不會告訴她**。他趕緊幫忙葉池分藥給病貓們吃。

栗尾聞聲趕到，滿心感謝。「我真不知道你是怎麼辦到的，但我相信是你幫罌掌熬了過來。」她的聲音激動不已。「謝謝你。」

松鴉掌感覺到葉池的尾巴輕輕撫著他的毛髮。「我就知道即便我不在，你也能獨當一面。」她喵聲說道。

正當松鴉掌把一小團貓薄荷放在白翅嘴巴底下時，他聽見葉池往洞外走出去的聲響。這位巫醫自從回來後，話就不太多，不是因為她忙著照顧病患的關係——松鴉掌感覺得到她有煩惱。

「妳慢慢吃，」他告訴白翅。「我馬上就回來。」

他鑽出洞外，嗅聞空氣。葉池正和火星坐在擎天架下方。他趕忙跑進空地裡，躲在半邊石後面。這兩隻貓兒正在小聲說話。

「四大部族都有貓兒生病，」葉池告訴火星。「綠咳症和白咳症都有。各領地的獵物也因霜害不斷而損失不少，大家都在挨餓。」

「影族也是？」

「小雲和我們一起去拿貓薄荷，」她回答道。「他告訴我，他們已經有一個長老過世。」

火星一陣難過。「禿葉季讓每個部族都不好過。」

松鴉掌豎起耳朵，他聽得出來葉池沒把她真正的意思說出來。而這時葉池突然壓低聲音，松鴉掌得伸長脖子才聽得到。

「所有部族都怨聲載道，」她喃喃說道。「大家都認為這種嚴寒的天候以及貓兒生病和獵物短缺的問題，絕非只是一時的運氣不好。」

松鴉掌的心一沉，葉池的話語突然被耳裡傳來的遠方低語聲給完全淹沒，這些聲音來自湖邊四方各族……**星族不要我們待在這裡！新的領地根本供應不了我們的所需，要是疾病蔓延開來怎麼辦？**

他的腦袋裡盡是各種嗡嗡質疑，他貼緊地面，閉上眼睛，難道是星族在懲罰四大部族？若果真如此，原因是什麼呢？

第二十四章

冬青掌動動鼻子，總覺得不太對勁。空氣聞起來既潮溼又溫暖。她在臥鋪上開心地伸個懶腰，用後掌推推榛掌的背。

「別吵我！」榛掌抱怨道。

「妳沒聞到嗎？」

榛掌打個呵欠。「聞到什麼？」

「天氣變暖了。」冬青掌從窩裡跳出來。

她鑽出洞，被外頭的陽光給照得睜不開眼睛。空地上因為冰霜融化的關係，而變得到處溼答答的，連灌木叢的枝椏也滴著水，整個營地沐浴在嫩黃色的陽光裡。峭壁上方的樹木，似乎裹了一層綠色薄霧，新葉季終於來了。

火星正在擎天架下方幫沙暴梳理毛髮。他蹲下來舔沙暴耳朵時，明顯看得出來他毛皮底下瘦骨嶙峋，不過尾巴倒是很開心地拍來甩去。小冰和小狐正在育兒室的外面繞著圈子，被樺落和莓掌追得開心尖叫。洞口的蕨雲坐在黛西旁邊，正在享受溫暖的晨光。她只有鼻子旁邊還留有一點痂皮，代表她大病初癒。瞿掌也快好起來了，她跟鼠毛一起住在長老窩裡休養身子，不過還沒好到可以去參加今晚的大集會。

冬青掌聽見營地入口的荊棘叢傳來腳步聲，刺爪正帶著巡邏隊衝進營地裡。一隻老鼠就叼在他嘴裡，白翅緊跟在後，也帶回一隻小花雞。灰毛和獅掌跟著出現，各自叼回一隻田鼠。

冬青掌的眼睛睜得大大的。她已經好久沒見到這麼多獵物了。

正當刺爪把獵物丟進那塊早已空了許久的獵物區時，火星站了起來，走過去迎接剛回來的巡邏隊員。「看來獵物又多了起來。」

獅掌興奮地繞著灰毛走來走去。「影族邊界已經長出春花了，天空橡樹也發出新芽。」

「幾乎每個洞裡都有獵物在蠢動。」白翅跟著補充道。

火星掃視空地。「棘爪呢？」

副族長趕緊從戰士窩裡衝出來，松鼠飛跟在後面。

「獵物又開始出來活動了。」火星用尾巴指指那堆獵物。「快帶一隊狩獵隊到風族邊界附近，看看能不能再抓點吃的東西回來。」

棘爪的眼睛興奮地一亮。「莓掌！」他喊著他的見習生。「我們要去狩獵了。」

莓掌立刻停止追逐小貓們。

「我們可以一起去嗎？」小狐懇求道。

小冰調皮地拍她弟弟的頭。「我們只是小貓欸。」她喵聲說道。

「我們只是去看他們狩獵啊！」小狐蹲下來，豎直尾巴，搖著後臀，然後往前一撲，壓住一片葉子，按在地上。

小冰的短鬚好玩地抽了抽。「下一次我們需要吃樹葉時，棘爪一定會找你幫忙。」

「你會成為很棒的戰士，」莓掌告訴他。「我保證會帶好吃的東西回來給你。」

冬青掌跳上前去。「我可以一起去嗎？」她問棘爪。

「妳今晚要去大集會，」他喵聲說道。「我希望妳留點體力。」

「可是我已經睡了快一個早上了。」她抗議道。

「妳跟其他族貓一樣還在餓肚子，」棘爪告訴她。「所以今天先吃飽睡飽，明天再去狩獵。」

「可是獅掌都可以，」冬青掌生氣地說道。「這不公平！」

「人生本來就是不公平，妳就待在營地裡。」他朝松鼠飛點點頭，然後與莓掌相偕出去。

冬青掌氣得直跺腳，轉身穿過空地，她的族貓正在挨餓，他們卻不讓她出去狩獵！有那麼一瞬間，她衝動地想自己偷溜出去算了，但一想到萬一被抓到，火星一定會罰她不准參加大集會或者明天不准去狩獵，那就太不划算了。

又圓又大的月亮高掛天空，銀色月華照亮整座山谷。

冬青掌嗅聞空氣。**夜空清澈，這是個好兆頭。**

灰紋和蜜妮正在空地上和灰毛及暴毛一起等候。蕨毛坐在他們身邊，用牙齒扯咬腳爪間的毛。松鼠飛正忙著清洗耳朵，棘爪就坐在她旁邊，抬頭望著擎天架。只等火星一現身，他們就要出發。

等在荊棘屏障附近的見習生們，各個顯得坐立難安。

「你們認為黑星會提到這次戰役嗎？」煤掌說道。

蜜掌在營地入口走來走去。「我敢打賭影族絕對不敢提到他們戰敗的事情。」

「妳認為呢？冬青掌？」獅掌問道。可是冬青掌好像沒聽到。松鴉掌正瞪著他們這群正要離營的隊伍看，那雙清澈的藍色眼睛不露任何一絲情緒，但她知道他很失望。

於是她慢慢走向他。「等我回來，就會告訴你大集會上的事。」她允諾道。

但松鴉掌沒有回答。

她只好將身子挨近他。「我相信你一定能參加下一次的大集會，」她安慰他。「到時罌掌和鼠毛的身體應該已經完全康復了。」

「我知道。」他的尾尖微微抽動，多少透露了他的沮喪情緒。

「冬青掌！」蕨毛的呼喚聲嚇了她一跳。火星已經從擎天架一躍而下，沙暴跟在他後面。

「我得走了。」她喵聲說道。

「快一點！」獅掌跟著喊道，她急忙衝上去加入他們。

冬青掌回頭看了一眼松鴉掌，這時他已經站了起來，緩步往長老窩走去。

「松鴉掌不會有事的。」煤掌向她再三保證。

冬青掌的肩膀肌肉緊緊繃著，松鴉掌必須留下來照顧生病的族貓，再說，她也沒那個心情再去擔心她弟弟，因為這是她第一次以戰士見習生的身分去參加大集會，她早就迫不及待了。

火星尾巴一甩，發出信號，一馬當先鑽進荊棘隧道裡。棘爪和其他戰士緊跟在後。見習生也都擠了進去，想第一個鑽出營地。獅掌的身子從冬青掌身邊刷過，他的毛髮豎得筆直，跟著夥伴們一起衝出營外。

這支隊伍往湖岸走去。灰紋跑到前面，顯然很高興能和自己的部族再次參加大集會。他兩眼炯炯有神，看著蜜妮。「妳還是認為跟我回部族的這個決定是對的嗎？」

「你去的地方，就是我的歸宿。」蜜妮小聲說道。

景致由林地變成了草原，接著出現溼地，貓兒們經過湖邊時，全都放緩腳步，小心翼翼。沒多久，冬青掌便瞧見那根橫倒在湖岸和島之間的樹幹。火星和松鼠飛正準備要過橋，沙暴和蜜掌緊跟在他們身後，棘爪和莓掌則等在葉池後面。

其他貓兒逐一過橋後，冬青掌正在等火星一聲令下。樹影外的湖面有月光瑩瑩閃爍，她聞得到島上其他貓的氣味。這時火星點個頭，示意他們走進矮樹叢時，她的心立時跳得跟蹦蹦跳的兔腳一樣。

冬青掌等不及想告訴其他見習生，她現在也是他們一分子了，她總覺得以前在當巫醫見習生時，自己很格格不入。

「我希望……」她才剛要開口。

獅掌卻停下腳步，瞪著空地。「不太對勁。」他低聲說道。

「怎麼了？」冬青掌四處張望，突然懂了他的意思。

今天島上的氛圍和上次不太一樣。所有貓兒都戒慎小心地待在自己族貓身邊，不和其他部族打交道，他們看起來都瘦巴巴的，表情怨懟，神色狐疑，眼神閃爍不定。

「他們怎麼了？」冬青掌喵聲問道。

「禿葉季的日子很難熬，」火星向他的族貓解釋。「大家的體力都不好，都在挨餓，自然會起防備之心，我們小心一點就是了。」

冬青掌緊挨著她弟弟走，那些戰士的憤怒眼神令她很不自在。

「別擔心，」獅掌向她保證。「大家的心情很快就會放鬆了。」

突然一陣嘶聲吼叫，嚇得冬青掌猛地轉頭。原來是莓掌跳到鴞掌身上，一時之間，貓毛亂飛。那個影族見習生將莓掌扳倒，壓在地上，但莓掌身子一扭，從側邊掙脫，害對方差點摔到地上。

「不要打了！」棘爪兇惡的喵聲在林子裡迴盪，他跑向自己的見習生，一把將他從鴞掌那兒抓了回來。莓掌的腿仍在空踢，利爪在月光下閃閃發亮。

「別忘了休戰協定！」棘爪嚴厲警告他。

冬青掌抬頭望向月亮，稀疏的薄雲正飄了過來，遮住月亮，她的心猛地一抽，難道莓掌和鴞掌惹星族生氣了？

棘爪把莓掌粗魯地甩在地上，莓掌立即甩甩身子。「是鴞掌先開始的，」他怒聲說道。「他罵我是寵物貓！」

冬青掌毛髮瞬間倒豎，莓掌已經接受好幾個月的戰士訓練，但終究不是一隻在部族裡出生的原生貓。

大橡樹那兒傳來一陣吼叫。「大集會正式開始！」原來是火星喊道。

冬青掌趕緊鑽進自己的族貓裡，在葉池和棘爪中間坐了下來，獅掌也擠到她身邊。

「你看黑星在瞪我們欸！」她大氣不敢喘。影族族長正瞇起眼睛，瞪著雷族貓兒，他的嘴巴內縮，好像恨不得朝他們咆哮。

豹星最先發言。「河族過去這一個月過得很辛苦。」金色斑點的虎斑貓神情肅穆地環顧各部族。「本來我們以為新葉季就要來了，沒想到霜害又降，害我們又得繼續餓肚子，甚至還有疾病蔓延。」

四大部族的貓兒都發出同意的低語聲。

豹星瞇起眼睛。「誰知道下一季又會遭遇什麼問題？兩腳獸曾在上次的綠葉季，占領我們的領地，這次牠們會再大舉來襲，摧毀我們的土地嗎？就像牠們以前在林子裡的所作所為一樣？」

「怎麼可能？」灰足從風族貓兒那兒放聲喊道。

「那為什麼禿葉季會有這麼多問題？」豹星嗆了回去。「莫非是星族在警告我們？難道我們根本不屬於這裡？」

「我沒有從星族那裡得到這方面的啟示。」葉池立刻接話。

「我也沒有！」吠臉出聲附和。

「我們一向能打敗飢餓和疾病的肆虐。」松鼠飛直言道。「以前在森林裡就是如此。」

「松鼠飛說得沒錯！」一星同意道。

豹星看看黑星。冬青掌注意到她彈了一下尾巴，像在暗示影族族長說點話。

黑星的眼睛瞇得小小的，一臉的不懷好意。「小雲曾得到啟示！」他大聲說道。

所有眼睛都望向小雲。影族巫醫的毛髮凌亂，眼睛布滿愁雲。「我夢到一名戰士帶了新的獵物回到營裡，我從沒見過那種鳥，一口咬下去，發現裡頭竟然都是蛆。」

各族貓兒開始發出焦慮的低語聲，黑星要他們安靜下來，「是星族在警告我們，有陌生者想毒害所有部族！」

「祂們也可能是在警告我們小心來路不明的獵物！」葉池駁斥道。

空地上投下一片慘淡陰影，冬青掌驚見有愈來愈多的烏雲從月亮面前緩緩飄過。看來星族真的不太高興了。

黑星瞪著火星。「你讓那些外來的貓兒進駐，等於是削弱部族的純正血統，」他指控道。「要不然星族為什麼要給我們這麼多苦難？」他用譴責的目光瞪著雷族族長，然後掃向暴毛、溪兒和蜜妮。

冬青掌突然怒火中燒。**他們都是真正的戰士！**就連她自己也有一點寵物貓的血統，只不過經過兩代下來，如今她也算是部族裡出生的原生貓。

「寵物貓和外來者！」橡毛哼著鼻子說。

「你毀了戰士守則！」鴉掌也吼道。

棘爪氣得賁張毛髮，暴毛倏地站起，收緊下巴，發出低沉的怒吼。但火星用凌厲的目光掃過族貓，要他們稍安勿躁。

「天候惡劣這種事不能怪在雷族頭上！」他嘶聲說道。「我們在老家碰過比這更糟的情況。是星族引領我們來到這裡，難道有誰自認可以再帶領我們到另一個地方去過更安逸的生活嗎？」四大部族的貓兒們一開始都沒敢說話，但後來陸續有貓兒漸漸低語附和，這時火星才又繼續說道：「真正的戰士得靠困境求生的力量才能鍛鍊得出來。」他回瞪黑星。「你認為新血加入會削弱部族的力量，但我的看法是，太過安逸的生活才會削弱我們的力量。」

一星點頭同意。「黑星的說法好像是星族理當給我們好日子過似的，難道他希望我們像寵物貓一樣飽食終日嗎？」

黑星憤怒地冷瞪他一眼。

灰毛倏地站了起來。「血統純正不見得就代表品德高尚。」

「我可以說句話嗎？」冬青掌轉頭，只見松鼠飛正走到族貓面前。火星點頭同意。

松鼠飛冷靜地環顧四大部族。那一刻，冬青掌真的為她母親感到驕傲。**快說吧，松鼠飛！**

「我們都曾經歷苦難，」松鼠飛承認道。「但我們必須向前看，別老往後看。新葉季已經降臨，我們的領地開始暖和起來，到處都是獵物。而且拜蛾翅之賜，我們全都有充足的貓薄荷可用。」

當她說這些話時，島上吹起一陣溫暖的和風，雲開月見，空地再度被明亮的月光籠罩。

「星族同意她的話！」

「這是個好兆頭。」

大家不再坐立不安，開始冷靜下來。

松鼠飛繼續說道。「這是我們在湖邊的第二個新葉季，我們應該慶祝這個開始。」

冬青掌傾身向前，一臉不解。

「我們可以趁月圓的時候，在白天集會慶祝。」

「有必要這麼做嗎？」黑星哼著鼻子說。「休戰協定只有在月圓時才生效。」

「不管是白天或晚上，月亮都是圓的。」鴉羽直言道。

「那我們就更應該集會慶祝。」松鼠飛催促道。「我們可以一起切磋戰技和訓練方法，藉此證明我們並沒忘記當初四族戰士是如何團結一心，共同經歷大遷移才來到這裡。」

「我們應該舉辦比賽！」卵石掌開口說道，這位河族見習生神情興奮。

「各族見習生可以相互比賽，看誰的戰技最好！」石楠掌大聲喊道。

就連鴞掌也顯得躍躍欲試。「我一定能在狩獵比賽中打敗所有雷族貓兒！」他誇下海口。

「沒有誰比撲掌更會抓魚了！」霧足喊道。

「妳騙誰啊！」獅掌說道。「大家都知道只有河族貓兒喜歡玩水！」

冬青掌這才發現貓兒們的恐懼和憤怒竟在此刻全化為興奮之情，大夥兒都很期待這場友誼競賽。她的母親已經成功轉移大家的注意力，他們不再計較血統純不純正的問題，反而想起當年大家是如何團結一心，熬過大遷移。冬青掌抬頭望向火星，只見雷族族長靜靜坐著，很驕傲地看著松鼠飛。

就連一星也似乎很感興趣。「我們要在哪裡舉辦比賽？」

「就在我們剛來到湖邊時所暫居的那塊地方怎麼樣？」灰毛說道。

豹星搖搖頭。「那裡的沼澤太多了。」

「在我們領地，有一塊界於湖邊和林子的交界地，很適合舉辦集會活動，」火星提議道。「那裡的草地最適合所有貓兒了，而且排水良好，就算天氣潮溼也不會積水，空間也夠寬敞，貓兒們絕不會掉進水裡。到時各部族只要帶自己的獵物來就行了。我們可以在那裡碰面聚會。」

「還有兩個白天會月圓，」豹星喵聲說道。「我們到時見囉？」她環顧四周，所有貓兒都點頭同意，尾巴興奮擺動。

「很好，」豹星結論道。她轉向火星。「如果你沒問題，我們就在日正當中時碰面吧。」

火星點點頭。

冬青掌的腳爪不安地蠕動著，集會慶祝雖然好玩，但難保下次不會又發生什麼問題，別的部族還是會歸咎於雷族血統不夠純正。

「就這麼決定了。」一星同意道。他從樹上跳下來，後面跟著火星和豹星。只有黑星仍在上頭停留不去，眼裡有怒火燃燒。

但大集會已經結束，貓兒們開始離去，個個像麻雀一樣吱喳不停。

「真是不敢相信！」獅掌說道。

冬青掌回頭看她母親一眼，後者正往棘爪和火星所在的樹旁走去。「松鼠飛竟然能把事情擺平。」**可是能維持多久呢？**

「我等不及要回去告訴松鴉掌了！」獅掌說道。「你想他會喜歡這個主意嗎？」

冬青掌突然一陣不安。盲眼貓要怎麼參加比賽呢？「也許巫醫不會參加，」她喵聲說道。「畢竟，他們不像戰士，他們重視的是互助，而不是互相競爭。」

就在他們快走到樹橋時，煤掌跑到他們身邊。「我敢說獅掌一定會在狩獵比賽裡大獲全勝。」她氣喘吁吁地說道。

獅掌不好意思地喵聲說道：「我想冬青掌一定可以在戰技比賽中勝出的。」

溪兒的聲音從後方小聲傳來。「只要你們盡了全力，雷族就會以你們為榮。」

冬青掌心想自己怎麼可能不盡全力呢？她心情興奮到毛髮微微刺癢，也許這種大集會真能解決所有問題。至少雷族可以藉此機會向大家證明——尤其向影族證明——他們都是貨真價實的戰士，這和你是不是原生貓，一點關係也沒有。

第二十五章

已經快日正當中了——松鴉掌感覺得到背上暖烘烘的。他緩步走進空地，嘴裡叼著羊蹄葉。

正當他穿過空地時，耳裡聽見四周族貓的腳步聲。整個部族自黎明起就在忙著迎接白天的大集會。**他們只是要花一整天的時間去狩獵和打架而已**，松鴉掌不悅地想道，**幹嘛表現得好像有多重要似的？**

「松鼠飛！」火星從擎天架上方喊道。

「什麼事？」她的聲音氣喘吁吁。

「妳已經確定捉松鼠比賽的路線了嗎？」

「我叫棘爪帶巡邏隊去勘查路線了，」她答道。「他們還在找，影族邊界那裡很適合，那邊有很多松鼠正忙著挖以前存的堅果。」

「那爬樹比賽呢？」火星追問道。

「蛛足告訴我，天空橡樹已經長了新芽，他認為就算見習生全都爬了上去，也應該不會傷到那棵樹。」

「很好，」火星喵聲說道。「已經派狩獵隊出去了嗎？我可不希望讓其他部族誤以為我們缺乏獵物。」

「已經有兩支隊伍出發了，分別由樺落和刺爪帶隊。」

「松鴉掌！」火星從擎天架一躍而下，趕上他。「葉池今天需要你幫忙，以免比賽途中出現任何意外。不過這樣一來，你恐怕不能參加比賽了。」

自從天亮宣布集會活動就要開始之後，族貓們經過他身邊時，都像老鼠似地小心翼翼，不敢在他面前大聲說話，但其實他知道他們心裡想什麼——他根本不能像其他見習生一樣參加比賽。他注意到他們在討論哪些見習生可能會贏時，都沒提到他的名字。松鴉掌不理會火星的問話，很生氣地一溜煙鑽進刺藤叢裡，回巫醫洞去。

「太好了！」葉池正在等他回來。「你找到很多羊蹄葉，這樣我們就不怕有誰受傷了。」

松鴉掌把羊蹄葉丟在地上，彈彈舌頭，用口水潤溼自己的嘴巴。「我不懂我們為什麼要為其他部族準備藥草，」他抱怨道。「如果他們的見習生要來我們領地炫耀戰技，就該由他們的巫醫自己照顧才對。」

「所有巫醫會一起合作，確保所有貓兒都得到妥善的照料。」葉池提醒他。

「我相信柳掌和隼掌絕對不會花一整個早上的時間蒐集藥草。」松鴉掌喃喃抱怨。「就連他們兩個，也一定在練習狩獵技巧，參加比賽。」

葉池迅速將羊蹄葉加進其他藥草裡，但他可以從她的動作裡感覺得到她的沮喪，不過她的聲音仍顯鎮定。「松鴉掌，我知道你很想參加，但我需要你留下來幫忙。」

松鴉掌一再壓抑的怒火終於爆發開來。「別再騙我了！」他吼道。「你們只是不想讓我參加而已，因為我根本打不過那些見習生！火星怕我丟雷族的臉！」

「你知道這不是真的！」葉池一臉訝異。

「那為什麼他不讓我參加其中一個比賽？」

「等你比較有狩獵經驗或接受過較周全的戰技訓練之後，他就會讓你參加了！」葉池的聲音顯得尖銳，她不想發脾氣。「只是你的巫醫訓練起步太晚，又剛好發生綠咳症，所以才沒機會好好磨練其他技術。」

松鴉掌沒有答腔。當初冬青掌才當了一陣子的巫醫見習生，葉池就帶她去上戰技訓練課了，這令他不免懷疑，他的導師是不是認為讓他上那些課，只是浪費時間而已。

但葉池改變了話題。「松鼠飛一定很累了，她從早上忙到現在。你拿些藥草給她吃好嗎？」

松鴉掌悶悶不樂地走到藥草存放處，將松鼠飛可能需要的藥草包在一起，用牙齒叼著，鑽出洞外，仔細搜尋他母親的聲音。他發現她正在擎天架下方跟棘爪說話。

松鴉掌把藥草放在松鼠飛腳下。「葉池要妳把這些吃掉。」

「她真是為我著想，」松鼠飛聞一聞藥草。「這是你自己調的嗎？味道聞起來比較甜欸。」

「我加了點石楠花蜜，這樣比較不會太難吃。」松鴉掌咕噥說道。

松鼠飛謝過他，用舌頭舔舔他額頭。「你真體貼。」

「沒什麼。」他小聲說道，轉身就走，就怕她再做出什麼讓他不好意思的舉動，不過他知道自己的心裡其實是很得意的。

突然有腳步聲出現在營地入口，原來是獅掌和冬青掌，他們的興奮情緒感染了營裡空氣，亢奮的氛圍四處流竄，像旋風一樣拂亂松鴉掌的毛髮。

「他們來了！」獅掌氣喘吁吁。

冬青掌緊張地繞著圈圈，靜不下來。「風族已經往湖邊去了。」

小狐和小冰快步地從育兒室裡出來。

「他們真的來了嗎？」小狐追問道。

「影族呢？」小冰的喵聲裡有一絲絲的緊張

「還沒來，」獅掌告訴他。「不過看起來好像所有風族貓兒都來了。」

「真希望我們也能去！」小狐喵聲說道。

「我們在家裡也可以玩得很開心啊。」蕨雲從育兒室入口處這樣喊道。

「為什麼我們得待在營裡？」小冰哭喪著臉。「不公平！」

「人生本來就是不公平的。」松鴉掌咆哮道，然後一臉不悅地走回巫醫窩。**所以我才會像小貓一樣被困在營裡！**

樺落和刺爪穿過荊棘通道，一路奔了進來，後面爭先恐後地跟著其他狩獵隊員。松鴉掌聞到鮮美的獵物氣味，看來每隻貓兒都至少抓到一隻獵物。

「做得好！」火星告訴他們。「今天不會再有貓兒挨餓了。」

一聲吼叫從山谷上方的林子裡傳來。

「那是豹星！」獅掌喵聲說道。「河族已經來了。」

「我們也該走了。」冬青掌插嘴道。「大集會中午就要開始了。」

冬青掌會參加第一梯次的比賽，和別的貓兒較量誰的戰技比較高超。同時間，獅掌會和風族的一位見習生比賽狩獵。莫名的嫉妒像小蟲一樣不斷啃蝕松鴉掌的心。

擎天架上的碎石一陣嘎吱作響，火星躍下空地。但松鴉掌已經鑽進巫醫洞裡，不想再聽見空地上那些不耐等候的戰士及見習生們的熱烈討論。當火星向族貓們大聲說出「祝你們好運！」這幾個字時，松鴉掌試圖塞住耳朵，不過他還是聽見了族貓爭先恐後的如雷腳步聲。

不一會兒，營地就陷入一片死寂。

「松鴉掌！」葉池的喵聲從藥草倉庫那裡傳來。「你來幫我調些藥膏吧。」

松鴉掌強迫自己按捺下惱人的思緒，走到葉池旁邊，開始幫忙嚼爛他剛帶回來的羊蹄葉。他們在忙著工作時，小冰和小狐正在空地裡吵鬧玩耍。

「別忘了，」蕨雲正放聲喊道，「你們兩個都得幫我各抓一隻金龜子、一些苔蘚，還有一隻蒼蠅哦。」

「我會贏的！」小冰喵聲說道。

「不，妳才不會呢，」小狐回答。「我一定會先找到，我一定是冠軍。」

他們的稚嫩喵聲迴盪在空蕩蕩的營地裡，松鴉掌這才發現這種空蕩的感覺就像肚裡空無一物一樣難以忍受。

為什麼我總是被他們丟在一旁？

「夠了。」葉池的聲音把他從思緒中驚醒。「這些分量足夠四族的貓兒使用了。」

松鴉掌把嘴裡最後一口羊蹄葉吐了出來，然後用後腿坐下，伸舌舔舔腳掌，清掉舌頭裡殘餘的味道。

「我得趕去集會現場了，免得臨時有誰受傷，」巫醫大聲說道。「而且我想去看冬青掌比賽，要不要跟我一起去？」

松鴉掌搖搖頭。如果不能參加比賽，他才不想去呢！

「隨你囉。」葉池沒打算說服他，不發一語地自己走出洞外。

被單獨留在窩裡的松鴉掌，突然覺得好失落。他聽見遠處林子傳來戰士和見習生的興奮吶喊聲，他很想對著星族怒吼，這不公平！但他不能再像小貓一樣隨意使性子，即便他們對待他的方式就像對待小貓一樣。於是他開始整理藥草，分類放好，還排好藥膏，以備受傷的貓兒隨時可用。

突然某種奇怪的感覺從他尾尖襲了上來，一路漫上他的背脊，害他全身刺痛，腦海開始浮現影像，在他眼前不斷擴大。

他被活埋了！他不能呼吸！充滿狐狸味和獾味的泥沙嗆得他好難過。他驚慌失措，狐狸在哪裡？獾又在哪裡？他以為牠們會用利牙撕咬他，他四處張望，卻什麼也沒看見，只有四周不斷崩塌的泥沙。在他頭頂上方，原本刺眼的陽光，隨著泥沙的覆蓋而漸漸昏暗，他眼睛刺痛，耳朵和鼻孔裡塞滿沙土。他快死了——這次不是被水淹死，而是沙土。

「救命啊！」他正要放聲大喊，泥沙卻灌進他的嘴巴。

他絕望地四處亂抓亂扒，想要爬出來，難道星族已經對他失望到決定乾脆直接活埋他？他後腿不斷踢打，他甚至看見他的兩隻腳爪在鼻子前面不停揮舞，可是那不是他的斑色腳爪啊？這雙腳爪的顏色較淡，腳掌較寬，而且毛髮茂密。

原來他是透過獅掌的眼睛看見這一切！

松鴉掌趕緊將影像從腦海裡揮開，這才知道自己其實還在巫醫窩裡，四周都是藥草味，山谷裡依舊空蕩蕩的，外頭一片死寂。

獅掌呢？他在哪裡？

狩獵競賽！他會沿著影族邊界去找獵物。

松鴉掌突然像閃電一樣衝出巫醫窩，跑進林子裡，他蛇行穿梭矮木叢裡，所有感官都活了起來。他必須趕在出事之前，找到獅掌！

冬青掌看見參加狩獵競賽的獅掌和風掌一陣呼嘯，衝上斜坡，消失在林子裡。獅掌背上的毛髮豎得筆直，顯然十分興奮。

祝好運！

「冬青掌，妳準備好了嗎？」一星喊道。

冬青掌旋即轉身。石楠掌已經等在草地上，四周都是戰士和見習生。她的肩膀挺了起來，隨時準備開打。

「來吧，冬青掌！」棘爪催她道。他就站在蕨毛旁邊，兩眼閃閃發亮。

冬青掌聽見貓兒們的興奮低語聲，感覺到自己的肚子裡像有魚兒翻滾似的，但她不想讓別的貓兒知道她很緊張，於是走到石楠掌的對面位置匍匐蹲下，瞇起眼睛。

「爪子不准出鞘！」一星命令道，尾巴掃過草地。冬青掌立刻繃緊神經。眼前的風族見習生雖然體型較小，但冬青掌知道石楠掌比她多受了兩個月的見習生訓練，而且那身光滑的毛皮底下有非常結實的肌肉。

「開始！」一星喊道。

石楠掌立即躍起，往冬青掌撲了過來，將她撂倒在地。冬青掌感覺到對方的牙齒緊咬住她的頸背，雖然力道不致於咬傷她，卻足以警告她不准妄動。她當然不肯輕易就範！石楠掌竟然把她當兔子一樣活逮。

冬青掌快速思索對策，然後將頭低下來，後腿一踢，往前翻個跟斗，石楠掌被她帶著翻了一圈，跌在地上。冬青掌掙脫桎梏，立刻跳了起來，轉身朝石楠掌飛撲而去，但她的對手已經機警地滾到一旁，冬青掌大吃一驚，四腳落在草地上。

她側目一看，石楠掌正往她這衝來。她突然四隻腳往上一躍，下方的石楠掌還來不及煞住腳步，就被她壓倒在地上。冬青掌的腳爪緊緊纏住對手，將她翻了過來，用後腿踢她。

身子像蛇一樣滑溜的石楠掌，費力掙脫冬青掌的箝制，用後腿站了起來，瞄準冬青掌，不斷揮舞她的前爪。冬青掌也站起來正面迎戰，兩個見習生像跳舞的兔子一樣打了起來。

「快把她解決掉，石楠掌！」鴉羽放聲喊道。

「快閃開！」蕨毛吼道。

你以為我不想閃開啊？

冬青掌的鼻子一陣刺痛，石楠掌一拳狠狠地揮中她鼻子，冬青掌不想再浪費時間了，她深吸口氣，突地低下身子，害石楠掌一拳揮空。這時冬青掌抓住時機，鑽進石楠掌的後腿之間，害對方瞬間重心不穩，然後再猛地扭身一轉，張嘴咬住石楠掌的頸背——她只是小心地咬，不敢讓對方流血——將她緊緊壓在地上。石楠掌發出憤怒的吼聲，想爬起來，但冬青掌的四隻腳爪緊緊固定在風族見習生身子的兩側地上，石楠掌怎麼樣也掙脫不開。

「結束了！」一星喊道。「冬青掌贏了！」

雷族貓歡聲雷動，冬青掌這才放手讓對方起來。

石楠掌立時躍起。「妳打得很好，」她氣喘吁吁。「最後那一招真的很厲害！」

「謝謝妳，」冬青掌答道。「妳也很棒。」

「打得好，冬青掌！」棘爪衝了過來，尾巴掃過她的背。

「要是我，就不會那麼輕易被她打敗了，」一個聲音嘶聲傳來。

石楠掌瞇起眼睛，瞪著影族的見習生藤掌。

冬青掌旋身一轉。「你想來試試看嗎？」

突然她感覺到有爪子在拍她耳朵。「贏一次就夠了。」蕨毛非常驕傲地看著她。

這時冬青掌瞄見一個熟悉的灰色身影，閃電似地橫衝過斜坡頂。「松鴉掌！你剛剛沒看見我贏了比賽欸！」但她弟弟好像沒聽見，一溜煙地鑽進林子裡，直往影族領地衝去。他到底要去哪裡？

⚡⚡⚡

松鴉掌沿著斜坡，往影族邊界奔去，他記得在自己的幻覺裡曾出現狐狸和獾的臭味。影族邊界附近曾有獾占用過狐狸窩，這是他母親告訴過他的事情，因為很久以前，當四大部族進駐湖邊時，她曾幫忙去追過那隻獾。

他的腳爪用力戳著草地，死命往上爬。清新的湖水氣味緩緩飄來，但他必須把注意力放在獾的味道上，他跑進林子裡，搜尋那味道。但是單憑直覺和感官，並無助於他快速通過這片陌生領地。他緊急煞住腳步，絕望地到處嗅聞，用觸鬚去感覺自己的路徑。**星族啊，請再讓我看見，求求祢！我必須找到獅掌！**

突然他聞到獾的臭味，還有一點久遠的狐狸味。他盲目地四處張望，心想獅掌到底在哪裡？這時他聽見前方有腳步聲從鋪滿落葉的林地上快速跑過。

他聞到獅掌的味道，接著是風掌的，然後是松鼠的。

對方情緒亢奮，他更是迫在眉梢。他突然驚覺這兩個見習生正往獾的老巢方向跑去，那地方的土質並不牢固，泥沙會吞噬他們……

「別去那裡！」他的喝阻聲貫穿林間，身子猛地前衝，呼吸急促，驚恐害怕。這時他驚慌地煞住腳步。

腳步聲不見了，只有松鼠爬樹的聲音，林子裡一片死寂。

「獅掌！」松鴉掌往前奔去，但腳下林地竟變成岩地，害他差點絆倒。背上的陽光一下子炙熱了起來，他來到一處空地，四周有樹木環繞，眼前是累累圓石。

他聽見前面隱約傳來喵嗚聲響。

「救命啊！」

「星族，快救我！」

松鴉掌緊張地想找路過去，好不容易爬上亂石堆，他們究竟掉在哪裡？他在附近嗎？腳下地面仍是岩石，然後突然平坦，最後竟往下傾斜，他的身子也跟著下滑。他兩耳充血，**難道連我也掉進去了？**他的腦海裡再度出現那個幻覺——泥沙灌進耳裡、眼睛，肺部急需空氣。他的爪子立刻出鞘，小心抵著地面，半爬半滑地往下走。

突然他的前爪碰到了沙，開始下沉。他趕緊往後一跳，用後腿攀住岩石。但泥沙還在流動，他感覺得到沙子在他腳下浮動，像有什麼東西在沙裡面蠕動一樣。

他們一定是在這底下！

他用後爪緊緊勾住牢固的地面，趴下身子，開始挖掘，盡他最快的速度掏出泥沙。

「救命啊！」他放聲大喊，希望有貓兒聽見。「我在這裡！」

他的後爪一時之間沒抓好，整個身子往前一滑，前爪沉進泥沙裡。「星族快救救我！」

他趕忙往後退，使盡全身力氣，他絕不能放棄！於是又蹲了下來，繼續挖掘，一雙後爪吃力地撐住身子，微微顫動，深怕再次掉進沙子裡。泥沙堆在他的胸前和下巴，恐懼襲捲他全身。那個幻覺太過強烈，彷彿泥沙正漫進他喉嚨裡。他除了泥沙之外，什麼也看不見。

突然他的爪子摸到毛髮，瞬間點燃希望，他趕緊用爪子勾住對方，死命地往後拉。那團毛髮不斷扭動，在他的爪子下不停掙扎，想要爬出來，松鴉掌拚命後退，好不容易將對方身子拉了出來。

獅掌咳嗽不已，喘著大氣，身子從軟滑的沙子裡爬了出來，倒在岩地上。松鴉掌再度把腳爪探進土裡，風掌一定還在底下。

「發生什麼事了？」鴉羽驚慌的叫聲從身後傳來。

松鴉掌沒敢停下動作，只對著風族戰士喊道：「這個洞塌了，獅掌和風掌掉進裡面。」

鴉羽立刻跳到他身邊，快速挖了起來，一心想救出自己的兒子。

石頭後面又出現腳爪聲，「鴉羽？」石楠掌的聲音顯得上氣不接下氣。

「風掌還活埋在底下！」鴉羽喘息說道。

「風掌？」夜雲驚恐的聲音也在附近出現。這隻風族母貓一定是和石楠掌一起跳上大圓石，她趕緊靠在松鴉掌身邊，也開始幫忙挖掘。「哦，我的寶貝兒子！」

這時松鴉掌感覺到爪子下方的泥土裡有動靜出現。「我找到他了。」

鴉羽趕緊往松鴉掌那兒伸出腳爪，探下身子。他的喉嚨發出吼聲，死命將他兒子從土裡拉出來。風掌的身子終於被拉出來，松鴉掌感覺到有沙子飛落在他臉上，眼睛微微刺痛。他仔細去聽見習生的呼吸聲，竟發現已經停了。

「快叫葉池來！」他尖聲喊道。

「我在這裡！」葉池的聲音像溫暖的和風傳進他耳裡。

「妳能不能救活他們？」他懇求道。「我已經盡快趕過來了，可是……」

「獅掌可以呼吸，」葉池告訴他。「我已經清掉他喉嚨裡的泥沙了。」

松鴉掌感覺到風掌動了一下，還以為他活過來了，結果原來是葉池正在撬開他的嘴巴。

「你的腳爪比較小，」她告訴松鴉掌。「可以伸進他喉嚨裡，盡量挖出所有泥沙。」

松鴉掌將爪子收起，強迫自己不要發抖，然後小心探進風掌嘴裡。他聽到鴉羽撲通撲通的心跳聲，也感覺得到夜雲正在他身後恐懼發抖，只有葉池能安穩他的心緒。他專心地做著這件事，將泥沙從風掌的喉嚨裡挖出來。

突然風掌用力咳了起來，嘔出胃裡和肺腔裡的泥沙，身子痛苦蠕動。

「他會好起來吧？」夜雲低聲問道。

「會的，他一定會的。」葉池允諾道。

「謝謝妳，葉池。」鴉羽低聲說道。

「我會盡全力救你的孩子，」葉池溫柔地對鴉羽說道。「這一點你應該很清楚。」

松鴉掌感覺到他們之間的緊張氣氛，像山雨欲來似地瀰漫空氣中，他的身子不禁一縮。

「幸好有松鴉掌在這裡，我的孩子才能得救。」夜雲話語尖銳。

「松鴉掌？」獅掌沙啞著聲音。

松鴉掌轉過身來，蹲在他哥哥旁邊。「好險哦，你差點沒命了。」他喵聲說道。

獅掌的呼吸仍顯得很喘，但已經好多了。「我還以為我蒙星族寵召了。」

葉池的頰鬚從松鴉掌的面頰輕輕刷過。「還好有你在。」

「差點就來不及了。」他答道。

「可是你及時趕上了，」她直言道。「你靠自己的力量英勇救出他們兩個。」她的尾巴彈彈他的肩膀。「走吧，我們帶他們回山谷裡。」

松鴉掌伸出腳爪，要獅掌舔食他腳墊上的罌粟籽。獅掌滿懷感激地吞下去，身子雖然還在發抖，但已經安穩躺在松鴉掌的臥鋪上，旁邊躺著風掌。

獅掌是靠自己的力量一路蹣跚走回雷族營地。冬青掌和松鼠飛在兩邊扶他，棘爪則匆匆趕去通知火星。

夜雲像叼小貓一樣將風掌拖了回來，他的後腿被一路拖行在林地裡，但因體力耗盡，沒有出聲抱怨。鴉羽走在他伴侶貓旁邊，雖然想要幫忙，但夜雲不肯，彷彿深怕失去自己的小貓。如今她用身子將他包覆起來，躺了下來，溫暖他發抖的身軀，呼吸隨著他均勻起落。

「先想辦法讓他們睡一覺。」葉池告訴松鴉掌。「我會去告訴其他貓兒，他們沒事了。」火星、鴉羽、石楠掌、棘爪和松鼠飛都在洞外焦急等候。巫醫往洞外走去，藤蔓一陣窸窣作響。

「我會先讓他們兩個睡的。」夜雲喵聲說道。松鴉掌聽見她的尾巴很有節奏地輕輕掃過兩個見習生沾滿沙子的毛髮。

「你好棒哦！」冬青掌在他耳邊的吐氣聲把他的耳朵弄得好癢。她的讚美令他面紅耳赤。為什麼她會把他當作英雄？當時他們穿過林子，在往回家的路上時，鴉羽也曾這樣讚美他。

「你的行為就像真正的戰士一樣。」這隻風族貓兒曾這樣告訴他。但松鴉掌並不覺得自己像戰士。要是他能跑得再快一點，就能提前警告獅掌，可惜他的盲眼拖慢了他的腳步。

「如果我早點趕到，獅掌和風掌就不會受傷了。」他喵聲對冬青掌說道。

「可是你是怎麼找到他們的？」他感覺得到她目光灼灼地看著他。「他們正在追松鼠——可能追到任何地方啊。」

松鴉掌吞吞吐吐。「我出現幻覺，」他承認道。「我預視到即將發生的事。」他想起那種嗆鼻的感覺，還有嘴裡的泥沙味道，以及腳爪在他眼前絕望掙扎的影像。「我一看到那雙腳爪的顏色，就知道那不是我，是獅掌。」

「看到？」冬青掌突然倒抽口氣，害松鴉掌嚇了一跳。「你看到他的腳爪？」

「噓！」他真希望剛剛沒告訴她，要是星族以為他想炫耀，或許就會收回他的預知能力也說不定。松鴉掌只希望他姊姊能夠瞭解。「有時候我會在夢裡看見一些影像或出現幻覺。」他低聲說道。「這很難解釋，就是……」他停頓一下，想找出適當的形容詞。「不太一樣。」

他感覺得到她的心裡都是疑問，然後這疑問突然沒了，只聽見她喉嚨裡發出快樂的喵嗚聲：「星族賜給你這個天賦，一定有祂們的道理。我知道你絕對可以成為偉大的巫醫。」她用面頰摩搓他的，然後走出洞外。

松鴉掌嘆口氣。他很慶幸冬青掌沒再質問下去，可是難道以後都得這樣嗎？離群索居，過著不為族貓所能理解的生活？成為他們心靈的依靠？

「松鴉掌！」棘爪在洞外喊他。「快到湖邊參加大集會的閉幕典禮。」

「火星要宣布優勝者了！」石楠掌興奮地補充道。

松鴉掌縮起下巴，他最不願意做的事情就是去看別的見習生炫耀自己的戰技。他朝獅掌和風掌那兒豎直耳朵，夜雲已經依言幫忙哄那兩個見習生入睡了，他只得轉身鑽出洞外。「那誰來照顧獅掌和風掌呢？」他這樣說道，其實是想找個藉口留在營裡。

「我來照顧就行了。」葉池告訴他。

「走吧，松鴉掌。」冬青掌懇求道。「一定會很好玩的。」

「你應該多認識一些別族的見習生。」火星說道。「你一直都沒有這個機會。」

松鴉掌只得心不甘情不願地跟著他們往湖邊的斜坡走。鴉羽和石楠掌回到風族族貓那裡，火星走到其他族長身邊，棘爪在邊坡坐了下來，松鴉掌和松鼠飛、冬青掌坐在他旁邊。

「自從大遷移之後，各部族已經很久沒有這樣放鬆心情過了。」棘爪說道。

松鼠飛的快樂情緒在四周空氣裡流竄。「連影族也好像很開心。」

「可是黑星還是瞪著大家，踱得很，好像他的見習生贏了每項比賽。」冬青掌插嘴道。

「來自樹林、山丘和河流的族貓們！」

松鴉掌聽見他的族長放聲大喊，所有貓兒都安靜下來，松鴉掌感覺到大家的目光全都轉向雷族族長。

「今天所有見習生都表現得很好，」火星大聲說道。「他們都像真正的戰士一樣狩獵和格鬥。」

歡騰的喵嗚聲在四大部族之間響起。

「我已經和豹星、黑星及一星商量過了，我們一致決定這次比賽結果是平手，分不出勝負，」火星繼續說道。「每一族都證明了自己值得星族的肯定。」

「這不公平！」鴞掌哼著鼻子說道，影族眾多見習生也都附和他的說法。「我才是最好的狩獵者！獅掌和風掌根本沒有回來。」

「噓！」一隻影族的母貓要他安靜。「他們差點就沒命了。」

黑星告訴鴞掌。「沒關係，即便我們必須和別族一起分享榮耀，但我們心知肚明誰才是真正的優勝者。等我們回家之後，你可以優先挑選你想吃的獵物。」

豹星也提高聲量說道：「在河族的見習生裡頭，撲掌今晚可以享用最好的魚，作為她高超狩獵技術的獎勵。」

「石楠掌可以獨享一隻大兔子，」一星喊道。「因為她是第一個爬上天空橡樹頂端的貓！」

松鴉掌頭垂得低低的，他不想再聽見其他見習生的表現有多好等這類廢話。

「至於雷族，」火星大聲說道。「冬青掌可以優先選擇她想吃的獵物，因為以一位資淺的見習生來說，她的戰技已經算是相當出色了。」

松鴉掌感覺得到他姊姊身上所散發出來的自信味道，但又氣自己為什麼忍不住嫉妒她。

「妳真的很棒，」他低聲說道。「可是我要回去了，也許葉池需要我幫忙。」

「拜託你留下來嘛。」冬青掌喵聲說道。

松鴉掌搖搖頭，轉身就走，他才剛往斜坡走去，就聽見下方的一星開口說話了。

「還有一位見習生值得我們今天當眾表揚。」

松鴉掌停下腳步。

「那就是松鴉掌！」

松鴉掌動也不動。

「這位年輕的雷族見習生今天所表現的勇氣與機智反應值得我們大家推崇與感激。」

所有貓兒的目光都朝他射來，讓他很不自在。他難為情地轉身面對他們。

火星也在這時開口了。「他剛剛救了兩位見習生，獾的舊巢穴坍了下來，他們差點就被活埋，是松鴉掌及時找到他們，將他們挖出來。」

震驚的喵語變成歡呼聲，他們都在為他喝采！冬青掌和松鼠飛的身子紛紛從他身邊刷過。

冬青掌將鼻頭抵住他的面頰。「你是我們的英雄！」

瞎眼貓也能當英雄嗎？松鴉掌不免納悶，**也許可以吧……**

「這是一場成功的大集會，」火星等到歡呼聲暫歇，才又開口說道。「這讓我想起了以前的大遷移，這是我們在新家渡過的第二個新葉季，我相信這會是個好的開始。雖然有很大的變化，但我們是真正的戰士，這一點是絕對不會改變的！」

真正的戰士！這五個字突然讓松鴉掌澈底寒了心，他想起上次抵禦影族時的失落心情——那時他多渴望自己能有正常的視力，也是在那時候，他才終於明白他根本不可能保護自己，更遑論保護族貓了。星族也知道這一點，所以才會決定他應該去當巫醫。

可是松鴉掌最不想要的就是其他貓兒的安慰，他要的是別的東西。他往林子轉身，慢慢踱步回營裡。他才不在乎族長們誇他是英雄，反正他也當不了真正的戰士。

⚡⚡⚡

松鴉掌眼睛倏地睜開。他沒打算做夢，卻已經在夢裡，一個他所不熟悉的地方。這是一座邊坡高聳的峽谷，他站在乾燥的沙地上。在他上方，夜空像黑色河流一樣蔓延天際，星光點點。這裡沒有矮木叢可供他躲，也沒有帶有獵物味道的蕨叢，只要幾株針狀灌木和平滑的大圓石散落地面，形成像水坑一樣的黑色陰影。這時一股熟悉的氣味衝進他鼻腔。

火星！

松鴉掌四處張望，尋找雷族族長，卻遍尋不著。

突然一個低沉的聲音從一棵樹的樹根間傳來，那棵樹就佇立在峽谷的另一端。松鴉掌好奇地豎直毛髮，往聲音來處走去，然後在巨大糾結的樹根之間，看見一個幽黑的缺口，月光下，火星的身影出現在洞口前方。松鴉掌在其中一個樹根後面低下身子。

「我不會失敗的！」火星正在說話。

他在這裡做什麼？他在跟誰說話？松鴉掌探頭偷窺，隱約看見一隻上了年紀的公貓坐在樹下的陰暗處。

「有時候一隻貓兒的命運並不能代表全族的命運。」那隻老貓粗聲說道。

火星的心裡滿是疑惑。松鴉掌感覺得到那就像一團迷霧。雷族族長的呼吸開始急促，因為老貓又說話了，但這次聲音突然變得柔和。

「將有三隻貓兒，你至親的至親，星權在握。」

松鴉掌的雙耳瞬間充血，一幅影像出現他在心裡：他看見自己站在獅掌和冬青掌旁邊，兩眼炯炯有神，氣勢不凡。他突然有種可怕的預感，他終於知道老貓對火星說的話是什麼意思。

他和冬青掌還有獅掌，就是預言裡的那三隻貓兒。

一股寒氣貫穿他身子，潛入他體內，令他毛髮直豎。但同時，又有一股興奮激動的情緒從他的腳爪漫了上來。原來這才是他真正的命運——而火星早就知道了，卻選擇隱瞞。為什麼？難道是因為害怕族裡將有三隻力量強大的貓兒嗎？

松鴉掌按捺住那股想為自己歡呼喝采的衝動，他知道他絕對不能被他們瞧見。他突然不再在乎自己是不是瞎子了，也不再在乎有沒有參加這次比賽。在這個預言裡，這一切都變得不再重要，因為他和他的手足將被賜予其他貓兒所想不到的天命。葉池會怕他，也是應該的。事實上所有族貓都該怕他，不只怕他而已，也怕獅掌和冬青掌。

總有一天，我們的力量會強大到連星族都臣服於我們！

WARRIORS 貓戰士

貓戰士讀友會

VIP 會員盛大招募中！

會員專屬福利 VIP ONLY!

◆申辦會員即可獲得貓戰士會員卡乙張
◆享有貓戰士系列會員限定購書優惠
◆會員限定獨家好康活動
◆限量貓戰士週邊商品抽獎活動
◆搶先獲得最新貓戰士消息

即刻線上申辦

掃描 QR CODE，線上填寫會員資料，快速又方便！

貓戰士官方俱樂部
FB 社團

少年晨星 Line
ID：@api6044d

國家圖書館出版品預行編目(CIP)資料

貓戰士三部曲三力量. I, 預視力量 / 艾琳・杭特（Erin Hunter）著；約翰・韋伯（Johannes Wiebel）繪；高子梅譯. -- 三版. -- 臺中市 : 晨星出版有限公司, 2024.04
336面；14.8x21公分. --（Warriors；13）
暢銷紀念版（附隨機戰士卡）
譯自：Warriors : Power of Three. 1, The Sight.
ISBN 978-626-320-786-8（平裝）
873.59　　113001528

貓戰士三部曲三力量之 I

預視力量 The Sight

作者	艾琳・杭特（Erin Hunter）
封面插圖	約翰・韋伯（Johannes Wiebel）
譯者	高子梅
責任編輯	郭玟君、陳涵紀、謝宜真
校對	曾怡菁、葉孟慈、蔡雅莉
封面設計	陳柔含
美術編輯	陳柔含、張蘊方
創辦人	陳銘民
發行所	晨星出版有限公司 407台中市西屯區工業30路1號1樓 TEL：04-23595820　FAX：04-23550581 行政院新聞局局版台業字第2500號
法律顧問	陳思成律師
初版	西元2009年10月31日
三版	西元2024年04月15日
讀者訂購專線	TEL：（02）23672044 /（04）23595819#212
讀者傳真專線	FAX：（02）23635741 /（04）23595493
讀者專用信箱	service@morningstar.com.tw
網路書店	http://www.morningstar.com.tw
郵政劃撥	15060393（知己圖書股份有限公司）
印刷	上好印刷股份有限公司

定價250元

ISBN 78-626-320-786-8